AGATHA CHRISTIE COMPLETE COLLECTION
HALLOWE'EN PARTY

AGATHA CHRISTIE COMPLETE COLLECTION

HALLOWE'EN PARTY

핼러윈 파티 애거서 크리스티 장편 소설 | 왕수민 옮김

HALLOWE'EN PARTY
by Agatha Christie

Copyright © 1969 Agatha Christie Limited.
All rights reserved.

AGATHA CHRISTIE, POIROT and the Agatha Christie Signature
are registered trademarks of
Agatha Christie Limited in the UK and elsewhere.
All rights reserved.
www.agathachristie.com

Korean Translation Copyright © Minumin 2013, 2023

Korean translation edition is published by arrangement with
Agatha Christie Limited through Shinwon Agency.

이 책의 한국어판 저작권은 신원 에이전시를 통해
Agatha Christie Limited와 독점 계약한 ㈜민음인에 있습니다.
저작권법에 의해 한국 내에서 보호를 받는 저작물이므로 무단 전재와 무단 복제를 금합니다.

정식 한국어 판 출간에 부쳐

나는 한국에서 우리 할머니의 작품을 정식으로 출간한다는 소식을 듣고 무척 기뻤다. 할머니가 1920년부터 1970년 무렵까지 오랜 세월에 걸쳐 집필한 작품들은 21세기인 지금 읽어도 신선하고 재미있다. 등장 인물들이 워낙 자연스러워서 요즘 사람들과 다를 바 없고 이들이 등장하는 상황과 장소가 전 세계 사람들의 애정과 향수를 자극하기 때문이다. 한국 독자들은 이번에 새로 나온 정식 한국어 판을 통해 그동안 접하지 못했던 애거서 크리스티의 일부 작품들을 읽을 수 있을 것이다. 덕분에 한국에 새로운 세대의 애거서 크리스티 팬들이 탄생할지도 모르겠다는 생각을 하면 가슴이 벅차다.

애거서 크리스티는 대표적인 두 명의 주인공으로 기억되는 작가이다. 14권의 작품에 등장하는 마플 양은 영국의 작은 시골 마을에서 평온한 나날을 보내며 뜨개질과 수다로 소일하는 미혼의 할머니이지만, 놀라운 기억력과 날카로운 두뇌 회전으로 주변에서 벌어진 살인 사건을 해결한다.

그리고 마플 양과 상반되는 성격을 지닌 에르퀼 푸아로는 자신만만하고 콧수염을 포함한 자신의 외모와 벨기에라는 국적에 대한 자부심이 상당하다. 그는 이집트와 이라크를 비롯한 세계 각지에서 수수께끼를 해결하며 『오리엔트 특급 살인 Murder On The Orient Express』, 『나일 강의 죽음 Death On The Nile』, 『애크로이드 살인 사건 The Murder Of Roger Ackroyd』 등 애거서 크리스티의 여러 대표작에 모습을 드러낸다.

황금가지의 대담하고 참신한 표지와 전반적인 디자인 덕분에 작품의 성격이 잘 살아난 것 같아 기쁘다. 또한 한국 독자들이 할머니의 원작이 지닌 참된 묘미를 느낄 수 있도록 충실한 번역을 위해 애써 준 점도 높이 사고 싶다.

할머니의 작품이 20세기의 그 어떤 작가들보다 많이 팔리고 있는 이유는 나이와 국적에 상관없이 읽을 수 있는 재미와 감동을 갖추었기 때문이다. 모쪼록 한국 독자들도 황금가지에서 선보이는 애거서 크리스티 작품들을 즐겁게 감상하기를 바란다.

매튜 프리처드
애거서 크리스티의 손자
ACL 이사장

오랜 세월 동안 여러 책과 소설로 내 인생을 밝혀 준
P. G. 우드하우스에게,
그가 친절히도 내 작품을 좋아한다고 말해 주었을 때
내가 느꼈던 기쁨을 알리고 싶다

차례

정식 한국어 판 출간에 부쳐 — 5

1장 — 11	15장 — 212
2장 — 23	16장 — 222
3장 — 30	17장 — 228
4장 — 41	18장 — 241
5장 — 51	19장 — 251
6장 — 67	20장 — 257
7장 — 84	21장 — 273
8장 — 92	22장 — 283
9장 — 113	23장 — 288
10장 — 119	24장 — 300
11장 — 133	25장 — 305
12장 — 166	26장 — 310
13장 — 179	27장 — 315
14장 — 191	

1장

친구 주디스 버틀러의 집에 묵고 있던 아리아드네 올리버 부인은 그날 저녁 아이들을 위한 파티 준비를 거들러 주디스 버틀러와 함께 막 도착했다.

두 사람이 들어섰을 때 집 안은 온통 아수라장이었다. 부지런하고 활발한 여자들은 문을 들락날락하며 의자와 작은 탁자, 꽃병을 옮겼고, 엄청나게 많은 노란 호박들을 날라 하나씩 사전에 정해 둔 자리에 올려놓았다.

열 살부터 열일곱 살 사이 아이들을 초대한 핼러윈 파티였다. 바쁘게 움직이는 사람들 틈에서 빠져나온 올리버 부인은 빈 벽에 몸을 기대고 노랗고 큰 호박 하나를 들어 꼼꼼히 뜯어보았다.

"지난번에도 이런 걸 본 적 있지. 작년에 미국에서 정말 많이 봤어. 모든 집을 뒤덮고 있었지. 한꺼번에 그렇게 많은 호박을 보기는 난생처음이었어."

톡 튀어나온 이마를 덮고 있는 희끗희끗한 머리칼을 뒤로 넘기며 올리버 부인이 중얼거렸다. 그러고는 조심스럽게 덧붙였다.

"사실 난 호박과 페포호박(길쭉한 모양에 초록색을 띤 호박 ─ 옮긴이)도 구별 못 하는데. 이게 뭐야?"

그때 주디스 버틀러가 올리버 부인의 발에 걸려 비틀거리며 말했다.

"미안해요."

"내 잘못인걸요, 뭐."

올리버 부인은 몸을 벽에 더욱 바짝 붙이고 계속 말했다.

"멍하니 서서 방해만 하고 있네. 어쨌든 그렇게 많은 호박이나 페포호박을 보는 것도 꽤 인상적인 경험이었어. 촛불이나 은은한 조명을 속에 넣거나 매단 호박들이 가게든 집이든 없는 데가 없었어. 정말 재미있었지. 하지만 그때는 핼러윈이 아니라 추수감사절 파티였어. 이제 호박 하면 핼러윈과 10월 마지막 날이 생각나. 추수감사절은 훨씬 나중이지? 11월, 그러니까 11월 셋째 주쯤일 거야. 어쨌든 핼러윈이 10월 31일인 건 확실하지? 핼러윈이 먼저고 그다음이 뭐더라? 위령의 날(11월 2일. 카톨릭에서 모든 죽은 자들을 위해 기도하는 날 ─ 옮긴이)인가? 파리에서는 묘지에 꽃을 놓는 날이지. 그렇다고 꼭 슬픈 날이라고는 할 수 없어. 아이들까지 가서 신나게 노는 날이니까. 그날은 먼저 꽃 시장에 들러 예쁜 꽃을 많이 사지. 파리 꽃 시장만큼 예쁜 꽃들이 많은 곳도 없을 거야."

바삐 오가던 여자들이 수시로 올리버 부인의 발에 걸렸지만, 그녀의 말에 귀 기울이는 사람은 없었다. 모두 눈코 뜰 새 없이 바빴다.

파티를 준비하러 온 여자들은 대부분 어머니들이었고, 일 잘하는 노처녀 한두 명이 끼여 있었다. 일손을 거들어 주는 아이들도 있었는데, 열여섯 살에서 열일곱 살 사이 남자아이들은 사다리를 타거나 의자에 올라서서 여러 가지 장식물이나 호박과 페포호박, 혹은 밝게 채색된 마녀 퇴치용 유리구슬을 적당한 높이에 매달았다. 열한 살에서 열다섯 살 사이 여자 아이들은 삼삼오오 모여 낄낄거리며 돌아다녔다.

올리버 부인은 긴 의자 팔걸이에 슬쩍 기대앉으며 계속 혼잣말을 했다.

"그리고 만령절과 묘지 방문 다음이 만성절(萬聖節)이지. 내 말이 맞죠?"

그녀의 물음에 대답하는 사람은 없었다. 그날 파티를 마련한, 이목구비가 또렷한 중년의 드레이크 부인이 한마디 했다.

"핼러윈 파티라고 마련하기는 했지만 엄밀히 말해 이건 핼러윈 파티라고 할 수 없어요. 일레븐 플러스(열한 살 이상이 응시할 수 있는 고등학교 입학 자격 시험 — 옮긴이) 파티라고나 할까요. 그런 또래 모임이라고 봐야지요. 대부분 엘름스를 떠나 다른 학교로 갈 아이들이잖아요."

"하지만 그게 꼭 그렇지만은 않아요, 로위나, 그렇죠? 얼마 전에 일레븐 플러스를 폐지했으니까요."

휘태커 양이 코에 걸쳐 있는 코안경을 고쳐 쓰며 못마땅하다는 듯 말했다. 이 지역 학교에서 근무하는 교사인 휘태커 양은 무엇이든 정확한 것에 집착했다.

올리버 부인은 미안한지 의자 팔걸이에서 일어났다.

"내가 내내 빈둥거리고 있었군요. 호박이니 페포호박이니 쓸데없는 말만 늘어놓으면서 말이에요."

그녀는 양심의 가책을 조금 느꼈지만 덕분에 다리를 쉬었다고 생각했다. 하지만 그걸 고백할 만큼 죄책감을 느끼지는 않았다.

"이제 뭘 할까요?"

올리버 부인은 이렇게 묻더니 이내 한마디 덧붙였다.

"정말 예쁜 사과로군요. 탐스러운 빨간 사과네요!"

누군가 커다란 접시 가득 사과를 담아 가지고 들어왔다. 올리버 부인은 유난히 사과를 좋아했다.

로위나 드레이크가 말했다.

"그다지 좋은 사과는 아니에요. 하지만 보기에는 괜찮네요. 사과 건지기 게임(양동이에 물을 채우고 사과를 띄운 뒤 이로 물어 건지는 경기 — 옮긴이)에 쓸 거랍니다. 이가 잘 들어가야 하니까 좀 물렁한 편이에요. 사과를 서재에 좀 가져다 놓겠니, 비어트리스? 사과 건지기를 하면 물이 튀어 온통 엉망진창일 거예요. 하지만 서재 카펫은 괜찮아요. 워낙 낡은 거라서. 아! 고맙구나, 조이스."

몸집이 탄탄한 열세 살 소녀 조이스가 사과 접시를 꽉 붙들었다. 사과 두 개가 떨어져 굴러가더니 마치 마녀의 요술 지팡이를 휘두른 듯 올리버 부인의 발치에서 딱 멈췄다. 조이스가 말했다.

"사과 좋아하시잖아요. 책에서 읽었어요. 아님 텔레비전에서 봤던가. 살인 사건 이야기를 쓰시는 작가 맞으시죠?"

"그렇단다."

"그럼 살인과 관련된 무언가를 만들어 드려야겠네요. 오늘 밤 파티 때 살인 사건을 일으켜서 사람들이 그걸 해결하게 해 보세요."

"사양하고 싶구나. 다시는 그러고 싶지 않단다."

"다시는 그러고 싶지 않다니, 그게 무슨 뜻이에요?"

"그런 적이 한 번 있었는데 썩 좋지 않았단다."

"하지만 책을 많이 쓰셨잖아요. 그 책으로 돈도 많이 버셨고요."

"어떤 면에서는 그렇지."

올리버 부인은 국세청을 떠올렸다.

"그리고 핀란드인 탐정도 만들어 내셨고요."

올리버 부인은 그 사실을 인정했다. 그녀가 보기에 일레븐 플러스 무리에서 아직 선배 축에는 끼지 못할 것 같은 키 작고 둔해 보이는 소년이 주저하지 않고 물었다.

"왜 하필 핀란드 사람이죠?"

"나도 종종 그 점이 궁금하단다."

올리버 부인이 솔직하게 말했다.

오르간 연주자의 아내인 하그리브스 부인이 숨을 헐떡이며 커다란 녹색 플라스틱 양동이를 들고 방으로 들어왔다. 그걸 보고 올리버 부인이 물었다.

"이건 뭐죠? 사과 건지기 할 때 쓸 건가요? 좀 화려할 거라고 생각했는데."

병원 약사인 리 양이 끼어들었다.

"아연 도금한 양동이가 더 나아요. 잘 뒤집히지 않거든요. 어디에 놓을 건가요, 드레이크 부인?"

"사과 건지기 시합은 서재에서 할까 해요. 서재 카펫이 낡아 물에 젖어도 아깝지 않거든요."

"좋아요. 거기 가져다 놓을게요. 로위나, 여기 사과 바구니가 하나 더 있어요."

"내가 도와줄게요."

올리버 부인이 발치에 떨어진 사과 두 개를 집어 들었다. 그리고는 자신이 무얼 하는지 미처 알아차릴 새도 없이 그중 하나를 아작아작 씹어 먹기 시작했다. 드레이크 부인은 올리버 부인한테서 나머지 사과 하나를 가차 없이 낚아채 바구니에 다시 담았다. 갑자기 웅성거리는 소리가 들렸다.

"좋아요. 그런데 스냅드래건(브랜디에 건포도를 넣고 불을 붙인 다음 건포도를 집어 먹는 놀이 — 옮긴이)은 어디서 하죠?"

"서재에서 해야 할 것 같아요. 가장 어두운 방이니까요."

"아니에요. 식당에서 할 거예요."

"우선 식탁에 뭘 좀 깔아야겠네요."

"녹색 천이 있으니 그걸 먼저 깔고 그 위에 고무판을 덮으면 돼요."

"거울 들여다보기 놀이는 어때요? 정말로 거기에 우리 남편들이 나타날까요?"

올리버 부인은 여전히 소리 죽여 사과를 씹어 먹으면서 살며시 신발을 벗고 또다시 긴 의자 팔걸이에 걸터앉아 사람들로 가득한 방 안을 꼼꼼히 살펴보았다. 그녀는 작가로서 생각하고 있었다.

'여기 이 모든 사람들에 관해 글을 쓴다면 어떻게 해야 할까? 대체로 좋은 사람들 같지만 어떻게 장담할 수 있겠어.'

어떤 면에서는 그들에 대해 모르는 편이 훨씬 마음이 끌린다고 생각했다. 그들은 모두 우들레이 커먼에 살고 있었는데, 그중 몇 명은 주디스가 들려준 이야기 때문에 올리버 부인의 기억 속에서 희미하게 꼬리표가 달려 있었다. 존슨 양은 목사의 여동생은 아니지만 어쨌든 교회와 관련되어 있었다. 아, 그랬다. 오르간 연주자의 여동생이었다. 우들레이 커먼에서 많은 일을 하는 것처럼 보이는 로위나 드레이크. 숨을 헐떡이며 그 끔찍한 플라스틱 양동이를 들고 들어온 여자. 그러나 올리버 부인은 플라스틱 물건을 싫어했다. 그리고 아이들, 그러니까 10대 소년 소녀들이 있었다.

그때까지 올리버 부인에게 아이들은 그저 이름에 지나지 않았다. 낸과 비어트리스, 캐시와 다이애너, 그리고 뻐기기 좋아하고 이것저것 물어보던 조이스가 있었다. 올리버 부인은 조이스가 썩 마음에 들지는 않았다. 그리고 키가 크고 오만한 앤이라는 이름의 소녀. 이제 막 색다른 헤어스타일을 시도하기 시작했지만 썩 좋아 보이지는 않는 10대 소년 둘이 있었다.

자그마한 소년이 수줍어하며 들어와 숨을 몰아쉬며 말했다.

"엄마가 이 거울들 괜찮은지 보시래요."

드레이크 부인이 거울을 받아 들고 말했다.

"정말 고맙구나, 에디."

"그저 흔한 손거울일 뿐이잖아요. 어떤 거울엔 장래 남편 얼굴이 비친다는데, 이걸로도 될까요?"

앤이라는 소녀가 묻자 주디스 버틀러가 대답했다.

"보는 사람도 있고, 못 보는 사람도 있을 거야."

"주디스 아주머니는 파티에서 현재 남편 얼굴을 본 적 있으세요? 그러니까 이런 파티에서 말이에요."

"아주머니는 당연히 없겠지."

조이스가 대답하려는데, 상급생인 비어트리스가 치고 들어왔다.

"봤을 수도 있지. 아주머니는 이에스피(E. S. P.)를 가지고 있는지도 몰라. 초감각적 지각 말이야."

비어트리스는 자신이 이 시대의 유행어를 매우 잘 알고 있다는 사실에 뿌듯한 듯했다.

앤이 올리버 부인을 보며 상냥하게 말했다.

"부인이 쓰신 책을 읽었어요. 『죽어 가는 금붕어』 말이에요. 굉장히 재미있었어요."

조이스가 말했다.

"저는 그 책을 별로 좋아하지 않아요. 피 흘리는 장면이 별로 없잖아요. 저는 피가 낭자한 살인 사건이 좋아요."

"그럼 좀 지저분하잖아. 그렇게 생각하지 않니?"

"하지만 재미있잖아요."

"꼭 그렇지만도 않아."

"저는 살인을 직접 목격한 적이 있어요."

조이스가 계속 올리버 부인에게 어기대자 교사 휘태커 양이 나섰다.

"쓸데없는 소리 그만해, 조이스."

조이스는 아랑곳하지 않고 말했다.

"정말 봤어요."

"정말 봤다고? 누군가 살인하는 광경을 진짜 봤단 말이야?"

캐시가 눈을 휘둥그렇게 뜨고 조이스를 뚫어지게 쳐다보며 물었다.

"그럴 리가 있니. 말도 안 되는 소리 하지 마라, 조이스."

드레이크 부인이 말했다.

"내 이 두 눈으로 똑똑히 봤다고요. 봤어요. 진짜 봤다고요."

사다리 위에 서 있던 열일곱 살 소년이 흥미롭다는 듯 내려다보며 물었다.

"어떤 살인이었는데?"

"난 쟤 말 못 믿겠어."

비어트리스가 말했다.

"물론이지, 꾸며 낸 얘기니까."

캐시의 어머니가 말했다.

"아니에요. 전 분명히 봤어요."

"그럼 왜 경찰에 신고하지 않았니?"

캐시가 물었다.

"그때는 그게 살인인 줄 몰랐으니까. 나중에야 그게 살인이었다는 걸 알았어. 한두 달 전에 누가 한 말이 갑자기 생각났거든. 내가 본 건 살인이 분명해."

"이봐, 다 지어낸 이야기야. 말도 안 되는 소리라고."

앤이 말했다.

"언제 있었던 일인데?"

비어트리스가 물었다.

"몇 년 전에요. 그때 난 정말 어린아이였어요."

조이스가 대답했다.

"누가 누굴 죽였는데?"

비어트리스가 물었다.

"아무한테도 말 안 할 거예요. 모두 너무해요."

조이스가 말했다.

리 양이 다른 양동이를 들고 들어왔다. 이야기는 어느새 사과 건지기 시합에 가장 알맞은 들통이나 플라스틱 양동이를 고르는 문제로 바뀌었다. 파티를 준비하기 위해 모인 사람들 대부분이 장소가 어떤지 직접 확인하러 서재로 몰려갔다. 어떤 아이들은 사과 건지기 시합을 할 때의 고충과 자신의 재주를 보여 주고 싶어 안달이었다. 머리카락이 젖고 사방에 물이 튀어 수건을 가져와 닦아 냈다. 결국 잘 뒤집어지는 플라스틱 양동이보다 아연 도금 양동이가 낫다는 결론이 나왔다.

올리버 부인은 내일 쓰려고 창고에 보관해 둔 사과 가운데 한 대접을 가져와 내려놓고 그중 하나를 집어 베어 먹었다.

"사과를 좋아하신다는 기사를 신문에서 읽었어요."

앤인지 수전인지가 책망하는 투로 말했다.

"내가 도저히 극복할 수 없는 고질병이란다."

올리버 부인이 말했다.

"그게 멜론이라면 더 재미있을 텐데요. 과즙이 정말 많잖아요. 얼마나 난장판이 될지 생각해 보세요."

한 소년이 마땅찮아하며 말했다. 그는 유쾌한 상상을 하며 카펫을 힐끗 훑어보았다.

공공연한 비난에 죄를 지은 듯한 기분이 든 올리버 부인은 눈에 혼자 있을 곳이 있는지 찾아보려고 방을 나섰다. 이곳 지리는 이미 훤했다. 올리버 부인이 계단을 올라가 층계참 모퉁이를 돌자 소년과 소녀가 방문에 기대어 서로 끌어안고 있었다. 하필이면 올리브 부인이 들어가 숨어 있으려고 노리고 있던 방 앞이었다. 아이들은 올리버 부인을 조금도 아랑곳하지 않고 가쁘게 숨을 쉬며 바싹 끌어안았다. 올리버 부인은 그들이 몇 살인지 궁금했다. 소년은 열다섯 살쯤 되어 보였고, 소녀는 가슴이 발육된 것으로 보아 분명 성숙한 편이기는 했지만 열두 살이 채 안 된 것 같았다.

애플 트리스는 꽤 큰 집이었다. 올리버 부인은 이 집에 숨을 만한 외딴 곳이 몇 군데 있을 거라고 생각했다. 그녀는 사람들이 정말 이 기적이라고 생각했다. 다른 사람들은 안중에도 없다니까. 옛날부터 귀에 못이 박히도록 들어온 말이 머릿속에 떠올랐다. 그 말은 보모, 유모, 여자 가정교사, 할머니, 종조모 두 분, 어머니, 그 밖에 다른 사람들을 통해 올리버 부인에게까지 이어졌다.

"실례 좀 하자꾸나."

올리버 부인이 크고 또렷한 목소리로 말했다.

소년과 소녀는 서로 입술을 포갠 채 더욱 달라붙었다.

"미안하지만 좀 지나가도 되겠니? 이 문으로 들어가야 하거든."

올리버 부인이 다시 말했다.

아이들은 마지못해 떨어져 불만스러운 표정으로 올리버 부인을 쳐다보았다. 그녀는 방으로 들어가 소리 내어 문을 닫고 잠갔다.

방문은 꼭 들어맞는다고 할 수 없었다. 밖에서 희미하게 말소리가 들려왔다.

"보면 모르나? 우리가 방해받기 싫어한다는 걸 뻔히 알 텐데."

불안정한 테너 목소리였다.

"사람들은 너무 이기적이야. 자기 생각밖에 안 한다니까."

소녀가 툴툴거렸다.

"다른 사람들은 안중에도 없다니까."

소년이 말했다.

2장

 파티를 마련하는 사람들 입장에서 아이들을 위한 파티는 어른들을 위한 파티보다 훨씬 더 골치 아프다. 어른들 파티에서는 고급스러운 음식과 레모네이드를 곁들인 적당한 알코올 음료를 사람들에게 나눠 주는 것만으로도 충분하다. 비용은 더 들지만 걱정거리는 훨씬 줄어든다. 아리아드네 올리버와 친구인 주디스 버틀러는 그 점에 뜻을 같이했다.
 주디스가 물었다.
 "10대 아이들 파티는 어때요?"
 "난 10대들을 잘 몰라요."
 올리버 부인이 대답했다.
 "어떤 면에서는 가장 편한 연령대가 10대예요. 아이들은 우리 어른들을 무조건 배제해 버리거든요. 그러고는 자기네들이 알아서 다

하겠다고 해요."

"그래서 그 아이들이 그렇게 하나요?"

"그야, 우리가 생각하는 대로는 아니지요. 정작 주문해야 할 것은 잊어버리고, 대신 아무도 좋아하지 않는 것들을 왕창 들여놓죠. 우리 어른들을 내쫓아 놓고서는 되레 우리한테 준비해 놓아야 할 게 있다고 하지를 않나. 유리잔 같은 것도 잔뜩 깨고, 달갑잖은 친구를 데려오는 아이들도 꼭 있게 마련이에요. 그런 거 하는 애들 있잖아요. 이상한 약물이랑, 그 뭐라더라 플라워 팟이니 보라색 대마초니 엘에스디(L. S. D.)니 하는 것들 말이에요. 난 엘에스디가 돈을 말하는 건 줄 알았는데(영국 화폐 파운드와 실링, 페니를 줄여 LSD라고 한다 — 옮긴이) 그게 아니더라고요."

아리아드네 올리버가 넌지시 말했다.

"사려면 돈이 꽤 들 텐데."

"정말 불쾌해요. 게다가 대마초는 냄새가 역겹잖아요."

"우울한 말뿐이네요."

"어쨌든 오늘 파티는 잘될 거예요. 로위나 드레이크를 믿어 보세요. 파티 준비라면 끝내주거든요. 두고 보세요."

올리버 부인이 한숨을 쉬었다.

"파티에 가고 싶은 마음도 없어요."

"올라가서 한 시간쯤 누웠다 오세요. 두고 보세요, 파티가 재미있을 테니까. 미란다가 열이 안 나면 좋겠는데. 파티에 갈 수 없어 실망이 이만저만이 아니거든요. 가엾은 것."

파티는 7시 30분에 시작되었다. 아리아드네 올리버는 친구의 말이 맞는다는 것을 인정할 수밖에 없었다. 사람들은 정시에 도착했고, 모든 게 더할 나위 없었다. 파티 계획을 잘 짰을 뿐만 아니라 순조롭게 착착 진행되었다. 계단과 노란 호박에 빨갛고 파란 등이 무수히 달려 있었다. 소년과 소녀들은 경연 대회를 위해 장식한 빗자루를 들고 속속 도착했다. 로위나 드레이크는 인사를 하고 나서 그날 저녁 계획을 알려 주었다.

"우선 빗자루 경연 대회를 할 겁니다. 1등, 2등, 3등, 이렇게 모두 세 개의 상이 주어질 거예요. 그다음은 케이크 자르기입니다. 이 시합은 작은 온실에서 진행될 겁니다. 다음은 사과 건지기네요. 사과 건지기를 함께 할 짝 이름은 벽에 붙여 놓았어요. 그다음에는 춤추는 시간을 가질 거예요. 불이 꺼질 때마다 짝을 바꿀 겁니다. 그리고 소녀들은 작은 서재로 가서 거울을 받게 됩니다. 그런 다음 저녁 식사와 시상식, 스냅드래건이 차례로 이어질 거예요."

파티라는 게 늘 그렇듯 처음에는 조금 껄끄러웠다. 사람들은 아이들이 장식을 달아 가져온 작은 모형 빗자루에 감탄했다. 빗자루들은 대체로 고만고만하게 꾸미기 때문에 '하기가 한결 쉽다'고 드레이크 부인이 옆에 있는 친구에게 슬쩍 귀띔했다.

"뭘 해도 상을 못 탈 게 뻔한 아이들이 한둘 있게 마련인데 살짝 눈속임으로 그런 아이들에게도 상을 줄 수 있어서 정말 유용해."

"정당하지 않은 짓이야, 로위나."

"그렇지 않아. 그저 모든 걸 공평하게 나눠 갖자는 거지. 사람들은 누구나 무슨 상이든 타고 싶어 하거든."

"밀가루 게임이 뭐죠?"

올리버 부인이 물었다.

"아 네, 우리가 그걸 했을 때 부인은 여기 안 계셨죠. 그러니까 큰 컵에 밀가루를 꾹꾹 눌러 채운 다음 쟁반에 엎어 놓고 맨 위에 6펜스짜리 동전 하나를 얹어 놓는 겁니다. 그리고 6펜스짜리 동전이 떨어지지 않도록 한 사람씩 조심스럽게 케이크 모양으로 굳은 밀가루를 한 조각씩 잘라 내는 거죠. 6펜스짜리 동전을 떨어뜨리는 사람은 바로 밖으로 나가야 합니다. 일종의 예선이죠. 당연히 가장 마지막까지 남은 사람이 동전을 차지하는 거고요. 자, 나가시죠."

모두 밖으로 나갔다. 사과 건지기 시합이 벌어지고 있는 서재에서는 흥분에 차 꺅꺅거리는 소리가 들렸다. 시합을 마친 참가자들은 머리카락이 젖은 채 사람들 주변에 엄청나게 엎질러진 물을 처리하고 돌아왔다.

적어도 소녀들 사이에서 가장 인기 많았던 것은 청소부 굿바디 부인이 분장한 핼러윈 마녀가 등장한 대목이었다. 그녀는 마녀라면 반드시 갖추어야 할 턱에 닿을 듯한 매부리코뿐만 아니라 불길한 기분을 느끼게 하는 낮은 목소리와 마술에 걸린 듯한 엉터리 리듬으로 옹알이에 가까운 소리를 기가 막히게 연기했다.

"자, 비어트리스, 나오너라. 맞지? 비어트리스, 정말 재미있는 이름이구나. 네 남편감이 어떻게 생겼을지 알고 싶겠지. 자, 여기 앉으렴. 그래, 그래, 이 등 아래에. 여기 앉아서 이 작은 거울을 손에 쥐어라. 불이 꺼지면서 곧 남편감의 얼굴이 보일 거야. 네 어깨 너머로 너를 보고 있을 게다. 이제 거울이 흔들리지 않게 꼭 쥐어라. 아브라카다브라, 누가 볼 것인가, 나와 결혼할 남자의 얼굴을. 비어트리스, 비어트리스, 너는 볼 것이다, 너를 기쁘게 해 줄 그 남자의 얼굴을."

스크린 뒤에 세워 둔 사다리에서 갑자기 한 줄기 빛이 뿜어져 나왔다. 그 빛은 흥분한 비어트리스가 쥐고 있는 거울에 반사되었다.

"아! 봤어요. 그 사람을 봤어요. 거울 속에 그 사람이 나타났어요."

비어트리스가 소리를 질렀다. 빛이 사라지고 불이 켜지면서 천연색 사진이 붙은 카드 한 장이 나부끼며 천장에서 떨어졌다. 비어트리스는 신이 나서 껑충껑충 뛰었다.

"그 사람이에요, 그 사람! 그 사람을 봤다고요. 아, 붉은 턱수염이 정말 근사했어요."

비어트리스가 소리를 질렀다. 그녀는 가장 가까이에 있는 올리버 부인에게 달려갔다.

"보세요, 보시라고요. 정말 멋있죠? 가수 에디 프레스웨이트랑 닮았어요. 그렇죠?"

올리버 부인은 조간신문에서 그 모습을 봐야 한다는 사실이 몹시 못마땅했던 얼굴 중 하나와 닮았다고 생각했다. 턱수염을 덧붙인 것은 기가 막힌 발상이라고 생각했다.

"이게 다 어디서 난 거예요?"

올리버 부인이 물었다.

"아, 로위나가 니키에게 만들라고 시켰어요. 니키의 친구 데즈먼드가 도와주었고요. 니키는 사진으로 이것저것 실험을 많이 한답니다. 니키와 니키 친구 두 명이 수많은 종류의 가발이랑 구레나룻, 턱수염으로 직접 분장했지요. 그리고 나서 빛을 비추면 그 모습에 여자아이들은 좋아 어쩔 줄 모르는 거죠."

"요즘 여자아이들은 정말 어리석다는 생각이 드네요."

올리버 부인이 말했다.

"여자아이들이야 늘 그렇지 않았나요?"

로위나 드레이크가 말했다.

올리버 부인은 생각해 보더니 시인했다.

"그런 것 같네요."

"자, 이제 저녁 식사 시간이에요."

드레이크 부인이 외쳤다.

저녁 식사 또한 더할 나위 없이 좋았다. 달콤한 크림을 잔뜩 얹은 케이크, 짭짤한 과자, 새우, 치즈, 그리고 설탕 입힌 견과류가 나왔다. 아이들은 배불리 먹었다.

로위나 드레이크가 다시 입을 열었다.

"이제 오늘 저녁 마지막 순서인 스냅드래건을 할 겁니다. 거기 맞은편 식료품 저장실을 지나가면 됩니다. 좋아요. 자, 그 전에 시상을 하겠습니다."

시상이 끝나고 시끄럽고 날카로운 호출 소리가 들리자 아이들은 현관 홀을 가로질러 다시 식당으로 뛰어갔다.

음식은 깨끗이 치워져 있었고 녹색 식탁보가 깔린 식탁에 불붙은 건포도가 담긴 커다란 접시가 놓여 있었다. 모두 소리를 지르며 뛰어가 불붙은 건포도를 잡아채면서 "앗, 뜨거워! 예쁘지 않니?"라고 외쳤다. 스냅드래건이 서서히 꺼지고 조명이 다시 켜졌다. 파티가 끝났다.

로위나 드레이크가 말했다.

"대성공이에요."

"부인이 수고한 덕분이죠."

"근사했어요. 정말 멋졌어요."

주디스가 나직이 말하고는 슬픈 듯 덧붙였다.

"자, 이제 청소를 좀 해야 할 것 같군요. 내일 아침 저 불쌍한 부인들에게 이 모든 걸 맡길 수는 없으니까요."

3장

런던의 한 아파트에서 전화벨이 울렸다. 의자에 앉아 있던 아파트 주인 에르퀼 푸아로는 몸을 꿈틀거렸다. 푸아로는 실망감에 휩싸여 있었다. 그는 전화를 받지 않아도 무슨 전화인지 알고 있었다. 캐닝로(路) 시영 목욕탕 살인 사건의 진범에 관해 끝없이 의견을 나누며 그날 밤을 보내기로 한 친구 솔리가 올 수 없다는 말을 전하려고 하는 것이었다. 조금 억지스러운 자신의 의견을 뒷받침할 만한 확실한 증거를 모아 놓은 푸아로는 실망이 컸다. 솔리가 자신의 의견을 받아들일 거라고 생각하지는 않았다. 하지만 솔리가 근거 없는 소신을 펼칠 때 자신이 건전한 사고와 논리, 이치를 동원해 그의 의견을 손쉽게 뒤집을 거라 믿었다. 오늘 밤 솔리가 오지 않는다니 아무래도 화가 났다. 그러나 오늘 오전에 만났을 때만 해도 솔리는 가슴에 통증을 느낄 만큼 심한 기침에 시달렸고, 감염되기 쉬운 코감기에 걸려 있었다.

"심한 감기에 걸린 거야. 여기 약이 있기는 하지만 분명 나한테 감기를 옮길 거야. 오지 않는 게 낫지."

푸아로가 혼잣말로 중얼거리고는 한숨 쉬며 덧붙였다.

"투 드 멤(어쨌든) 오늘 저녁에는 심심하겠는걸."

에르퀼 푸아로는 요즘 들어 저녁 시간을 심심하게 보낼 때가 많다고 생각했다. 늘 그랬듯 그의 비상한 지성은(그는 이 사실을 추호도 의심해 본 적이 없다.) 외부로부터의 자극을 원했다. 그는 철학적인 성향과는 거리가 멀었다. 젊어서 경찰서에 들어가는 대신 신학을 공부하지 않은 걸 후회할 뻔한 적도 몇 번 있었다. 바늘 끝에서 춤출 수 있는 천사들의 수(중세 시대 신학 논쟁의 주제에서 유래했으며 신학 논쟁의 불합리성을 꼬집는 표현 — 옮긴이)가 몇인지 그것이 중요하다고 느끼고, 동료들과 그 점에 대해 열정적으로 토론하는 것도 재미있을 것 같았다.

하인 조르주가 방으로 들어왔다.

"솔로몬 레비 씨 전화였습니다."

"아, 그래."

"오늘 저녁 오지 못하게 되어 무척 미안해하셨습니다. 지독한 독감에 걸려 누워 계시답니다."

"독감이 아닐세. 지독한 감기에 걸린 거지. 사람들은 모두 자기가 독감에 걸렸다고 생각하지. 그게 더 중해 보이거든. 동정심을 더 많이 얻을 수도 있으니 말이야. 코감기는 친구로부터 적당히 동정심을 끌어내기 힘든 게 문제라네."

"레비 씨가 오시지 않은 게 오히려 잘됐습니다. 코감기는 전염이 잘되거든요. 옮아서 주인님이 몸져눕기라도 하시면 곤란하죠."

"엄청 따분하겠지."

그때 다시 전화벨이 울렸다.

"또 누가 감기에 걸렸나? 달리 부른 사람이 없는데."

조지가 전화기 앞으로 다가가려 하자 푸아로가 말했다.

"내가 여기서 받겠네. 분명 재미라고는 없는 일이겠지만 말이야. 하지만 어쨌든 시간은 갈 테니까. 또 누가 알겠는가?"

푸아로가 어깨를 으쓱했다.

"그러십시오, 주인님."

조지가 방에서 나갔다.

푸아로는 한 손을 뻗어 수화기를 집어 들었다. 시끄러운 벨 소리가 뚝 끊어졌다.

"에르퀼 푸아로입니다."

푸아로는 전화선 너머에 누가 있든 그 사람에게 깊은 인상을 심어 주려고 일부러 당당하게 전화를 받았다.

"정말 다행이에요. 외출했을 거라고 생각했는데."

여자 목소리였다. 숨을 몰아쉬느라 말을 제대로 잇지 못하고 있었다.

"왜 그렇게 생각하신 거죠?"

"요즘 하는 일마다 뜻대로 되지 않아서요. 누군가를 급히 만나고 싶고 마음은 너무 급한데, 기다릴 수밖에 없는 상황이 많더라고요. 급히 당신과 통화하고 싶었어요. 정말 급한 일이에요."

"그런데 누구십니까?"

여자는 놀란 목소리로 믿지 못하겠다는 듯 물었다.

"나를 모르시겠어요?"

"아, 알겠습니다. 제 친구 올리버 부인이시군요."

"끔찍한 일이 일어났어요."

"네, 그런 것 같군요. 달리기라도 하고 있는 겁니까? 몹시 숨이 찬 것 같은데요?"

"그런 건 아니에요. 흥분해서 그런 거예요. 지금 당장 찾아가도 될까요?"

푸아로는 곧바로 대답하지 않았다. 그의 친구 올리버 부인은 지금 매우 흥분한 상태인 것 같았다. 어떤 문제가 있든 그녀는 꽤 긴 시간 동안 고충과 괴로움, 분노 등 자신을 괴롭히는 모든 것들을 쏟아 낼 게 분명했다. 올리버 부인이 일단 푸아로의 서재에 들어오면 어느 정도 무례함을 무릅쓰지 않고서는 부인을 돌려보내기 힘들었다. 그녀가 흥분할 만한 일은 헤아릴 수 없을 만큼 많고 예측할 수도 없기 때문에 행여 그런 것들을 끄집어내지 않도록 조심해야 했다.

"심란한 일이 생겼나요?"

"네, 물론 심란해요. 어떻게 해야 할지 모르겠어요. 아, 도대체 아무것도 모르겠어요. 당신을 만나 모든 걸 털어놓아야 할 것 같아요. 어떻게 할지 알려 줄 사람은 당신뿐이니까요. 내가 어떻게 해야 할지 말이에요. 그러니까 가도 되죠?"

"물론입니다. 와 주시면 기쁠 겁니다."

올리버 부인이 거칠게 수화기를 내려놓는 소리가 들렸다. 푸아로는 조지를 부르고 잠시 곰곰이 생각했다. 그러고는 조지에게 레몬 보리차, 비터 레몬, 자신이 마실 브랜디 한 잔을 준비하라고 일렀다.

"10분쯤 있으면 올리버 부인이 도착하실 거네."

잠시 후 조지가 푸아로에게 줄 브랜디를 가지고 다시 들어왔다. 푸아로가 만족한다는 뜻으로 고개를 끄덕이며 잔을 받아 들자 조지는 이어서 올리버 부인만이 그나마 관심을 가질 무알코올 음료를 내왔다. 푸아로는 우아하게 브랜디를 한 모금 마시면서 다가올 시련을 받아들일 수 있도록 마음을 다졌다.

"안타깝게도 너무 산만하단 말이야. 그래도 부인은 참으로 기발한 사람이지. 흥미로운 이야기를 들려줄지도 몰라."

푸아로는 잠시 생각에 잠겼다가 다시 중얼거렸다.

"저녁 내내 이야기보따리를 풀어놓거나 정말 말도 안 되는 이야기를 들려줄지도 모르지만 말이야. 에 비엥(글쎄), 삶에는 모험이 따르게 마련이지."

벨 소리가 들렸다. 이번에는 아파트 현관문 밖에 있는 벨이었다. 벨 소리는 한 번으로 그치지 않았다. 매우 효과적이고 한결같은 동작으로 오랫동안 끊이지 않고 울리는 벨 소리는 그야말로 소음 그 자체였다.

"흥분한 게 틀림없어."

조지가 현관문으로 걸어가 문 여는 소리가 들리더니, 인사도 오가기 전에 응접실 문이 열렸다. 이윽고 어부들이 쓰는 방수모와 방수복처럼 생긴 무언가를 벗겨지지 않게 꽉 잡은 채 아리아드네 올리버가 돌진해 들어왔고 조지가 그 뒤를 따라왔다.

에르퀼 푸아로가 물었다.

"도대체 입고 계신 게 뭡니까? 조르주한테 주세요. 흠뻑 젖었군요."

"물론 젖었죠. 푹 젖었어요. 전에는 물이라는 것에 대해 생각해 본 적이 없어요. 생각만 해도 끔찍해요."

푸아로는 흥미로운 눈으로 올리버 부인을 쳐다보았다.

"레몬 보리차나 작은 잔으로 오드비(브랜디) 한 잔 드시겠습니까?"

"난 물이 싫어요."

올리버 부인의 대답에 푸아로는 놀란 얼굴이 되었다.

"지긋지긋하다고요. 전에는 물이라는 것에 대해 생각해 본 적이 없답니다. 물로 무엇을 할 수 있는지 그런 것도요."

"친애하는 친구, 이리 와 앉으세요. 그건 조르주한테 주시고요. 입고 계신 게 뭡니까?"

조지는 물에 젖어 축 늘어진 올리버 부인의 방수복을 벗기고 있었다.

"콘월에서 샀어요. 방수복이죠. 어부들이 입는 진짜 방수복이에요."

"어부에게는 정말 요긴하겠군요. 하지만 부인에게는 그다지 필요한 물건이 아닌 것 같습니다. 입고 다니기에는 무겁고. 어쨌든 이리 와 앉아 얘기나 들려주세요."

"어떻게 말해야 할지 모르겠어요. 정말 실제로 일어난 일이라고는 생각할 수 없는 일 있잖아요. 그런 일이 일어나 버렸어요. 진짜 일어나 버렸다고요."

의자 깊숙이 몸을 기대며 올리버 부인이 말했다.

"말해 보세요."

"말하려고 온 거예요. 하지만 막상 와 보니 어디서부터 시작해야 할지 몰라 너무 힘드네요."

"무슨 말을 해야 할지 모르겠다는 겁니까? 아니면 그냥 상투적으로 하는 말인가요?"

"언제부터 시작됐는지 모르겠어요. 정말 모르겠어요. 오래전부터 시작됐는지도 모르잖아요."

"진정하세요. 이 문제의 여러 가지 가닥들을 머릿속에 정리해 보고 말해 주세요. 부인을 이토록 심란하게 만든 게 도대체 뭡니까?"

"당신이었더라도 심란했을 거예요. 아마 그랬을 거예요."

말은 그렇게 했지만 올리버 부인은 확신하지 못하고 덧붙였다.

"푸아로 씨가 심란해할 만한 일이 어떤 건지는 모르겠어요. 수많은 일들을 너무나 차분하게 받아들이는 분이니까요."

"그게 최선이니까요."

"좋아요. 파티에서 일어난 일이에요."

"그렇군요. 파티라…… 파티에 갔는데 사건이 일어났군요."

파티라는 지극히 평범하고 상식적인 단어를 듣고 푸아로는 일단 마음을 놓았다.

"핼러윈 파티 아세요?"

"잘 알지요. 10월 31일에 하는 거 아닙니까. 마녀가 빗자루를 타고 날아다니는 날이라지요."

푸아로는 희미하게 눈을 반짝였다.

"빗자루도 있었어요. 빗자루에 대해 시상도 했답니다."

"시상이라니요?"

"네, 빗자루를 가장 잘 꾸민 사람을 선정해 상을 줬죠."

푸아로는 꽤 의심스러운 듯 올리버 부인을 쳐다보았다. 파티라는 말에 안심했던 푸아로는 새삼 다시 의구심이 들었다. 부인이 술을 마시지 않았다는 것을 알고 있었기 때문에 다른 때 같았으면 해 보았을 추측도 할 수 없었다.

"아이들 파티였거든요. 아니, 그보다는 일레븐 플러스 파티였다고 하는 게 맞겠네요."

"일레븐 플러스라니요?"

"학교에서 쓰는 말이에요. 학생들이 얼마나 공부를 잘하는지를 따져서 일레븐 플러스에 들 만큼 잘하면 그래머 스쿨(대학 진학을 위해 다니는 중등학교 — 옮긴이) 같은 데 보내지요. 그렇지 않으면 중등 실업학교(산업 기술 교육을 중시하는 중등학교 — 옮긴이)에 가는 거고요. 말도 안 되는 이름이죠. 무슨 뜻으로 지었는지는 모르겠어요."

"솔직히 말하면 부인이 무슨 말을 하는지 잘 모르겠군요."

이야기 주제가 어느새 파티에서 벗어나 교육으로 바뀐 듯했다.

올리버 부인은 심호흡을 한 번 하더니 다시 말을 시작했다.

"그건 정말…… 사과와 함께 시작되었어요."

"그렇겠죠. 그럴 테지요. 부인한테는 늘 사과가 따라다니니까요. 그렇지 않나요?"

푸아로는 언덕 위에 주차한 작은 차와 그 차에서 내리는 덩치 큰 여자, 찢어지는 사과 봉지, 언덕 아래로 굴러 떨어지는 사과 등을 머릿속에 떠올렸다.

"좋아요, 사과라……."

푸아로는 기운을 북돋워 주려고 말했다.

"사과 건지기 말이에요. 핼러윈 파티 때 하는 놀이죠."

"아, 그렇군요. 들어 본 적이 있다고 생각했어요. 맞아요."

"모든 시합이 끝나 가고 있었죠. 사과 건지기, 6펜스짜리 동전을 얹은 밀가루 산 깎아 내기, 손거울 들여다보기……."

"사랑하는 사람의 얼굴이 나타난다는 거울 말인가요?"

아는 것이 많은 푸아로가 말했다.

"아, 드디어 알아듣기 시작했군요."

"전통 놀이가 정말 많군요. 그리고 그걸 다 핼러윈 파티 때 했다는 말이죠?"

"네. 정말 대성공이었어요. 마지막에 한 건 스냅드래건이었지요. 당신도 알 거예요. 커다란 접시에 담긴 불붙은 건포도 있잖아요. 내 생각에 그 일이 벌어진 것도 스냅드래건을 할 때였던 것 같아요."

올리버 부인의 목소리가 떨렸다.

"뭐가 벌어졌을 때 말인가요?"

"살인요. 스냅드래건이 끝나고 모두 집으로 돌아갔거든요. 그때부터 그 애가 보이지 않았어요."

"누구 말인가요?"

"어떤 소녀요. 이름은 조이스예요. 모두 그 애 이름을 부르며 이리저리 찾아다녔어요. 혹시 다른 사람하고 집에 갔는지 알아보기도 했고요. 그 애 엄마는 조이스가 피곤했거나 몸이 안 좋아서 혼자 집에 가 버린 게 틀림없지만 아무 말도 하지 않고 가는 건 너무 생각 없는 짓이라고 둘러대며 화를 내더군요. 그런 일이 있을 때 엄마들이 흔히 하는 말 있잖아요. 하지만 어쨌든 조이스가 보이지 않았어요."

"그래서 그 애 혼자 집에 간 겁니까?"

"아니요. 그 애는 집에 간 게 아니었어요."

올리버 부인의 목소리가 또다시 떨렸다.

"우리는 결국 그 애를 서재에서 발견했어요. 누군가 서재에서 그 짓을 한 거예요. 사과 건지기 말이에요. 양동이가 거기 있었어요. 커다란 아연 도금 양동이요. 플라스틱 양동이는 쓰지 않기로 했거든요. 플라스틱 양동이를 썼다면 그 일이 일어나지 않았을지도 몰라요. 별로 무겁지 않거든요. 뒤집혔을 테니까."

"무슨 일이 일어난 겁니까?"

푸아로가 날카로운 목소리로 물었다.

"거기서 그 애를 발견했어요. 누군가, 누군가 사과를 띄운 물속 깊숙이 그 애 머리를 밀어 넣었어요. 그렇게 양동이 밑바닥까지 밀어 그대로 누르고 있었으니 당연히 죽죠. 익사래요, 익사. 고작 물이 가득 든 아연 도금 양동이에서 말이에요. 무릎을 꿇어 사과를 물려고 하다가 그렇게 된 거예요. 이제 사과라면 끔찍해요. 사과는 두 번 다시 쳐다보고 싶지도 않아요."

 푸아로는 올리버 부인을 바라보며 한 손을 뻗어 작은 잔에 코냑을 따랐다.

 "이걸 좀 마셔요. 기분이 나아질 겁니다."

 푸아로가 말했다.

4장

올리버 부인은 잔을 내려놓고 입술을 훔쳤다.
"당신 말이 맞군요. 기분이 나아졌어요. 내가 너무 흥분했나 봐요."
"너무 큰 충격을 받아서 그런 겁니다. 언제 있었던 일입니까?"
"어젯밤에요. 그게 겨우 어젯밤에 일어난 일이었나? 맞아요, 맞아, 그래요."
"그래서 저를 찾아온 거고요."
제대로 된 질문이라고 할 수 없었지만 푸아로는 자신이 알고 있는 것보다 더 많은 것을 알아내고 싶은 마음에 이렇게 말했다.
"저를 찾아오셨는데, 어째서죠?"
"당신이라면 도움을 줄 것 같아서요. 알다시피 이건 간단한 사건이 아니에요."
"그럴 수도 있고 아닐 수도 있지요. 경우에 따라 다릅니다. 좀 더 많은 얘기를 해 주어야 해요. 경찰이 사건을 맡았겠죠. 의사도 왔을 거고. 의사는 뭐라던가요?"

"심리가 있을 거래요."

"당연히 그러겠죠."

"내일이나 모레쯤 할 거라는군요."

"조이스라는 그 소녀는 몇 살쯤 되었나요?"

"정확한 나이는 모르겠지만, 열두 살이나 열세 살쯤 됐을 거예요."

"나이에 비해 작은 편이었나요?"

"아니, 그렇지 않았어요. 오히려 꽤 성숙한 편이었어요. 살집도 있었고요."

"성숙했다고요? 성적으로 매력적이었다는 말인가요?"

"네, 바로 그거예요. 하지만 이번 사건이 그런 범죄인지는 모르겠어요. 그랬다면 더 간단해야 하잖아요. 그렇지 않아요?"

"그건 매일 신문에 오르는 사건이지요. 폭행당한 소녀, 강간당한 아동. 그래요, 매일 접하는 얘기지요. 다른 점이라면 이번 사건이 일반 가정집에서 일어났다는 건데, 그렇다고 전혀 다르다고 할 수는 없을 겁니다. 저는 여전히 부인이 모든 걸 털어놓았다는 생각이 들지 않는군요."

"그래요. 말하지 않은 게 있어요. 당신을 찾아온 이유를 말하지 않았죠."

"조이스와 잘 아는 사이인가요?"

"전혀 모르는 아이예요. 그냥 내가 어떻게 해서 거기 가게 되었는지를 설명하는 게 낫겠네요."

"어디에 갔던 겁니까?"

"네, 우들레이 커먼이라는 곳이에요."

"우들레이 커먼이라…… 얼마 전 그곳에서……."

푸아로는 곰곰이 생각하더니 입을 다물었다.

"런던에서 그리 멀지 않은 곳이에요. 오륙십 킬로미터쯤 되려나. 메드체스터 근처에 있어요. 멋진 저택도 몇 채 있지만 새로 지은 건물이 꽤 많은 주택가예요. 근처에 좋은 학교도 있고, 런던이나 메드체스터까지 출퇴근할 수도 있어요. 그럭저럭 번다는 사람들이 모여 사는 평범한 곳이죠."

"우들레이 커먼이라……."

푸아로가 생각에 잠겨 다시 되뇌었다.

"거기 사는 친구 집에 머물고 있었어요. 주디스 버틀러라는 과부지요. 올해 그리스로 여행을 갔다가 거기서 만나 친구가 되었어요. 주디스에게는 딸이 하나 있어요. 미란다라고, 열두 살 아니면 열세 살쯤 되었죠. 어쨌든 주디스가 놀러 오라고 해서 갔는데, 주디스 친구들이 아이들을 위한 핼러윈 파티를 연다는 거예요. 주디스는 내가 기발한 생각을 갖고 있을 거라고 말하더군요."

"아, 이번에는 살인범 사냥 같은 걸 제안하지 않았군요?"

"세상에, 절대 아니에요. 내가 그런 일을 다시 염두에 둘 거라고 생각하세요?"

"그러지 않겠죠."

"하지만 그런 일이 일어난 거예요. 너무 끔찍했죠. 내가 거기 있었기 때문에 그 일이 일어났을 리는 없겠죠?"

"그렇지는 않을 겁니다. 어쨌든 파티에 온 사람 중에 부인을 아는 사람이 있었나요?"

"네. 어떤 아이가 내 책에 대해 말했고 아이들이 살인을 좋아한다고 했어요. 그래서 그 일이 일어난 거예요. 당신을 찾아오게 만든 이 사건 말이에요."

"부인은 아직 그 이유를 말하지 않았습니다."

"그게, 처음에는 그 생각을 못 했어요. 바로 생각나지 않더라고요. 아이들은 원래 희한한 일들을 잘 벌이잖아요. 그러니까 사실은 정신병원에 보내야 하는데 그냥 집으로 돌려보내서 정상적인 생활을 하는 아이들 틈에 돌아다니면서 이런 일을 저지르는 아이들이 있다는 거죠."

"10대 후반의 청소년도 있었나요?"

"남자아이 두 명이 있었는데 경찰 조사에 계속 불려 다니더군요. 열여섯 살에서 열여덟 살 사이로 보였어요."

"그중 한 명이 범인일 수도 있겠군요. 경찰에서도 그렇게 생각하나요?"

"경찰은 자신들이 어떤 생각을 가지고 있는지 말해 주지 않았어요. 하지만 그렇게 생각하는 것 같았어요."

"조이스가 매력적인 소녀였나요?"

"그렇다고 할 수는 없어요. 남자아이들이 보기에 매력적이었냐는 말이죠?"

"아닙니다. 그저 단어의 의미 그대로 말한 겁니다."

"썩 괜찮은 아이 같지는 않았어요. 말을 걸고 싶은 아이는 아니라는 거죠. 자랑하고 뻐기기 좋아하는 아이였어요. 그 나이가 좀 피곤한 나이죠. 내 말이 몰인정하게 들리겠지만……."

올리버 부인이 말끝을 흐렸다.

"살인 사건이 일어났을 때 희생자가 이러저러했다고 말하는 것은 몰인정한 게 아닙니다. 피할 수 없는 일이지요. 희생자의 성격이 살인 사건의 계기가 되는 경우가 많거든요. 그때 그 집에 몇 명이나 있었나요?"

"파티에 참석한 사람들 말이죠? 보자, 아가씨 대여섯 명, 부인네 몇 명, 그리고 선생님 한 명, 의사의 아내인지 여동생인지 모르겠지만 아무튼 한 명, 중년 부부 한 쌍, 열여섯 살에서 열여덟 살쯤 돼 보이는 소년 두어 명, 열다섯 살짜리 여자아이 하나, 열한 살, 열두 살쯤 먹은 아이 두세 명. 뭐, 그 정도였어요. 모두 합쳐 스물다섯 명에서 서른 명쯤이었을 거예요."

"낯선 사람은 없었나요?"

"내가 보기에 모두 서로 아는 사이였던 것 같아요. 더 친해 보이는 사람들도 있었어요. 여자아이들은 거의 다 같은 학교에 다니는 것 같았어요. 음식이나 저녁 식사 나르는 일 같은 걸 도와주러 온 여자 두 명이 있었고요. 파티가 끝나자 부인들은 거의 다 아이들을 데리고 집으로 돌아갔어요. 청소를 거들어 주면 다음 날 아침에 청소부들 고생이 덜할 것 같아 나는 파티를 마련한 로위나 드레이크를 도와주려고 주디스와 다른 몇 명과 함께 남았어요. 당신도 알겠지만 엄청난 양의 밀가루에다, 폭죽을 터트리고 남은 종이 캡들이 널려 있는, 뭐 그런 난장판이었거든요. 웬만큼 쓸어 내고 나서 마지막으로 서재에 갔을 때 그 아이를 발견한 거예요. 그런데 그때 그 아이가 했던 말이 떠오르더군요."

"누구 말입니까?"

"조이스요."

"조이스가 뭐라고 했지요? 이제야 그 말을 듣게 되는군요, 그렇죠? 부인이 여기 온 이유 말입니다."

"그래요. 난 그게 아무 의미도 없는 말이라고 생각했어요. 그러니까…… 의사나 경찰에게는 말이에요. 하지만 당신한테는 의미 있는 말일지도 모른다는 생각이 들더군요."

"에 비엥(그렇다면) 말해 보세요. 조이스가 파티에서 한 말인가요?"

"아니에요. 그 전에 말했어요. 파티 준비를 하던 날 오후에요. 내 책에 나오는 살인 사건에 관해 이야기한 뒤에 조이스가 '저는 살인을 직접 목격한 적이 있어요.'라고 했어요. 그러자 그 아이 엄마인지 아닌지는 모르겠지만 어떤 여자가 '쓸데없는 소리 그만해, 조이스.'라고 했고, 상급생 여자아이 하나가 '다 지어낸 이야기야.'라고 했어요. 그랬더니 조이스가 '정말이에요. 전 분명히 봤어요. 누군가 살인을 저지르는 걸 봤다고요.'라고 말했어요. 하지만 아무도 그 애 말을 믿지 않았어요. 모두 웃어넘겨서 조이스는 무척 화가 났죠."

"부인은 그 아이 말을 믿었습니까?"

"아니요. 물론 믿지 않았어요."

"알겠습니다. 그래요, 그랬군요."

푸아로는 말없이 손가락 하나로 탁자를 두드리더니 입을 열었다.

"자세한 상황이나 이름도 말하지 않던가요?"

"말하지 않았어요. 계속 뻐기면서 큰소리치다가 여자아이들이 비웃자 화를 냈어요. 부인들이나 어른들은 그 아이를 못마땅하게 생각하는 것 같았어요. 하지만 아이들은 그저 웃기만 했어요. 아이들이 '계속해 봐, 조이스. 언제 있었던 일인데? 왜 진작 우리한테 이야기하지 않았니?' 그러니까 조이스는 '너무 오래된 일이라 잊어버렸어.'라더군요."

"그렇군요. 얼마나 오래됐는지 말하던가요?"

"그냥 몇 년 전이라고 하더군요. 어른인 척하는 말투 아시잖아요. 앤인가 비어트리스인가, 하여튼 여자아이 하나가 '어째서 경찰에 신고하지 않았니?'라고 묻더군요. 점잖은 상급생 같아 보였어요."

"그렇군요. 조이스가 뭐라고 대답했나요?"

"'그때는 그게 살인인 줄 몰랐으니까.'라고 했어요."

"정말 흥미로운 말이군요."

푸아로가 등을 더 꼿꼿이 세우고 말했다.

"그때까지 그 아이는 조금 혼란스러워했던 것 같아요. 모두 짓궂게 자기를 놀리니까 어떻게든 해명하려고 하다가 점점 화가 난 거죠. 아이들은 계속해서 조이스한테 왜 경찰에 신고하지 않았느냐고 했고, 조이스는 '그때는 그게 살인인 줄 몰랐어. 나중에야 그게 살인이었다는 걸 알았어.'라고 하더군요."

"하지만 부인을 비롯해 아무도 조이스의 말을 믿지 않았는데, 막상 조이스가 죽은 채로 발견되었으니 갑자기 그 애 말이 사실인지도 모른다는 생각이 든 거로군요?"

"네, 바로 그거예요. 무얼 해야 할지, 내가 무얼 할 수 있을지 도통 모르겠더군요. 그러다 결국 당신이 생각난 거예요."

푸아로는 감사하게 생각한다는 뜻으로 진지하게 고개를 숙였다. 잠시 말이 없던 그가 입을 열었다.

"부인께 중요한 질문을 하나 하려고 하는데, 대답하기 전에 충분히 생각해 보세요. 부인은 조이스가 정말 살인을 목격했다고 생각하세요? 아니면 단지 자기가 살인을 목격했다고 믿는 것일까요?"

"전자인 것 같아요. 처음에는 믿지 않았어요. 그저 예전에 본 어떤 것을 희미하게 기억하고 있으면서 엄청나게 중요하고 흥미진진한 일이었던 것처럼 꾸미는 거라고 생각했어요. 그 아이는 점점 격한 목소리로 '정말이야. 정말 봤다니까.'라고 했고요."

"그래서……"

"그래서 당신을 찾아온 거예요. 그 아이의 죽음을 설명하기 위해서는 실제로 살인 사건이 일어났고 그 아이가 그 사건의 목격자여야 하니까요."

"그러기 위해서는 몇 가지 조건이 필요합니다. 파티에 참석한 사람 중 누군가가 살인을 저질렀는데, 그 사람 역시 파티가 열리던 날 일찍부터 거기 있었고 조이스의 말을 들었어야 합니다."

"내가 그냥 상상한 이야기라고 생각하는 건 아니죠? 내가 억지로 꿰맞춘 이야기라고 생각하는 건가요?"

"한 소녀가 살해되었습니다. 물이 가득 든 양동이 바닥까지 소녀의 머리를 밀어 넣어 그대로 누르고 있을 만큼 힘이 센 누군가에 의해서 말입니다. 추악한 살인이고, 한순간의 머뭇거림도 없이 저지른 살인이에요. 위협을 느낀 누군가가 인간이 할 수 있는 한 최대한 신속하게 해치운 겁니다."

"조이스가 자신이 목격한 살인 사건의 범인을 알고 있었을 리 없어요. 그와 관련된 사람이 그 방에 있었다면 그런 말을 했을 리 없잖아요."

"그렇습니다. 바로 그 점이에요. 조이스는 살인 사건을 목격했지만 살인자의 얼굴은 보지 못했어요. 우리는 그 사실의 이면을 생각해 봐야 합니다."

"무슨 말인지 모르겠군요."

"그 살인이나 살인에 얽힌 사람, 그러니까 살인자와 밀접하게 관련되어 있는 사람이 그날 일찌감치 그곳에 나타나 조이스의 말을 들었을 수도 있어요. 자신의 아내나 어머니나 아들이나 딸이 한 짓을 오직 자기 혼자만 알고 있다고 생각한 어떤 남자가 범행을 저질렀을 수도 있다는 말이지요. 아니면 자신의 남편이나 어머니나 딸이나 아들이 한 짓을 알고 있는 어떤 여자일 수도 있고요. 자기 외에는 아무도 모른다고 생각했던 누군가였겠죠. 그런데 그때 조이스가 그 얘기를 꺼낸 겁니다…….”
"그래서…….”
"조이스가 없어져야 했다?"
"그래요. 이제 어떻게 할 건가요?"
"이제야 기억났습니다. 우들레이 커먼이라는 이름이 귀에 익다 싶더니…….”

5장

 에르퀼 푸아로는 파인 크레스트로 들어가는 작은 대문을 바라보았다. 파인 크레스트는 현대식으로 지은, 밝은 분위기의 작은 집이었다. 에르퀼 푸아로는 숨이 조금 찼다. 그 앞에 있는 이 작고 아담한 집은 이름과 매우 잘 어울렸다. 그 집은 소나무 몇 그루가 드문드문 서 있는 언덕 맨 위에 자리 잡고 있었다. 작고 아담한 정원에서 덩치 크고 늙수그레한 남자가 보도를 따라가며 커다란 양철 물뿌리개로 물을 뿌리고 있었다.
 관자놀이께만 조금 희끗하던 스펜스 총경의 머리는 어느새 온통 잿빛이었다. 허리둘레는 크게 줄어들지 않았다. 그는 물 뿌리던 손을 멈추고 대문 앞에 서 있는 손님을 바라보았다. 에르퀼 푸아로는 꼼짝도 하지 않고 거기 서 있었다.
 "이런, 틀림없군. 틀림없어. 그래, 맞아. 정말 오랜만입니다, 에르퀼 푸아로 씨."

스펜스가 말했다.

"아하, 저를 알아보시는군요. 정말 영광입니다."

에르퀼 푸아로가 말했다.

"콧수염은 여전하군요."

스펜스는 물뿌리개를 내려놓고 대문으로 걸어가면서 말했다.

"지독한 잡초들. 그런데 여기는 어쩐 일이십니까?"

"한창때 나를 여기저기 돌아다니게 만든 일, 그리고 오래전 당신이 나를 찾아오게 만든 일(전작 『맥긴티 부인의 죽음』에서의 일을 말함—옮긴이), 바로 살인 사건 때문이지요."

"전 살인 사건에서 손을 뗐습니다. 잡초는 예외지만. 지금 내가 하는 일이 잡초 죽이는 일이죠. 제초제 뿌리기. 이거 생각만큼 쉽지 않습니다. 늘 딱 맞아떨어지지 않게 마련이거든요. 대개는 날씨가 그래요. 너무 습해도 안 되고 너무 건조해도 안 되니까요. 제가 여기 있는 줄은 어떻게 아셨습니까?"

스펜스가 대문 빗장을 끄르자 푸아로가 안으로 들어왔다.

"크리스마스 카드를 보내지 않았습니까. 새 주소가 씌어 있더군요."

"아, 그렇군요. 그랬었죠. 알다시피 저는 구식이잖습니까. 크리스마스만 되면 옛 친구들한테 카드를 보낸답니다."

"감사히 잘 받았습니다."

"이제 전 늙었습니다."

"우리 둘 다 그렇지요."

"당신 머리는 별로 세지 않았군요."

"염색한 겁니다. 희끗한 머리로 사람들 앞에 나설 필요는 없으니까요. 그러고 싶다면 또 모를까."

"저한테는 검은 머리가 어울리지 않을 것 같군요."

"저도 그렇게 생각합니다. 당신은 은발일 때 가장 눈에 띄거든요."

"제가 눈에 띄는 사람이라고 생각해 본 적 없습니다."

"저는 그렇게 생각합니다. 그런데 어떻게 우들레이 커먼에 와 살게 된 겁니까?"

"실은 누이와 살림을 합치려고 여기 왔습니다. 누이는 남편도 잃었고, 아이들도 결혼해 하나는 호주에, 나머지 하나는 남아프리카에 살고 있거든요. 그래서 저도 여기로 이사 왔지요. 요즘은 연금만으로 먹고살기 힘들지만 둘이 합치면 꽤 편하게 살 수 있습니다. 이리 와 앉으세요."

스펜스는 유리창이 달린 작은 베란다로 푸아로를 안내했다. 그곳에는 탁자 한두 개와 의자들이 놓여 있었다. 기분 좋은 가을 햇살이 베란다로 내리쬐었다.

"뭘 좀 갖다 드릴까요? 제대로 된 마실 거리가 없어서 미안하군요. 당신이 좋아하는 블랙커런트나 로즈힙 열매 시럽 같은 건 없어요. 맥주 어때요? 아니면 엘스페스한테 차를 한 잔 가져오라고 할까요? 샌디나 콜라, 아니면 코코아도 있습니다. 누이 엘스페스가 코코아를 좋아하거든요."

"고맙습니다. 샌디로 하겠습니다. 진저비어(생강 맛이 나는 탄산음

료 ― 옮긴이)와 맥주로 만드는 거지요?"

"바로 맞혔습니다."

스펜스는 집 안으로 들어가더니 이내 큰 유리잔 두 개를 들고 나왔다.

"나도 한잔해야겠어요."

스펜스는 의자 하나를 탁자 가까이 끌고 와 앉으면서 푸아로와 자신 앞에 잔을 놓았다. 그러고는 잔을 들며 말했다.

"조금 전에 무슨 말을 했지요? '범죄를 위하여!'라는 말은 하지 맙시다. 범죄에서 손을 뗐고, 그래도 얘기해야겠다면 나는 요 근래 어떤 사건도 생각나지 않으니 그건 당신이 해야 할 일입니다. 난 특히나 최근에 일어난 살인 사건 같은 건 좋아하지 않아요."

"그렇게 해 주실 거라고 생각하지 않습니다."

"아이가 양동이에 머리를 처박고 죽은 사건에 대해 말하려는 겁니까?"

"그래요. 그 얘기를 하려고 온 겁니다."

"저를 찾아온 이유를 모르겠군요. 전 이제 경찰이 아닙니다. 오래전에 끝난 일이지요."

"한번 경찰은 영원한 경찰입니다. 평범한 사람이기는 하지만 늘 경찰의 관점으로 보게 마련이라는 말입니다. 이런 말을 하는 저 역시 조국에서는 경찰이었습니다."

"그래요, 당신도 경찰이었지요. 그런 말을 했던 기억이 납니다. 사람마다 관점이 한쪽으로 조금 치우치기는 하지만 제가 경찰로 활동

한 건 오래전 일이에요."

"하지만 소문은 들으실 것 아닙니까. 그쪽에 친구들도 있고. 그 사람들이 알고 있는 것이나 추측하고 있는 걸 들어 알고 있겠죠."

스펜스가 한숨을 쉬었다.

"요즘 사람들은 아는 게 너무 많아서 탈입니다. 낯익은 수법으로 저지른 범죄는 부지런한 경찰관이라면 누가 범인인지 너무나 쉽게 알 수 있죠. 신문사에 알리지는 않겠지만 조사하면 알게 돼죠. 하지만 그 이상 파고드는 데는 어려움이 있어요."

"아내나 애인 같은 사람들 말입니까?"

"부분적으로는 맞습니다. 하지만 결국 죄인은 벌을 받게 마련입니다. 때로는 한두 해가 지나가기도 하지요. 푸아로 씨, 요즘에는 악당과 결혼하는 여자들이 우리 때보다 더 많은 것 같습니다."

에르퀼 푸아로는 콧수염을 잡아당기며 곰곰이 생각했다.

"맞아요. 그런 것 같군요. 당신 말대로 예나 지금이나 아가씨들은 늘 불한당 같은 놈들에게 사족을 못 쓰죠. 하지만 예전에는 방패막이 있었어요."

"맞아요. 아가씨들을 보살펴 주는 사람들이 있었죠. 어머니나 고모, 언니 말이에요. 여동생이나 오빠들도 아가씨에게 무슨 일이 일어나고 있는지 알고 있었어요. 아버지들은 조금도 주저하지 않고 그 불한당을 집 밖으로 쫓아냈죠. 물론 그런 악당하고 도망가는 아가씨도 있었죠. 하지만 요즘에는 그럴 필요가 없어요. 어머니는 자기 딸이 누구를 만나는지 몰라요. 아버지는 딸이 만나는 사람에 대해 들어 보지도 못할 뿐만 아니라, 오빠는 여동생이 어떤 사람을 만나는지 알고 있으면서도 그저 '바보 같은 계집애'라고 생각할 뿐이지요. 부모가 결혼에 동의하지 않으면 처녀와 악당은 법원에 가서 결혼 허가증을 받아 냅니다. 그리고 나서 온 세상이 다 아는 그 악당은 자신의 아내를 비롯해 모든 사람들에게 자신은 변함없는 악당이라는 것을 계속 보여 주지요. 그러나 사랑의 힘은 위대합니다. 악당의 아내는 자기 남편이 그런 몸서리 나는 범죄 성향을 가진 사람이라는 걸 받아들이지 않아요. 남편을 위해 거짓말을 하고 거짓 진술도 마다하지 않지요. 그래요, 그건 힘든 일입니다. 우리에게 힘든 일이란 말입니다. 옛날이 더 좋았다고 타령하는 건 소용없는 일이에요. 우리는 그런 생각밖에 할 수 없지만 말이에요. 그나저나 푸아로 씨, 어쩌다 이 일에 휘말리게 된 겁니까? 여기는 당신이 사는 지역이 아니지 않습니까? 런던에 살고 있는 줄 알았는데. 내가 당신을 알게 되었을 때만 해도 당신은 런던에 살고 있었지요."

"지금도 런던에 살고 있습니다. 친구인 올리버 부인의 부탁으로 여기 온 겁니다. 올리버 부인 기억하시나요?"

스펜스는 고개를 들고 눈을 감은 채 곰곰이 생각하는 듯 보였다.

"올리버 부인? 기억나지 않는군요."

"작가입니다. 탐정 소설을 쓰는 작가죠. 맥긴티 부인 사건을 조사해 달라고 저를 설득했을 때 그녀를 만난 적이 있지 않습니까. 맥긴티 부인을 잊지는 않았겠죠?"

"그럴 리 있겠습니까. 하지만 오래전 일이에요. 푸아로 씨, 당신은 그때 정말 큰 전환점을 마련해 주었어요. 도움을 구하러 찾아간 저를 실망시키지 않았어요."

"의논하러 저를 찾아와 주어 되레 영광이었습니다. 한두 번 절망한 적도 있었어요. 우리가 그 남자를 구해야 했죠. 교수형에 처할 뻔한 남자를 말이에요. 정말 오래된 일이에요. 그는 어떤 일도 제대로 하지 못하는 사람이었지요. 지나치다 싶을 만큼요. 쓸모 있는 그 어떤 일도 스스로 할 줄 모르는 그런 사람이었어요."

"그치는 그 멍청한 아가씨와 결혼했죠? 머리를 탈색한 똑똑한 아가씨 말고요. 그 두 사람이 어떻게 사귀게 됐는지 궁금한데 혹시 들은 게 있나요?"

"아니요. 그래도 둘이 모든 면에서 잘 맞았겠죠."

"도대체 그치의 어디가 마음에 들었는지 모르겠군요."

"이해할 수 없는 일이기는 합니다. 하지만 매력이라고는 약에 쓰려도 찾아볼 수 없는 남자라도 어떤 여자 눈에는 매력적으로 비친다는 사실은 자연이 주는 위대한 위안 중 하나이지요. 결혼해서 줄곧 행복하게 살고 있다고 말할 수밖에요. 아니면 그러기를 바라고요."

"그들이 어머니와 함께 산다면 결혼해서 줄곧 행복하게 살고 있다고 할 수 있을까요?"

"물론 그렇지는 않겠죠. 양아버지의 경우도 마찬가지고요."

"이런, 또 옛날 이야기를 하고 있군요. 다 지난 얘기를. 지금은 이름이 기억나지 않지만 나는 그 남자가 반드시 장의사를 해야 한다고 생각했어요. 장의사에 맞는 얼굴과 태도를 가지고 있지 않았습니까. 아마 그럴 겁니다. 아가씨에게는 돈도 좀 있었지요? 맞아요, 그 사람이라면 아주 훌륭한 장의사가 될 수 있을 거요. 온통 검은색으로 차려입고 장례용품을 주문하는 모습을 상상할 수 있어요. 느릅나무든 티크 나무든 아무튼 관으로 쓰기 알맞은 목재를 열심히 고를 겁니다. 하지만 그 사람은 보험 판매나 부동산 중개는 절대 하지 말아야 해요. 그나저나 자꾸 지난 일을 꺼내게 되는군요."

그러다 스펜스가 느닷없이 말했다.

"올리버 부인이라. 아리아드네 올리버. 사과. 그래서 올리버 부인이 이번 사건에 관여하게 된 건가요? 그 불쌍한 아이가 파티 중에 사과가 동동 떠 있는 양동이에 머리를 처박고 죽었다고 했죠? 그래서 올리버 부인이 흥미를 느낀 건가요?"

"사과 때문에 특별히 흥미를 느낀 것 같지는 않습니다. 하지만 부인은 그 파티가 열린 곳에 있었습니다."

"올리버 부인이 여기 삽니까?"

"아닙니다. 이곳에 살지 않아요. 친구인 버틀러 부인 집에 머물고 있습니다."

"버틀러? 아, 누군지 알겠습니다. 교회에서 멀지 않은 곳에 사는 과부죠. 남편은 비행기 조종사였고 딸이 하나 있어요. 딸이 꽤 예쁘고 행동거지도 바르더군요. 버틀러 부인도 꽤 매력적이라고 생각하지 않습니까?"

"이제 겨우 안면을 텄을 뿐이지만, 그래요, 아주 매력적이더군요."

"그런데 푸아로 씨 당신은 어쩌다 이 일에 관여하게 된 겁니까?

사건이 일어났을 때 여기 없었잖습니까?"

"그랬지요. 그런데 올리버 부인이 런던으로 저를 찾아왔습니다. 매우 혼란스러워하더군요. 제가 뭔가 해 주기를 바랐어요."

스펜스가 희미하게 미소 지었다.

"알겠습니다. 오래전과 같은 얘기군요. 제가 당신을 찾아간 것도 당신이 뭔가 해 주기를 바라서였으니까요."

"그리고 저는 한 걸음 더 나아가 일을 진행했습니다. 당신을 찾아왔으니까요."

"제가 뭔가 해 주기를 바라는 건가요? 하지만 이제 저는 할 수 있는 일이 없습니다."

"아니, 있습니다. 사람들에 대해 이야기해 주면 됩니다. 여기 사는 사람들, 그날 파티에 왔던 사람들 말입니다. 파티에 왔던 아이들의 부모, 학교 교사, 변호사, 의사 등에 대해 말씀해 주세요. 파티에 온 누군가가 아이를 꾀어 무릎을 꿇게 만든 다음 웃으며 이렇게 말했겠죠. '입으로 사과를 가장 잘 물 수 있는 방법을 알려 줄게. 난 그 비결을 알고 있단다.' 남자인지 여자인지는 모르겠지만 그러고 나서 그 사람은 자연스럽게 아이의 머리에 한 손을 얹습니다. 별다른 몸부림이나 소리 같은 게 날 수 없는 상황이었죠."

"흉악하군요. 이야기를 들었을 때 그런 생각이 들었습니다. 알고 싶은 게 뭡니까? 나는 여기 온 지 1년 됐고, 내 동생은 이삼 년쯤 됐어요. 이곳은 큰 동네가 아닙니다. 정착률이 특별히 높다고도 할 수 없고요. 늘 사람들이 들고나는 곳이에요. 남자들은 메드체스터나 그레이트 캐닝, 혹은 근처 다른 곳에 직장을 두고 있습니다. 아이들은 여기 학교를 다니고요. 그러다 남자들이 직장을 옮기면 아이들도 다른 학교로 전학을 가죠. 정착민이 많은 동네는 아니에요. 교장 에믈린 양과 퍼거슨 선생처럼 오랫동안 살고 있는 사람도 있지만 대체로 이동이 많은 편이죠."

"이번 사건이 흉악한 범죄라는 의견을 가지고 계시니만큼 이 이 마을에 사는 흉악한 사람들을 알 거라고 기대해도 되겠군요."

"그래요. 가장 먼저 그걸 생각하게 마련입니다. 그다음 살펴볼 것은 같은 맥락에서 질이 나쁜 10대 청소년이에요. 자그마한 열세 살짜리 소녀를 질식시키거나 익사시키고 싶어 하는 사람이 누구이겠습니까? 하지만 가장 먼저 떠올릴 수 있는 성폭행 흔적은 없는 것 같습니다. 요즘에는 작은 시골 마을에서도 그런 일이 흔히 일어납니다. 제가 젊었을 때보다 더 잦은 것 같아요. 우리 때도 정서장애니 뭐니 하는 게 있었지만 지금처럼 많지는 않았어요. 지금은 그런 환자들이 마땅히 안전하게 격리되어 있어야 하는데도 그렇지 못한 것 같아요. 모든 정신병원이 만원이랍니다. 환자들이 넘쳐나다 보니 의사들은 그냥 내보내서 정상적인 생활을 하게 합니다. '가서 가족과 함께 사시오.'라고 한다지요. 그러면 그 악한인지 정신병을 앓는 딱한 작자인지는 다시 충동에 사로잡히고, 길을 가던 젊은 여성이 자갈 채취장에서 발견되거나 차를 얻어 타는 우를 범하고 맙니다. 낯선 사람을 조심하라고 수없이 일러도 아이들은 학교에 가겠다며 집을 나서서 모르는 사람의 차를 덜컥 타고는 돌아오지 않습니다. 요즘은 이런 일들이 빈번하게 일어납니다."

"이번 사건도 그런 범주로 볼 수 있을까요?"

"글쎄요. 가장 먼저 생각할 수 있는 부분이기는 합니다. 충동적인 누군가가 파티에 참석했다고 생각해 볼 수 있지요. 전에도 그런 짓을 해 봤을 테고요. 그냥 그렇게 하고 싶었을 겁니다. 그랬다면 아동을 학대한 적이 있는 사람이 어딘가에 있을 겁니다. 하지만 내가 아는 한 없습니다. 그러니까 알려진 사람이 없다는 뜻입니다. 파티에 참석한 사람 중에 의심할 만한 연령대에 속하는 사람이 두 명 있었습니다. 니컬러스 랜섬은 열일곱 살이나 열여덟 살쯤 되는 잘생긴 소년이지요. 딱 그 나이 아닙니까. 이스트코스트인가, 하여튼 그 비슷한 곳에서 왔다고 했어요. 겉으로 보기에는 아무 문제 없었습니다. 하지만 멀쩡해 보여도 모르는 일 아닙니까? 그리고 데즈먼드라는 사람이 한때 정신 감정을 받기 위해 송환된 적도 있지만, 딱히 혐의를 찾을 수 없었습니다. 파티에 참석한 사람 중에 범인이 있을 수도 있지만, 누군가 외부에서 들어왔을 수도 있습니다. 파티를 즐기는 동안에는 대개 문을 잠그지 않거든요. 샛문이나 창문이 열려 있기도 하지요. 돼먹지 못한 누군가가 몰래 집 안을 엿보려고 들어왔을 수도 있습니다. 정말 큰 모험을 감수한 거죠. 파티에서 전혀 모르는 사람하고 사과 건지기 시합을 할 아이가 있을까요? 그나저나 푸아로 씨, 당신이 어떻게 해서 이번 사건에 관여하게 되었는지 말해 주지 않았습니다. 올리버 부인 때문이라고 했는데, 부인이 터무니없는 생각이라도 한 겁니까?"

"터무니없다고는 할 수 없습니다. 작가들이 터무니없는 생각을 하는 경향이 있기는 하지만요. 있을 법하지 않은 생각 말이에요. 하지만 이번 경우에는 단지 그 아이가 한 말을 부인이 들었습니다."

"누구, 그 조이스라는 아이 말인가요?"

"그렇습니다."

스펜스는 몸을 앞으로 굽히고 호기심 어린 표정으로 푸아로를 쳐다보았다.

"말씀드리죠."

푸아로는 올리버 부인이 자신에게 들려준 이야기를 조용하고 간단하게 말했다.

"그렇군요. 그 아이가 그런 말을 했군요. 살인을 목격한 적이 있다고. 언제, 어떻게 보게 되었는지 말했다던가요?"

스펜스가 콧수염을 문질렀다.

"그건 말하지 않았다더군요."

"어쩌다 그런 말을 하게 되었답니까?"

"올리버 부인의 책에 나오는 살인 사건에 대해 이야기하다가 나온 모양입니다. 누군가 그것에 관해 올리버 부인에게 무슨 말을 한 거죠. 조이스가 부인의 책에는 피 흘리는 장면이나 시체가 등장하는 장면이 너무 적다고 말했나 봅니다. 그러고는 자신은 살인을 목격한 적이 있다고 으스댔다는 거예요."

"그걸 자랑했다고요? 그런 뜻으로 들리는군요."

"올리버 부인이 말할 때 저도 그렇게 느꼈습니다. 그래요, 조이스는 그걸 자랑하듯 말했답니다."

"그렇지 않을 수도 있습니다."

"그렇죠. 전혀 그렇지 않을 수도 있지요."

"아이들은 관심을 끌거나 잘난 척하려고 부풀려서 말하기도 하니까요. 하지만 정말 그랬는지도 모릅니다. 그런 생각을 해 봤나요?"

"모르겠습니다. 한 아이가 자신이 살인을 목격했다고 뻐겼어요. 그리고 몇 시간 뒤 그 아이가 살해되었고요. 억지스러울 수도 있겠지만, 여기에는 어떤 관련이 있다고 믿을 수밖에 없습니다. 관련이 있다면 누군가 때를 놓치지 않고 처리한 거죠."

"그렇군요. 조이스가 살인을 목격했다고 말할 때 그 자리에 정확히 몇 명이 있었는지 아십니까?"

"올리버 부인 말로는 열네 명에서 열다섯 명 이상이었다고 합니다. 아이들 대여섯에, 파티를 준비하고 있던 어른 대여섯이 있었답니다. 하지만 정확한 정보는 당신한테 의지할 수밖에 없겠어요."

"뭐, 어려울 것 없습니다. 지금 당장 알 수는 없지만 동네 사람들에게 물어보면 쉽게 알 수 있을 겁니다. 그날 파티에 대해서는 나도 꽤 알고 있습니다. 주로 여자들이 모인 파티였죠. 남자들은 아이들 파티에 잘 참석하지 않거든요. 잠깐 들렀다 가거나 아이들을 데려가려고 오는 사람은 있지만요. 그날은 퍼거슨 선생과 목사가 왔답니다. 그리고 아이들 어머니, 친척 부인, 사회복지사, 학교에서 나온 교사 두 명이 있었습니다. 아, 명단을 드리지요. 그리고 대략 어떤 아이들이 있었는지 열네 명에 대한 명단도 드리겠습니다. 열 살이 채 안 된 어린아이에서부터 60대까지 있습니다."

"그러면 그중에 가능성 있는 사람이 누군지 아시겠지요?"

"글쎄요. 푸아로 씨 생각이 맞는다면 그렇게 쉽지는 않을 듯싶습니다."

"성적으로 문제가 있는 사람들을 염두에 두지 않는다는 말이군요. 그보다는 실제로 살인을 저지르고 그것을 숨기려 했던, 누군가 봤을 거라고는 생각지도 못하고 있다가 갑자기 충격을 받은 누군가가 있다고 생각하는군요."

"하지만 그게 누군지 어떻게 알겠습니까. 이 근처에 살인자로 여겨지는 사람이 있다는 말은 하지 말았어야 했는데. 게다가 특별히 대단하다고 할 만한 살인 사건은 분명 없었습니다."

"살인범일 가능성이 있는 사람은 어느 곳에나 있습니다. 아니면 겉으로는 전혀 그렇게 보이지 않는 살인자가 있다고 해야겠죠. 살인범처럼 보이지 않으니 의심받을 일도 없으니까요. 그에게 불리한 증거도 그다지 없을 테니 자신의 범죄를 실제로 누군가가 목격했다는 사실을 알고 큰 충격을 받았을 겁니다."

"어째서 조이스는 사건이 일어났을 당시에 아무 말도 하지 않은 걸까요? 난 그게 궁금합니다. 누군가 조이스의 입을 막은 걸까요? 그렇다면 그건 너무 무모한 짓이에요."

"그렇지는 않을 겁니다. 올리버 부인 말이, 조이스는 살인을 목격했을 당시 그게 살인인 줄 몰랐다고 했다더군요."

"오, 정말 말도 안 되는 이야기로군요."

"꼭 그렇지만도 않습니다. 열세 살짜리 아이가 한 말이에요. 그 아이는 자신이 과거에 본 것을 기억해 냈던 겁니다. 정확하게 그게 언제인지는 모릅니다. 삼사 년 전인지도 모르죠. 그 애는 뭔가를 보기는 했지만 그게 실제로 얼마나 큰일인지 깨닫지 못했던 겁니다. 그런 경우 있지 않습니까. 기묘한 교통사고 같은 거요. 운전자가 사람을 정면으로 쳐서 다치게 하거나 사망에 이르게 한 교통사고 말입니다. 그것을 목격한 아이는 그 당시에는 고의적인 사고였다는 것을 깨닫지 못합니다. 하지만 한두 해가 지난 뒤 문득 그때 기억이 새로 떠오르면서 깨닫게 되는 겁니다. '일부러 그랬구나.' '사고가 아니라 살인이었구나.' 다른 가능성도 많습니다. 모든 일에 대해 열두 개의 각각 다른 해석을 척척 내놓는 제 친구 올리버 부인이 알려 준 것도 있습니다. 대부분 가능성이 비교적 적지만 어쨌든 모두 조금은 있는 것들입니다. 누군가에게 줄 차에 약을 탔다거나 하는 거죠. 위험한 장소에서 사람을 밀었을 수도 있고요. 이 근처에는 낭떠러지가 없으니 가능성이라는 관점에서 보면 안타까운 의견이지요. 그래요, 여러 가지 가정을 할 수 있습니다. 아니면 살인에 관한 소설을 읽다가 당시의 일을 떠올릴 수도 있고요. 사건이 일어났을 때는 어쩔 줄 몰라 했지만 소설을 읽으면서 '아, 그 일은 이러저러해서 이러저러한 것이었을지도 몰라. 그 사람이 일부러 그런 건가?'라는 생각이 드는 거죠. 가능성은 무궁무진합니다."

"그렇다면 그것들을 조사하러 여기 온 겁니까?"

"대중의 이익을 위한 일이라고 생각하지 않습니까?"

"오호, 이제 우리가 대중을 위해 이 일에 뛰어든 건가요?"

"적어도 저에게 정보를 줄 수는 있지 않습니까. 이 마을 사람들을 잘 아시니까요."

"내가 할 수 있는 일은 하겠습니다. 그리고 엘스페스를 끌어들여야겠군요. 그 아이는 모르는 사람이 없거든요."

6장

원하던 것을 얻은 푸아로는 만족한 표정으로 친구 집을 나섰다. 그는 원하는 정보를 곧 손에 넣을 수 있다는 사실을 조금도 의심하지 않았다. 푸아로는 스펜스가 흥미를 느끼게 만들었고, 스펜스는 일단 실마리를 잡았다 하면 도중에 그만두는 사람이 아니었다. 은퇴한 전직 경시청 범죄 수사과 고위 간부였던 그의 명성으로 현지 경찰서에 연이 닿을 수 있을 것이다.

푸아로는 손목시계를 보았다. 정확하게 10분 뒤 '애플 트리스'에서 올리버 부인을 만날 차례였다. 애플 트리스는 소름 돋을 만큼 잘 어울리는 이름이었다.

푸아로는 사과로부터 자유로울 수 있는 사람은 정말 아무도 없을 거라고 생각했다. 즙이 많은 영국산 사과보다 맛이 좋은 건 없다. 하지만 이 집 사과들은 빗자루와 마녀와 구닥다리 전통과 살해당한 소녀와 뒤섞여 버렸다.

　알려 준 대로 길을 찾아간 푸아로는 너도밤나무로 만든 깔끔한 산울타리 너머로 아름다운 정원이 보이는, 조지 왕조풍의 빨간 벽돌집 앞에 정시에 도착했다.

　푸아로는 호주머니에서 손을 빼내 빗장을 열고 '애플 트리스'라고 적힌, 색칠한 문패가 달린 철문으로 들어갔다. 보도는 현관으로 이어져 있었다. 시계 문자판 위쪽 문에서 자동으로 인물상이 튀어나오는 스위스 벽시계처럼 현관문이 열리더니 올리버 부인이 계단 위에 나타났다.

　올리버 부인이 숨을 헐떡이며 말했다.

　"시간을 정말 잘 지키시는군요. 창문으로 보고 있었어요."

　푸아로는 몸을 돌려 뒤쪽 대문을 조심스럽게 닫았다. 약속이든 우연이든 올리버 부인을 만날 때마다 어김없이 사과라는 모티프가 곧바로 등장했다. 그가 본 그녀는 늘 사과를 먹고 있거나, 그 전부터 사과를 계속 먹고 있었거나(널찍한 가슴팍에 사과 응어리가 붙어 있었다.) 아니면 사과 봉지를 들고 있었다. 그러나 오늘만은 사과를 찾아볼 수 없었다. 푸아로는 온당한 일이라며 흡족해했다. 범죄를 넘어 비극이 빚어진 현장에서 사과를 갉작거리는 것이야말로 밥맛 떨어지는 행동일 것이다. 그것 말고 달리 무엇 때문이겠는가? 푸아로는 생각했다. 이제 겨우 열세 살밖에 안 된 아이의 갑작스러운 죽음 말고는. 푸아로는 그 죽음을 생각하고 싶지 않았다. 그렇기 때문에 그의 마음속에는 더더욱, 어떻게든 어둠 밖으로 환한 빛줄기가 비쳐 여기까지 알아보러 온 사실들이 확실해질 때까지는 그 죽음을 생각해야 한다고 마음을 굳혔다.

"어째서 주디스 버틀러네에 머물지 않겠다는 건지 이유를 모르겠군요. 5등급 게스트하우스에 갈 바에야 그게 낫지 않겠어요?"

"어느 정도 거리를 두고 조사하려면 그편이 낫거든요. 말려들어서는 안 되니까요."

"어떻게 말려들지 않을 수 있는지 모르겠군요. 모든 사람을 만나 이야기를 나눠야 하는데 말이에요. 그렇지 않나요?"

"당연히 그렇지요."

"지금까지 누구를 만났죠?"

"친구 스펜스 총경요."

"요즘 어떻게 지내던가요?"

"자기 나이보다 더 늙어 보이더군요."

"그렇겠죠. 다른 건 어떻던가요? 귀가 잘 안 들린다거나 눈이 잘 안 보인다거나, 살이 쪘거나 아니면 말랐던가요?"

푸아로는 생각해 보았다.

"살이 조금 쪘더군요. 신문을 읽을 때 안경을 꼈고요. 귀가 먹은 것 같지는 않았어요. 그런 모습은 전혀 보지 못했습니다."

"그래서 스펜스 씨는 이 모든 일을 어떻게 생각하던가요?"

"너무 앞서 나가시는군요."

"그래서 스펜스 씨와 당신은 앞으로 정확하게 무얼 할 건가요?"

"나는 계획을 세웠습니다. 우선 옛 친구를 만나 상의했어요. 다른 방법으로는 얻기 힘든 정보들을 알아봐 달라고 부탁했지요."

"그 사람이 여기 경찰을 통해 내부 정보를 많이 알아봐 줄 거라는 뜻인가요?"

"꼭 집어 그렇게 말할 수는 없지만 그런 식으로 진행되지 않을까 싶습니다."

"그다음은요?"

"부인을 만나러 여기 온 겁니다. 그 일이 일어난 현장을 봐야 하니까요."

올리버 부인은 고개를 돌려 집을 올려다보았다.

"살인 사건이 일어날 만한 집으로 보이지는 않죠?"

푸아로는 '정말 빈틈없는 직관력이야.'라고 생각했다.

"그렇군요. 전혀 그렇게 보이지 않아요. 현장을 보고 나서 부인과 함께 죽은 아이의 어머니를 만나러 갈 겁니다. 그 어머니 말을 들어 보려고요. 오후에는 스펜스 씨가 이곳 경찰서 경위를 만나게 해 줄 겁니다. 담당 의사와도 이야기하고 싶군요. 가능하다면 학교 교장도요. 6시에는 스펜스 씨 집에서 그 여동생과 함께 소시지를 먹으면서 의견을 나눌 예정입니다."

"스펜스 씨가 당신에게 더 해 줄 말이 있을까요?"

"스펜스 씨의 여동생을 만나고 싶어요. 스펜스 씨보다 이곳에 더 오래 살았다니까요. 여동생의 남편이 죽고 나서 스펜스 씨는 여동생과 같이 살려고 여기 왔답니다. 아마도 이곳 사람들을 잘 알겠죠."

"지금 어떻게 들리는지 아세요? 컴퓨터 같아요. 스스로 프로그래밍 하는 컴퓨터 말이에요. 그렇지 않아요? 이 모든 것들을 하루 종일 혼자 다 집어삼킨 다음 뭐가 나오나 보려는 것 같아요."

"좋은 생각입니다. 그래요, 저는 컴퓨터 역할을 맡았어요. 정보가 입력되어 들어오면……."

푸아로가 흥미를 보이며 말했다.

"모조리 틀린 답을 내놓아서 나를 놀라게 하려고요?"

"그럴 리가 없어요. 컴퓨터는 틀린 답을 내놓지 않으니까요."

"그럴 리가 없기는 하지만 가끔 일어나는 걸 보면 놀랄 때가 있죠. 지난달 전기요금이 그래요. '인간은 누구나 실수를 한다'고 하지만 인간의 실수는 컴퓨터에 비하면 새 발의 피랍니다. 들어가서 드레이크 부인을 만나 보세요."

푸아로는 드레이크 부인을 보고 확실히 대단한 사람이라고 생각했다. 키가 크고 당당한 체격을 지닌 40대의 그녀는 연한 회색빛이 도는 금발에 초롱초롱하고 파란 눈을 지녔고, 머리끝에서 발끝까지 유능함이 뚝뚝 떨어지는 듯했다. 어떤 파티든 그녀가 준비하면 대성공이었다. 응접실에는 설탕 뿌린 비스킷 두 개를 곁들여 모닝 커피를 담은 쟁반이 그들을 기다리고 있었다.

애플 트리스는 정말 잘 정돈된 집이었다. 좋은 가구에 카펫도 최상품이었으며 모든 것이 꼼꼼하게 손질되고 닦여 있었다. 집 안에 크게 눈에 띄는 물건이 없다는 것을 쉽게 알아차릴 수 없었다. 사람들은 그것을 눈치채지 못했다. 커튼과 침구 색은 보기에는 좋았지만 유행에 뒤처진 것이었다. 이상적인 세입자에게 비싼 임대료를 받는다면 귀한 물건을 치우거나 가구 배치를 바꿀 필요 없이 어느 때라도 가구를 들여놓을 수 있을 정도였다.

드레이크 부인은 올리버 부인과 푸아로에게 인사를 건넸다. 푸아로는 그녀가 살인과 같은 반사회적 행위가 일어난 파티를 마련한 사람으로서 불쾌한 마음을 지나치게 억누르고 있는 게 아닌가 하는 의심이 들 정도였다. 그만큼 그녀는 자신의 감정을 거의 드러내지 않았다. 우들레이 커먼의 유지이기도 한 그녀는 자신이 여러 가지 면에서 적합하지 않은 입장에 놓인 것에 대해 불쾌해하고 있다고 푸아로는 추측했다. 그것은 일어나서는 안 되는 일이었다. 물론 제삼자의 집에서 다른 누군가에게 일어날 수는 있었다. 그러나 드레이크 부인이 준비하고 마련한 아이들을 위한 파티에서는 그런 일이 일어나서는 안 되었다. 어떻게 해서든 그런 일이 일어나지 않게 했어야 했다. 그리고 푸아로는 드레이크 부인이 마음 한구석으로 핑곗거리를 찾느라 안간힘을 쓰고 있다는 사실도 눈치챘다. 그것은 이미 일어난 살인 사건이 아니라 진행을 제대로 못 하거나 주의를 소홀히 하면 그런 일이 일어날 수도 있다는 사실을 깨닫지 못했던, 자신을 도와준 다른 누군가에게 일정 부분 잘못을 돌리기 위해서였다.

"무슈 푸아로, 저희 집을 방문해 주셔서 정말 기쁩니다. 이 끔찍한 사태에 대해 우리에게 도움을 주실 분이라고 올리버 부인이 말씀하시더군요."

작은 강의실이나 마을 회관이라면 기분 좋게 들렸을 아름다운 목소리로 드레이크 부인이 말했다.

"안심하십시오, 부인. 제가 할 수 있는 일을 할 겁니다. 하지만 부인도 물론 살아오시며 한 경험으로 이미 아시겠지만, 이건 힘든 일이 될 겁니다."

"힘들다고요? 물론 힘들겠죠. 그런 끔찍한 일이 일어나다니 정말 믿을 수가 없어요. 그나저나 경찰이 뭘 좀 알아낼까요? 래글런 경위는 이 지역에서 평판이 꽤 좋은 걸로 알고 있거든요. 런던 경시청에 도움을 청할지는 모르겠어요. 그 불쌍한 아이의 죽음이 이 근방에 큰 파장을 일으킨 것 같거든요. 시골 마을에서 아이들이 희생당한 애처로운 사고가 얼마나 많이 일어나는지는 말씀드릴 필요도 없겠지요, 무슈 푸아로. 어쨌든 저만큼 신문을 읽으실 테니까요. 그런 사건이 점점 더 늘어나는 것 같아요. 정신병자들이 늘어나고 있는 거죠. 예전과는 달리 어머니나 가족이 자녀를 제대로 돌보지 않는 것도 한몫하고요. 해가 다 넘어간 어두운 저녁에 혼자 학교에서 돌아오거나 컴컴한 새벽에 혼자 다니는 아이들이 많다니까요. 그리고 조심하라고 입이 닳도록 일러도 멋진 차를 탄 사람이 태워 주겠다고 하면 아이들은 바보같이 껌뻑 넘어가 버리죠. 사람들 말을 곧이곧대로 믿어 버려요. 그건 정말 어쩔 수 없는 것 같아요."

"하지만 이곳에서 일어난 사건은 그런 것과는 전혀 다른 사건입니다, 부인."

"아, 그렇죠. 알고 있어요. 그래서 제가 믿을 수 없다고 한 거고요. 저는 아직도 그 사실을 믿을 수 없답니다. 모든 일을 철저하게 통제했거든요. 모든 걸 준비했고요. 계획한 대로 완벽하게 진행되었죠.

그러니 믿을 수 없을 수밖에요. 개인적으로 저는 이 일에 외부적 의미로 부를 만한 것이 있다고 생각해요. 누군가 집 안으로 들어온 거죠. 그런 상황에서는 별 어려운 일도 아니에요. 아마 심각한 정신장애를 앓고 있는데도 병실이 없다는 이유만으로 정신병원에서 내쫓긴 사람일 거예요. 요즘에는 새로운 환자만 받는다니까요. 창문으로 엿보다가 아이들 파티가 열리고 있다는 것을 알고 그 불쌍한 녀석이 갖은 방법으로 그 아이를 꾀어 죽인 거죠. 저는 그런 사람이 불쌍하다고 느낀 적이 없지만 어쨌든 불쌍하다는 생각이 든다면요. 생각도 할 수 없는 그런 일이 실제로 일어나 버렸어요."

"그 장소를 보여 주셨으면 합니다."

"물론이죠. 커피 더 드릴까요?"

"아니, 됐습니다."

드레이크 부인이 자리에서 일어섰다.

"경찰은 스냅드래건을 하는 동안 그 일이 벌어졌다고 생각하는 모양이에요. 식당에서요."

그러고는 홀을 가로질러 가 식당 문을 열더니 마치 집주인이 단체 관람객들에게 웅장한 집을 보여 주기라도 하듯 대형 식탁과 무거운 벨벳 커튼을 가리켰다.

"이곳은 어두웠답니다. 물론 반짝거리는 접시 빼고는요. 자 이제……."

드레이크 부인은 홀 맞은편으로 그들을 안내해 문을 열었다. 팔걸이 의자와 수렵도, 책꽂이 등이 있는 작은 방이 나왔다.

"서재예요. 양동이가 여기 있었어요. 물론 플라스틱 깔판 위에요……."

드레이크 부인이 몸을 조금 떨며 말했다. 올리버 부인은 방에 들어가지 않고 홀에 서 있었다…….

올리버 부인이 푸아로에게 말했다.

"못 들어가겠어요. 그 일이 떠올라서요."

"이제는 아무것도 없어요. 원하신 대로 그냥 사건이 일어났던 현장을 보여 드리는 것뿐이에요."

드레이크 부인에 이어 푸아로가 말했다.

"제 생각에는 여기에 물이 굉장히 많이 쏟아져 있었을 것 같은데요."

"물론 양동이에 물이 들어 있었죠."

드레이크 부인은 제정신이 아닌 사람을 보듯 푸아로를 쳐다보았다.

"그리고 플라스틱 깔판에도 물이 쏟아졌을 겁니다. 그러니까 누군가 아이의 머리를 물속에 처박았다면 물이 많이 튀었을 거라는 거죠."

"아, 그렇죠. 사과 건지기 시합을 하는 동안 양동이에 물을 한두 번 더 채워야 했으니까요."

"그렇다면 범인은요? 범인도 물에 젖었을 텐데요."

"맞아요, 그랬겠죠."

"그래도 특별히 눈에 띄지 않았겠네요?"

"그렇죠. 경위도 그걸 물어보더군요. 파티가 끝날 때쯤에는 거의 모두 산발을 하고 있었거나 물에 젖었거나 밀가루를 뒤집어쓰고 있였죠. 그 점에 대해서는 썩 만족할 만한 단서를 찾지 못할 것 같아요. 하지만 경찰은 그렇게 생각하지 않더군요."

"그렇습니다. 유일한 단서는 죽은 아이 자신이었을 겁니다. 그 아이에 대해 알고 계신 걸 모두 말씀해 주셨으면 합니다."

"조이스에 대해서요?"

드레이크 부인은 조금 당황한 것 같았다. 이미 조이스를 기억에서 지운 지 오래라 다시 떠올리려니 당황스러운 눈치였다.

"희생자는 언제나 중요한 단서가 됩니다. 희생자가 범죄의 원인인 경우가 많거든요."

"음, 그러네요. 무슨 말인지 알겠어요. 응접실로 다시 가실까요?"

드레이크 부인은 말은 그렇게 하면서도 전혀 그렇지 않아 보였다.

"응접실에서 조이스에 대해 들어 봅시다."

푸아로가 말했다.

그들은 다시 응접실로 가서 자리에 앉았다.

드레이크 부인은 불편한 기색을 드러내며 운을 뗐다.

"무슨 얘기를 듣고 싶으신 건지 정말 모르겠네요, 무슈 푸아로. 무엇이든 경찰이나 조이스의 어머니한테 들으시는 게 훨씬 쉬울 텐데요. 그 애 어머니에게는 고통스러운 일이겠지만……."

"하지만 저는 어머니가 죽은 딸을 어떻게 생각하는지 듣고 싶은 게 아닙니다. 인간의 본성에 대해 잘 알고 있는 분으로부터 명확하고 편견 없는 의견을 듣고 싶은 겁니다. 부인께서는 이 마을의 복지와 사교 모임을 위해 활발하게 활동해 오셨습니다. 부인이야말로 자신이 아는 사람의 성격과 기질이 어떤지 좀 더 적절히 설명해 주실 거라고 확신합니다."

"그건 좀 어렵네요. 그 나이 또래, 그러니까 그 또래 아이들은 정말 비슷하거든요. 그 아이는 열세 살이었어요. 열두 살 아니면 열세 살이었을 거예요."

"그럴 리가요, 그렇지 않아요. 성격이나 기질은 저마다 다르기 마련이니까요. 그 아이를 좋아하셨나요?"

푸아로의 물음에 드레이크 부인은 당황한 듯했다.

"글쎄요, 물론…… 좋아했죠. 그러니까 저는 아이들이라면 다 좋아해요. 대부분 그렇잖아요."

"아, 저는 그렇게 생각하지 않습니다. 정말 변변찮아 보이는 아이들도 있거든요."

"그렇죠. 요즘에는 아이들을 잘못 키우는 경우가 많으니까요. 모든 걸 학교에 맡겨 버리니, 방만하게 생활할 수밖에 없죠. 친구도 자기가 고르고요. 이런, 무슈 푸아로."

"그 아이는 좋은 아이였나요, 그렇지 않은 아이였나요?"

푸아로가 집요하게 물었다.

드레이크 부인은 비난하는 듯한 표정으로 푸아로를 바라보았다.

"그 불쌍한 아이는 이제 죽고 없다는 사실을 아셔야 할 것 같네요, 무슈 푸아로."

"죽었건 살았건 이건 중요한 문제입니다. 그 아이가 좋은 아이였다면 죽이고 싶어 할 사람이 없었겠지만, 그렇지 않은 아이였다면 그런 생각을 품은 사람이 있었을지도 모르고, 그렇게 해서……."

"저, 이 사건이 성격이 좋고 나쁘고의 문제는 아니잖아요?"

"그럴 수도 있습니다. 조이스는 자신이 살인을 목격했다는 말도 했다죠."

"아, 그거요."

드레이크 부인이 별거 아니라는 투로 말했다.

"부인은 그 말을 진지하게 받아들이지 않으셨군요?"

"물론 아니죠. 정말 말도 안 되는 얘기였답니다."

"그 아이가 어쩌다 그 말을 하게 되었나요?"

"올리버 부인이 왔다는 사실에 아이들이 꽤 흥분한 것 같았어요. 자신이 굉장히 유명한 사람이라는 걸 유념하셔야 해요, 친애하는 부인."

여기서 '친애하는 부인'은 올리버 부인을 가리키는 말이었다. '친애하는'이라는 말에 으레 따르게 마련인 열의는 배어 있지 않았지만.

"그것 말고는 달리 그 이야기를 꺼낼 만한 게 없었어요. 아이들은 유명 작가를 만나 흥분해서……."

"그래서 조이스가 자신이 살인을 목격했다고 말했고요."

푸아로가 생각에 잠겨 말했다.

"네, 그런 말을 했어요. 저는 제대로 듣지도 않았어요."

"하지만 그런 말을 했다는 건 기억하시죠?"

"네, 그런 말을 했어요. 하지만 저는 믿지 않았어요. 그 아이 언니가 때맞춰 곧바로 그 아이 입을 막아 버렸답니다."

"그래서 조이스가 언짢아했다, 이거죠?"

"네, 계속 정말이라고 하더군요."

"사실은 자랑을 했던 거로군요."

"그렇게 볼 수 있겠네요."

"그 애 말이 사실일 수도 있다는 생각이 듭니다."

"말도 안 돼요. 저는 조금도 믿을 수 없어요. 조이스라면 그러고도 남을 어리석은 일이었죠."

"그 아이는 어리석은 소녀였나요?"

"자기 자랑을 일삼는 아이였다고 할 수 있죠. 다른 여자아이들보다 항상 더 많은 걸 보고 더 많은 걸 해야 직성이 풀렸으니까요."

"그리 좋은 성격은 아니었겠군요."

"그렇죠. 늘 조용히 하라고 주의를 줘야 하는 그런 아이였지요."

"여기 온 아이들은 조이스의 얘기를 듣고 뭐라고 했나요? 귀담아 듣던가요?"

"비웃더군요. 그래서 조이스는 더 흥분했죠."

"그 점에 대해 확실하게 말씀해 주셔서 고맙습니다."

질문을 마친 푸아로가 자리에서 일어서더니 드레이크 부인에게 공손하게 고개 숙여 인사했다.

"안녕히 계십시오, 부인. 그토록 참혹한 사건이 일어난 현장을 보여 주셔서 고맙습니다. 부인이 다시는 불쾌한 기억을 떠올리지 않기를 바랍니다."

"물론 이런 일을 떠올리는 건 몹시 고통스러운 일이지요. 저는 우리의 조촐한 파티가 잘 치러지기를 바랐어요. 실제로 파티는 성공적이었고, 그 끔찍한 일이 일어나기 전까지만 해도 모두 너무 즐거워했답니다. 하지만 이제 우리에게 남은 일은 그걸 깡그리 잊어버리는 거예요. 물론 조이스가 어리석게도 살인 사건을 목격했다고 말한 것은 너무나 유감스러운 일이에요."

"우들레이 커먼에서 살인 사건이 일어난 적이 있나요?"

드레이크 부인이 단호하게 대답했다.

"제 기억으로는 없어요."

"범죄가 점점 늘어나고 있는 시대에 정말 희한한 일이군요. 그렇지 않습니까?"

"음, 화물차 운전사가 친구를 죽인 사건이 있었고, 여기서 24킬로미터가량 떨어진 자갈 채취장에서 작은 여자아이의 시체가 매장된 채 발견된 사건이 있었지만 오래전 일이에요. 둘 다 야비하지만 시시한 범죄였죠. 아마 술김에 저지른 사고였을 거예요."

"열두세 살짜리 여자아이가 목격할 만한 건 아닌 것 같군요."

"그렇다고 봐야죠. 그리고 분명히 말씀드릴 수 있는 건, 무슈 푸아로, 조이스는 친구들에게 잘 보이고 유명 작가의 관심을 끌고 싶어서 그런 말을 했을 거라는 거예요."

말을 마치며 조금은 차가운 눈길로 올리버 부인을 쳐다보는 드레이크 부인이었다.

"사실, 제가 그 파티에 간 게 잘못이었던 같아요."

올리버 부인이 말했다.

"아니, 무슨 말씀을, 부인. 저는 그런 뜻으로 한 말이 아니었어요."

올리버 부인과 함께 그 집을 나오면서 푸아로는 한숨을 쉬었다.

대문으로 이어진 길을 걸으며 푸아로가 말을 이었다.

"살인 사건과는 너무나도 어울리지 않는 집이군요. 아무런 정황도, 비극적인 사건이 일어날 낌새도, 살인자로 의심할 만한 인물도 없어요. 그냥 어쩌다 드레이크 부인을 죽이고 싶다는 생각이 드는 사람은 있을 것 같지만."

"무슨 말인지 알겠어요. 드레이크 부인은 가끔 사람을 몹시 짜증 나게 만들죠. 그냥 그러려니 하고 너무 개의치 말아요."

"드레이크 씨는 어떤 분인가요?"

"아, 드레이크 부인은 과부예요. 남편은 한두 해 전에 죽었어요. 소아마비에 걸려 오랫동안 다리를 절었죠. 원래 은행원이었을 거예요. 운동과 경기를 아주 좋아했는데 그 모든 걸 할 수 없게 되어 몹시 상심했지요."

"그랬군요. 말씀해 주세요. 그 자리에 있었던 사람 중에 조이스의 말을 진지하게 받아들인 사람이 있었나요?"

푸아로는 조이스 얘기를 다시 꺼냈다.

"모르겠어요. 어떻게 그런 걸 생각했겠어요?"

"다른 아이들은 어땠나요?"

"다른 아이들도 생각해 봤지만 조이스의 말을 믿는 아이는 없었던 것 같아요. 조이스가 꾸며 낸 이야기라고 생각했죠."

"부인 역시 그렇게 생각했나요?"

"그랬어요. 물론 드레이크 부인은 실제로 살인 사건이 일어나지 않았다고 믿고 싶어 하겠지만 정말 그렇게 생각하는 건 아니겠죠?"

"이번 사건으로 드레이크 부인은 고통스러울 겁니다."

"어떤 면에서는 그렇겠죠. 하지만 당신도 알겠지만 지금은 그녀가 이 사건에 대해 이야기하는 걸 꽤 즐기는 것 같아요. 그걸 억누르려고 하지는 않는 것 같아요."

"드레이크 부인을 좋아하십니까? 좋은 사람이라고 생각하세요?"

"정말 어려운 것만 물어보는군요. 사람을 당황하게 만드네요. 당신은 좋은 사람인지 아닌지에만 관심을 두는 것 같아요. 로위나 드레이크는 이래라저래라 간섭하고 부리기를 좋아하는 사람이죠. 어느 정도는 그녀가 이 마을 전체를 운영한다고 봐요. 정말 능숙하게 잘하죠. 우두머리처럼 구는 여자를 좋아하느냐 하는 거겠죠. 나는 별로……."

"지금 우리가 만나러 가는 조이스의 어머니는 어떻습니까?"

"아주 좋은 여자예요. 좀 둔하기는 하지만. 정말 안됐어요. 자신의 딸이 살해당한 것만큼 끔찍한 일이 어디 있겠어요? 게다가 모두 성범죄라고 생각하니 더 가슴 아플 거예요."

"하지만 성폭행 증거는 없지 않습니까? 저만 그렇게 생각하는 건가요?"

"없죠. 하지만 사람들은 그런 걸 좋아하잖아요. 그게 좀 더 흥미진진하니까요. 사람들 심리 잘 아시잖아요."

"그렇게 생각하기 쉽지요…… 하지만 때로는…… 전혀 모를 때도 있는 법이지요."

"내 친구 주디스 버틀러한테 레이놀즈 부인에게 데려다 달라고 하는 게 낫지 않을까요? 주디스는 레이놀즈 부인하고 친하지만 저는 모르는 사이거든요."

"계획한 대로 하시지요."

"컴퓨터 프로그램에 계속 정보를 입력하시겠다."

올리버 부인은 내키지 않은 듯 중얼거렸다.

7장

 레이놀즈 부인은 드레이크 부인과는 전혀 다른 인물이었다. 능력이 철철 넘치는 분위기 따위는 약에 쓰려야 찾아볼 수도 없었을 뿐만 아니라 그럴 만한 기미조차 보이지 않았다.
 전형적인 상복을 입고 눈물 젖은 손수건을 손에 꽉 쥔 그녀는 금방이라도 눈물을 쏟아 낼 태세였다.
 "정말 친절하시군요. 우리를 도와줄 친구를 데려와 주시다니."
 레이놀즈 부인이 올리버 부인에게 말했다. 그녀는 축축한 손으로 푸아로의 손을 잡고 의심스러운 눈초리로 바라보았다.
 "이분이 어떤 식으로든 도와주실 수 있다면 정말 기쁘겠지만, 그런 사람은 없는 것 같아요. 우리 가엾은 조이스를 다시 돌아오게 할 수는 없어요. 생각만 해도 끔찍해요. 어떻게 그런 어린아이를 일부러 죽일 수 있어요. 소리만 질렀더라도! 그 애 머리를 곧장 물속에 처박고 계속 누르고 있었던 것 같기는 하지만……. 아, 생각만 해도 괴로워요. 정말 못 견디겠어요."

"부인, 부인을 힘들게 하고 싶지 않습니다. 생각하지 마십시오. 그저 딸을 죽인 범인을 찾는 데 도움이 될 만한 몇 가지를 여쭐 겁니다. 그런 짓을 했을 만한 사람은 전혀 떠오르지 않으시겠죠?"

"제가 어떻게 알겠어요? 여기에 그런 사람이 살고 있다고 생각이나 했겠어요? 이곳은 정말 살기 좋은 마을이에요. 사람들도 더할 나위 없이 좋고요. 범인은 창문으로 몰래 들어온 게 틀림없어요. 마약이나 뭐 그런 걸 했겠죠. 불빛을 보고는 파티가 열리는 줄 알고 허락도 없이 들어온 거예요."

"범인이 남자라고 확신하시는군요?"

"그야, 당연한 것 아닌가요. 분명해요. 여자일 리 없잖아요?"

레이놀즈 부인은 놀란 목소리로 말했다.

"그만큼 힘이 센 여자도 있습니다."

"무슨 말씀이신지는 알겠어요. 요즘은 여자들이 훨씬 더 강건하니까요. 하지만 여자들이 그런 짓을 저지를 수는 없어요. 우리 조이스는 열세 살밖에 안 된 아이고요."

"오래 머물거나 대답하기 힘든 질문으로 부인을 괴롭히고 싶지는 않습니다. 이미 경찰한테 시달리셨을 테니 고통스러운 사실을 또 파고들어 부인을 힘들게 하고 싶지 않습니다. 따님이 파티에서 얘기했던 것에 대해서만 여쭤보겠습니다. 부인은 그 자리에 안 계셨죠?"

"네, 없었어요. 몸이 썩 좋지 않았던 데다 아이들 파티는 지루하거든요. 파티가 열리는 집까지 태워 주고 나중에 데리러 갔죠. 아시겠지만 셋이 함께 갔어요. 열여섯 살 큰아이 앤과 만 열한 살이 되는 리어폴드까지요. 대체 조이스가 무슨 말을 했기에 선생님께서 궁금하시다는 건가요?"

"그 자리에 있었던 올리버 부인이 정확하게 말씀드릴 겁니다. 살인을 목격한 적이 있다고 했답니다."

"조이스가요? 오, 그 아이가 그런 말을 했을 리 없어요. 도대체 그 애가 어떤 살인 사건을 봤다는 말씀이세요?"

"흠, 모두 말도 안 된다고 생각했던 것 같습니다. 저는 단지 부인이 있을 법한 일이라고 생각하는지 궁금할 뿐입니다. 혹시 부인이 조이스에게 그런 말을 한 적이 있나요?"

"살인을 목격했다는 말을요? 조이스한테요?"

"생각해 보세요. 조이스 나이대 아이들은 살인이라는 말을 조금 정확하지 않은 의미로 쓸 수 있습니다. 누군가 차에 치였거나, 서로 싸우다 한 아이가 다른 아이를 개울에 밀어넣었거나 다리 아래로 밀어 버린 일 같은 게 그렇습니다. 원래는 심각하지 않은 일이 결국 불행한 결과를 초래한 일 말입니다."

"글쎄요. 여기서 조이스가 봤을 만한 일은 생각나지 않네요. 그리고 조이스가 그런 말을 나한테 한 적도 없어요. 분명 농담한 걸 거예요."

"조이스는 확신에 차서 말했어요. 사실이라고, 정말 봤다고 계속 말하더군요."

올리버 부인이 말했다.

"그 아이 말을 믿는 사람이 있었나요?"

레이놀즈 부인이 물었다.

"모르겠습니다."

푸아로가 대답했다.

"그런 것 같지는 않았어요. 믿는다고 말하면 조이스가 우쭐거릴지도 모르니까 그러기 싫었겠죠."

올리버 부인이 말했다.

"모두 조이스를 놀리면서 꾸민 얘기로 치부했답니다."

올리버 부인보다 가슴이 따뜻하지 못한 푸아로가 설명했다.

"뭐, 그다지 좋은 반응은 아니었군요. 조이스가 그런 거짓말을 많이 하는 편이기는 했지만요."

레이놀즈 부인의 얼굴이 화난 것처럼 빨개졌다.

"압니다. 믿기 어려운 말이지요. 그렇다면 조이스가 잘못 알고 있었던 게 아닐까요? 그러니까 어떤 것을 목격하고 그게 하마터면 사람을 죽일 뻔한 일이었다고 생각한 건 아니었을까요? 사고처럼 말이죠."

푸아로가 말했다.

"그런 일이 있었다면 당연히 나한테 말했겠죠. 그렇게 생각하지 않으세요?"

레이놀즈 부인이 성난 기색을 감추지 않고 대꾸했다.

"얼마든지 그렇게 생각할 수 있습니다. 예전에 조이스가 그런 말을 한 적이 없었습니까? 부인이 잊어버리셨을 수도 있습니다. 그다지 중요한 일이 아니었다면요."

"무슨 말씀이세요?"

"우리는 알 도리가 없습니다. 그게 힘든 점이지요. 3주일 전일 수도 있고 3년 전일 수도 있습니다. 조이스는 '아주 어렸을' 때 일어난 일이라고 했습니다. 열세 살짜리가 아주 어렸을 때라면 언제를 말하는 걸까요? 이 근방에서 일어난 큰 사건 같은 게 떠오르지 않으십니까?"

"저는 그렇게 생각하지 않아요. 선생님께서도 여러 가지 사건에 대해 듣거나 신문에서 보셨을 거예요. 폭행당한 여자나 소녀, 그리고 그 남자 친구에 관한 이야기 말이에요. 하지만 제가 기억하는 한 조이스가 관심을 가질 만한 큰 사건은 없답니다."

"하지만 조이스가 살인을 목격한 사실을 그토록 강하게 주장한 걸 보면 자신이 정말 봤다고 생각한 게 아닐까요?"

"정말로 봤다고 생각하지 않는데 그렇게 말했을 리 없잖아요? 뭔가 착각했을 거예요."

"네, 그런 것 같습니다. 혹시 파티에 함께 갔던 부인의 자녀들과 이야기를 좀 나눠 볼 수 있을까요?"

"물론이죠. 그 아이들에게 어떤 말을 듣고 싶으신지 모르겠지만요. 앤은 위층에서 A 레벨(영국의 대학 입학 자격 시험 — 옮긴이) 공부를 하고 있고 리어폴드는 정원에서 모형 비행기를 조립하고 있어요."

체격이 탄탄하고 얼굴이 통통한 리어폴드는 비행기 조립에 심취해 있는 듯했다. 푸아로가 묻는 것을 귀담아듣기까지 시간이 조금 걸렸다.

"학생도 거기 있었지요, 리어폴드? 누나가 얘기한 걸 들었을 거예요. 누나가 무슨 말을 하던가요?"

"아, 그 살인 이야기요?"

리어폴드는 지겨운 듯한 투로 말했다.

"그래, 바로 그거. 조이스는 살인을 본 적이 있다고 했어요. 누나가 정말 그런 걸 봤나요?"

"당연히 못 봤죠. 도대체 누굴 죽이는 걸 봤다는 거예요? 딱 누나다운 짓이에요."

"누나다운 짓이라니, 무슨 뜻일까요?"

"자랑하는 거요. 누나는 정말 생각이 없는 거 같아요. 사람들 관심을 끌기 위해서라면 무슨 말이든 할걸요."

리어폴드는 철사 하나를 동여매는 데 온 신경을 쏟느라 코로 거친 숨을 몰아쉬며 말했다.

"그래서 학생은 누나가 그 모든 이야기를 꾸며 냈다고 생각하나요?"

리어폴드는 올리버 부인 쪽으로 눈길을 던지며 말했다.

"누나는 아줌마한테 잘 보이려고 그랬을 거예요. 아줌마는 탐정소설을 쓰신다면서요? 다른 사람들보다 관심을 더 많이 받으려고 그냥 그렇게 얘기했을 거예요."

"그것도 누나다운 짓이겠지요?"

"네, 아무 말이나 다 해요. 하지만 누나 말을 믿는 사람은 없을걸요."

"학생은 누나 말을 듣고 있었나요? 혹시 그 말을 믿는 사람은 없었나요?"

"뭐, 저도 그 말을 듣기는 했지만 귀담아듣지는 않았어요. 비어트리스 누나가 조이스 누나를 놀렸고 캐시 누나도 그랬어요. '그건 말도 안 되는 이야기야.'라고 했어요."

리어폴드에게서는 약간의 성과가 더 있었던 것 같았다. 푸아로와 올리버 부인은 앤이 있는 위층으로 올라갔다. 열여섯 살인 제 나이보다 많아 보이는 앤은 갖가지 책들이 널린 책상 위로 몸을 굽히고 공부하고 있었다.

앤이 말했다.

"네, 저도 그 파티에 갔어요."

"동생이 살인에 관해 이야기하는 걸 들었나요?"

"네, 들었어요. 그래도 별 신경 안 썼어요."

"사실이 아니라고 생각한 건가요?"

"물론이죠. 이곳에서는 오랫동안 살인 사건이라고는 일어나지 않았어요. 살인 사건이라고 할 만한 건 없었던 것 같아요."

"그럼 조이스가 왜 그런 말을 했을까?"

"걔는 자랑하는 걸 좋아하거든요. 그러니까 자기 자랑을 일삼는 아이였어요. 그 애가 인도에 갔다 왔다고 떠벌린 얘기는 아주 유명해요. 삼촌이 인도에 갔다 온 적이 있는데 조이스는 자기도 함께 따라간 것처럼 말했죠. 학교 아이들이 그 말을 진짜로 믿었다니까요."

"그래서 학생은 최근 삼사 년 동안 이 근처에서 살인이라고 할 만한 사건이 일어난 기억이 없다는 거죠?"

"네, 항상 보는 것 말고는요. 그러니까 신문 기사 같은 거요. 게다가 그 사람들은 실제로 우들레이 커먼에 산 것도 아니에요. 대부분 메드체스터 사람일걸요."

"학생 생각에 누가 동생을 죽인 것 같나요? 학생은 조이스 친구들을 잘 알잖아요. 조이스를 좋아하지 않는 사람들도."

"그 애를 죽이고 싶어 하는 사람이 있었다는 건 상상도 할 수 없어요. 머리가 돌지 않고서야 누가 그런 짓을 했겠어요?"

"조이스와 싸웠다거나 사이가 좋지 않은 아이는 없었나요?"

"그러니까 적이 있었냐는 거죠? 그건 말이 안 되는 것 같은데요. 사람들에게 적이라는 게 어디 있겠어요. 그저 싫어하는 사람이 있을 뿐이지."

방에서 나오면서 앤이 말했다.

"죽은 아이에 대해 좋지 않은 말을 하고 싶지는 않고 또 그게 인정머리 없는 일이라는 건 알지만 조이스는 정말 지독한 거짓말쟁이였어요. 동생을 두고 이렇게 말하는 건 좀 미안하지만 사실이에요."

"진전이 좀 있나요?"

집을 나오면서 올리버 부인이 물었다.

"전혀요. 참 흥미롭군요."

푸아로는 생각에 잠겨 말했다.

올리버 부인은 그 말에 동의하지 않는다는 표정으로 푸아로를 쳐다보았다.

8장

6시, 파인 크레스트에서 에르퀼 푸아로는 소시지 한 조각을 입에 넣고 차를 한 모금 삼켰다. 차 맛이 너무 강해서 푸아로의 입맛에 전혀 맞지 않았다. 하지만 소시지는 맛있었다. 탁월한 솜씨였다. 그는 탁자 맞은편 커다란 갈색 찻주전자 너머에 앉아 있는 매케이 부인을 고마운 눈길로 쳐다보았다.
 엘스페스 매케이는 오빠인 스펜스 총경과는 모든 면에서 다른 여자였다. 스펜스는 뚱뚱한 편이었지만 엘스페스는 마른 체격이었다. 그녀의 날카롭고 여윈 얼굴은 세상을 예리한 잣대로 바라보는 듯한 분위기를 풍겼다. 그녀는 꼬챙이처럼 마른 몸을 가졌지만 둘은 확실히 닮은 구석이 있었다. 특히 강하게 두드러진 턱 선과 눈이 그랬다. 푸아로는 둘 다 판단력과 분별력을 기대할 수 있는 사람들이라고 생각했다. 이 남매는 표현 방식이 제각각 달랐는데, 그게 다였다.

스펜스 총경은 올바른 관점에서 심사숙고한 뒤 신중하고 느리게 말하는 편이었다. 매케이 부인은 마치 쥐를 덮치는 고양이처럼 불쑥 끼어들었고, 민첩했으며 재빨랐다.

푸아로는 의문에 찬 눈길로 스펜스를 쳐다보며 말했다.

"조이스 레이놀즈의 성격에 많은 것이 달려 있어요. 그게 가장 혼란스러운 점입니다."

스펜스가 말했다.

"나한테 기대하지 마세요. 난 여기 그리 오래 살지 않았으니. 엘스페스에게 물어보세요."

푸아로는 알고 싶은 게 많다는 듯 눈썹을 추켜올리며 탁자 맞은편을 바라보았다. 매케이 부인은 여느 때처럼 재빠르게 반응했다.

"그 아이는 거짓말쟁이였어요."

"그 아이 말은 믿을 게 못 된다는 뜻입니까?"

엘스페스가 단호하게 고개를 끄덕였다.

"그럼요. 믿기지도 않은 이야기를 잘도 꾸며 냈죠. 저는 그 아이 말을 믿은 적이 없어요."

"그 아이는 자랑하려고 그런 거짓말을 꾸며 댔나요?"

"그래요. 인도 얘기 들어 보셨죠? 휴가나 방학 때 온 식구가 어딜 갔었다거나 해외여행을 다녀왔다는 식으로 사람들을 속인 적이 많답니다. 그 아이 아빠와 엄마였는지 삼촌과 숙모였는지는 모르겠지만 하여튼 인도에 갔다 왔는데, 조이스가 방학을 마치고 와서 자기도 함께 갔다 왔다고 거짓말을 해 댔답니다. 정말 이야기를 잘도 꾸며 대더군요. 마하라자(인도의 전통 귀족 — 옮긴이)니 호랑이 사냥이니 코끼리니, 정말 솔깃해서 많은 사람들이 그 이야기를 믿었답니다. 하지만 나는 솔직하게 말했죠. 조이스가 실제로 있었던 일보다 부풀려서 말한다는 사실을요. 처음에는 그 애가 그냥 과장한 것뿐이라고 생각했어요. 하지만 이야기할 때마다 살을 붙여 호랑이 숫자가 점점 늘어나는 거예요. 호랑이와 코끼리들이 실제로 있음 직한 것보다 훨씬 많이 등장하는 거예요. 난 그 전부터 그 아이가 엄청난 거짓말들을 많이 한다는 걸 알고 있었어요."

"늘 관심을 얻기 위해서였습니까?"

"바로 맞히셨어요. 사람들의 관심을 끌려고 애쓰는 아이였죠."

스펜스가 끼어들었다.

"실제로 가지도 않은 여행을 갔다 왔다며 이야기를 꾸며 냈다고 해서 그 아이 말이 모두 거짓말이라고 단정 지을 수는 없지."

"그렇기는 하죠. 하지만 대부분 그랬어요."

"그렇다면 부인은 조이스 레이놀즈가 살인을 목격한 적이 있다고 말한다면 거짓말일 가능성이 높기 때문에 그 이야기를 믿지 않을 거라는 거죠?"

"그럴 거예요."

"네 생각이 틀린 걸지도 몰라."

스펜스가 말했다.

"그래요. 누구든 틀릴 수 있어요. 그건 마치 '늑대가 나타났다'고 외치는 양치기 소년과 비슷해요. 그 말을 너무 자주 써먹으면 정말 늑대가 나타나도 아무도 소년의 말을 믿지 않기 때문에 결국 늑대가 소년을 잡아먹어 버리죠."

매케이 부인이 말했다.

"그렇다면 부인의 결론은……."

"조이스의 말은 사실이 아닐 거라고 생각해요. 하지만 저는 공정한 사람이에요. 그 애 말은 사실일 수도 있어요. 뭔가 봤을지도 모르죠. 그 애가 말한 그대로는 아니더라도 뭔가를 말이에요."

"그래서 그 아이가 죽었어. 넌 그 점에 유의해야 해, 엘스페스. 조이스는 죽임을 당한 거야."

"그래요, 그건 분명한 사실이에요. 그리고 내가 그 아이를 잘못 판단했을 수도 있다고 말하는 것도 바로 그 점 때문이고요. 그리고 정말 잘못 판단했다면 그건 내가 잘못한 거죠. 하지만 조이스를 아는 사람 아무나 붙잡고 물어봐도 조이스가 거짓말을 잘했다고 할 거예요. 그 아이가 간 곳은 다름 아닌 파티였고, 그래서 들떠 있었어요. 깊은 인상을 심어 주고 싶었을 거예요."

"부인 말대로 아이들은 조이스의 말을 믿지 않았습니다."

엘스페스 매케이는 의심스럽다는 듯 고개를 저었다.

"그 애 말대로 누군가 살해되는 광경을 본 걸까요?"

푸아로는 오빠에게서 여동생에게로 시선을 옮기며 물었다.

"그럴 리가 없어요. 그러려면 지난 3년 동안 이 마을에서 누군가 죽었어야 해요."

매케이 부인이 단호하게 말했다.

"아, 그건 당연하지. 뻔하잖아. 노인네나 환자가 죽었거나 아니면 뺑소니 운전자가⋯⋯."

스펜스가 말했다.

"이상하다는 생각이 들었거나 뜻밖의 죽음 같은 건 없었나요?"
"저⋯⋯ 그러니까⋯⋯."

엘스페스가 주저하자 스펜스가 말을 받았다.

"여기 이름 몇 개를 적어 봤습니다. 번거롭게 여기저기 묻고 다니지 않아도 될 겁니다."

스펜스가 푸아로에게 종이를 내밀었다.

"희생자 명단인가요?"

"확정적인 건 아니고요. 살해되었을 가능성이 있는 사람들이라고 해 두죠."

푸아로가 소리 내어 읽었다.

"루엘린 스마이스 부인, 샬럿 벤필드, 재닛 화이트, 레슬리 페리어."

푸아로는 읽던 것을 멈추고 탁자 맞은편을 쳐다본 뒤 첫 번째 이름을 다시 읽었다.

"루엘린 스마이스 부인."

"그럴 수도 있겠네요. 맞아요, 그 부인한테 무슨 일이 일어난 걸 수도 있어요."

매케이 부인이 맞장구를 치고는 '오페라'로 들리는 단어를 덧붙였다.

"오페라요?"

푸아로는 난처한 듯했다. 그는 오페라에 대해 들어 본 적이 없었다.
"어느 날 밤 집을 나간 뒤 소식이 끊어졌어요."
"루엘린 스마이스 부인요?"
"아니요. 그 오페라 아가씨요. 약에 뭔가를 넣었을 수도 있어요. 그래서 그 아가씨가 그 돈을 모두 물려받았죠? 아니면 그때는 돈을 모두 물려받았다고 생각한 건가요?"

푸아로는 무슨 말인지 몰라 스펜스를 쳐다보았다.
"그러고 나서 소식이 끊어졌어요. 그런 외국인 아가씨들은 늘 그래요."

매케이 부인이 말했다.

푸아로는 '오페라'라는 말의 의미를 그제서야 깨달았다.
"오페어 걸(외국 가정에서 입주하여 간단한 집안일을 하는 젊은 여성 — 옮긴이) 말이군요."
"그래요. 늙은 루엘린 스마이스 부인과 같이 살았는데, 부인이 죽고 한두 주일 지난 뒤 그 오페어 걸도 사라져 버렸어요."
"어떤 남자랑 같이 떠난 게지."

스펜스가 말했다.
"그래도 그 남자가 누군지 아무도 모르는걸요. 그리고 이 마을에는 항상 말들이 많잖아요. 보통 누가 누구랑 사귀는지 뻔히 다 알죠."
"루엘린 스마이스 부인의 죽음에 뭔가 석연치 않은 것이 있다고 생각한 사람이 있었나요?"
"아니요. 부인은 심장병을 앓고 있었어요. 의사한테 정기적으로 검진을 받았고요."

"그렇지만 가능성 있는 희생자 명단에 부인을 올리지 않았습니까?"

"음, 부인은 큰 부자였어요. 그녀의 죽음은 뜻밖이라고는 할 수 없지만 급작스럽기는 했어요. 퍼거슨 선생도 조금은 놀란 것 같았거든요. 더 오래 살 거라고 생각했던 모양이에요. 하지만 의사들은 그런 일들을 자주 겪지 않습니까. 루엘린 스마이스 부인은 의사의 지시를 잘 따르지 않는 환자였어요. 과로하면 안 된다고 했지만 부인은 자신이 하고 싶은 대로 뭐든지 했어요. 예를 하나 들면 부인은 정원을 열심히 가꾸었는데 그건 심장병에 전혀 도움이 안 되는 일이었지요."

엘스페스 매케이가 이야기를 받았다.

"부인이 여기 온 건 건강이 악화되었을 때였어요. 그 전에는 외국에서 살았대요. 조카인 드레이크 씨와 드레이크 부인 곁에 살려고 쿼리 하우스('채석장 집'이라는 뜻—옮긴이)를 샀지요. 빅토리아 시대풍 큰 저택인데, 지금은 사용하지 않지만 채석장이 딸려 있어서 그곳을 활용할 수 있다는 점이 부인 마음에 들었죠. 부인은 수천 파운드를 들여 그 채석장을 분지 정원(주변 지대보다 낮은 곳에 꾸민 정원—옮긴이)인지 뭔지로 개조했어요. 위슬리 같은 데서 조경사를 데려와 분지 정원 설계를 맡겼지요. 참, 꽤 볼 만한 곳이랍니다."

"한번 가서 봐야겠군요. 혹시 압니까, 괜찮은 생각이 떠오를지요."

"네, 저라면 가 보겠어요. 볼 만해요."

"부인이 부자였다고 하셨죠?"

"대형 조선업을 한 사람의 미망인이었어요. 돈으로 도배를 할 정도였죠."

"심장병을 앓고 있었기 때문에 예기치 못한 것은 아니었지만 어쨌든 급작스럽게 죽었어요. 자연사라는 점은 의심할 여지가 없었어요. 의사 말로는 심부전인지 뭔지라더군요."

스펜스가 말했다.

"의혹이 단 한 점도 없었습니까?"

푸아로가 묻자 스펜스가 고개를 저었다.

"이전부터 있었던 일이었군요. 노부인은 계단을 서둘러 올라가거나 내려가서도 안 되고 정원 일을 심하게 해서도 안 되니 조심해야 한다는 주의를 계속 들어 왔겠죠. 하지만 평생 정원 가꾸기에 열심이었고 원하는 것은 무엇이든 하며 살아온 활동적인 여성이 그런 주의 사항을 잘 지킬 리 없지요."

푸아로가 말했다.

"맞는 말이에요. 루엘린 스마이스 부인은 채석장을 멋진 분지 정원으로 만들었어요. 조경사가 했다고 하는 편이 맞을지도 모르겠지만. 어쨌든 조경사와 부인은 삼사 년 동안 정원 만드는 일에 매달렸습니다. 부인은 문화 보호 협회에서 주최하는 정원 탐방 여행을 떠났다가 어떤 정원을 보게 되었죠. 내 생각에는 아일랜드 같았어요. 아무튼 그걸 염두에 두고 채석장을 멋들어지게 조성한 겁니다. 아, 그래요, 믿으려면 보는 수밖에 없지요."

"그렇다면 자연사라는 거군요. 그 지역 의사가 그렇게 판정했고요. 그렇다면 지금의 의사가 그때 그 의사입니까? 우리가 조금 뒤에 만나게 될 의사 말입니다."

"그래요, 퍼거슨 선생 맞습니다. 예순 살쯤 되었는데 환자도 잘 보고 사람들이 좋아해요."

"하지만 부인은 루엘린 스마이스 부인이 살해되었을 수도 있다고 생각하시는 거죠? 조금 전에 말씀하신 이유 말고 다른 이유가 있습니까?"

"이유를 들자면 그 오페어 걸 때문이지요."

"어째서죠?"

"유언장을 위조한 게 틀림없었으니까요. 그 아가씨 말고 누가 그랬겠어요?"

"상세하게 말씀해 주세요. 유언장을 위조했다는 건 또 뭡니까?"

"노부인의 유언장을 둘러싸고 약간의 소동이 있었어요."

"새로운 유언장이 나타났나요?"

"그게, 뭐라더라, 유언 보충서라는 것 같았어요."

엘스페스가 푸아로를 쳐다보자 그가 고개를 끄덕였다.

"노부인은 이전에도 유언장을 여러 번 작성했어요. 모두 별 차이는 없었고요. 자선 단체에 기부하고 오랫동안 데리고 있던 하인들에게도 조금 나눠 주는 걸로 되어 있었죠. 하지만 항상 대부분의 재산은 가까운 친척인 조카 부부의 몫이 될 거라는 내용이었어요."

스펜스가 말했다.

"그런데 그 유언 보충서에 뭐라고 씌어 있었나요?"

"모든 재산을 오페어 걸에게 물려준다고 되어 있었어요. 헌신적으로 보살펴 주고 친절하게 대해 주었다는 이유로 말이에요."

엘스페스가 대답했다.

"그 오페어 걸에 대해 좀 더 말해 주세요."

"유럽 중부 어느 나라 출신이었어요. 나라 이름이 길던데."

"오페어 걸이 노부인과 얼마나 오래 함께 지냈나요?"

"1년 정도밖에 안 돼요."

"계속 노부인이라고 하시는데, 몇 살이었나요?"

"60대였어요. 그러니까 예순 대여섯 살쯤?"

"그 정도면 그리 늙은 것도 아니었네요."

푸아로가 감정을 실어 말했다.

"사람들 말로 노부인은 유언장을 여러 통 작성했대요. 오빠도 말했듯이 자선 단체 한두 곳에 재산을 기부하기로 한 뒤에 자선 단체를 바꿨고, 오랫동안 함께 지낸 하인들에게 다른 유품을 남긴 적은 있어도 그게 다였어요. 대부분의 돈은 늘 조카 부부, 그리고 노부인이 사망할 무렵에 죽은 또 다른 나이 많은 사촌에게 돌아갔지요. 조경사에게는 그가 원하는 한 계속 살 수 있도록 노부인이 지은 방갈로를 남겼어요. 그리고 분지 정원을 유지 관리해 사람들이 드나들며 볼 수 있도록 얼마의 수입을 남겼어요. 뭐, 그런 식이었죠."

엘스페스가 말했다.

"노부인의 친척들은 노부인이 부당한 압력을 받아 정신이 온전하지 않았다고 주장했을 것 같은데요?"

"그랬을 수도 있죠. 하지만 변호사들은 위조 혐의를 재빨리 찾아냈어요. 그럴듯하게 위조하지는 못한 게 틀림없었어요. 단박에 발각되었으니 말이에요."

스펜스가 말했다.

"그 오페어 걸이 아주 쉽게 문서를 위조할 수 있었다는 사실이 밝혀졌어요. 그 아가씨는 루엘린 스마이스 부인을 대신해 정말 많은 편지들을 썼는데 부인은 타이핑한 편지를 친구들에게 보내는 걸 굉장히 싫어했던 것 같아요. 업무 관련 편지가 아니면 늘 이렇게 말했대요. '손으로 직접 쓰되 최대한 내가 쓴 것처럼 하고 내 이름으로 서명하렴.' 청소하던 민든 부인이 들었다더군요. 그런 식으로 주인의 필체를 흉내 내 글을 쓰는 데 익숙해진 오페어 걸은 문득 위조를 해도 아무도 모를 거라는 생각이 든 거죠. 그래서 그 모든 일이 벌어진 거고요. 하지만 말씀드린 대로 변호사들은 워낙 똑똑한 사람들이라 곧 들키고 말았죠."

엘스페스가 말했다.

"루엘린 스마이스 부인의 변호사들인가요?"

"네. 풀러턴, 해리슨 앤드 리드베터 법률 사무소라고 메드체스터에서 아주 유명한 곳이에요. 줄곧 노부인의 법률 업무를 맡았죠. 어쨌든 거기에서 그 방면의 전문가들을 확보해 의문점을 파고들었고 조사를 받은 오페어 걸은 결국 어느 날 소지품의 절반 정도를 그대로 둔 채 집을 나가 버렸어요. 법률 사무소에서는 오페어 걸을 상대로 소송을 준비하고 있었지만 그때까지 기다리지 않고 그냥 집을 나가 버린 거예요. 시간만 맞추면 영국을 벗어나는 것도 그리 힘든 일이 아니거든요. 유럽 대륙은 여권 없이 당일치기로 여행할 수 있잖아요. 그리고 저쪽의 누군가와 말만 잘되면 시끄러워지기 전에 상황이 정리될 수도 있고요. 그 아가씨는 아마 자기 나라로 돌아갔거나 이름을 바꿨거나 친구한테 갔을 거예요."

"모든 사람들이 루엘린 스마이스 부인이 자연사했다고 생각했나요?"

"네, 그 점에는 어떤 의혹도 없었던 것 같아요. 제가 그렇게 말할 수 있는 건 의사가 의심을 품지 않은 일들이 예전에 일어난 적이 있기 때문이에요. 그 조이스라는 아이가 오페어 걸이 루엘린 스마이스 부인에게 약을 준 일을 들어 알고 있었다든가, 노부인이 '이 약은 보통 때와 맛이 다른걸.'이라거나 '이 약은 더 쓰네.'라든가 '맛이 이상하군.'이라고 말하는 걸 들었다든가, 그런 걸 추측해 볼 수 있죠."

"사람들이 네가 그걸 다 직접 들은 줄 알겠다, 엘스페스. 그건 모두 네 상상일 뿐이야."

스펜스가 말했다.

"노부인이 언제 죽었나요? 아침인가요, 저녁인가요? 그리고 집 안이었나요, 집 밖이었나요? 집에서였나요, 아니면 다른 곳에서였나요?"

푸아로가 물었다.

"아, 집에서 죽었어요. 어느 날 정원 일을 마치고 유난히 숨을 몰아쉬며 들어왔더랍니다. 너무 피곤해서 침대에 누워야겠다고 했대요. 그리고 그 상황을 한 문장으로 표현하면, 노부인은 다시는 깨어나지 못했답니다. 의학적으로는 그 모든 게 너무나 자연스러웠지요."

푸아로는 작은 공책을 꺼냈다. 책장 첫 줄에는 이미 '희생자'라고 적혀 있었다. 그 아래에 푸아로는 '1번 예상자 : 루엘린 스마이스 부인'이라고 적었다. 다음 면에는 스펜스가 알려 준 다른 이름들을 적었다. 푸아로는 궁금하다는 듯 물었다.

"샬럿 벤필드?"

스펜스가 곧바로 대답했다.

"열여섯 살짜리 가게 점원이었습니다. 머리에 여러 군데 중상을 입었어요. 쿼리 우드 근처 보도에서 발견되었지요. 남자 두 명이 용의 선상에 올랐죠. 둘 다 그 아이와 종종 만나곤 했거든요. 하지만 어떤 증거도 찾지 못했어요."

"둘 다 경찰 신문을 받았나요?"

푸아로가 물었다.

"그랬지만 별다른 게 없었습니다. 신문도 별로 받지 않았고요. 겁에 질린 상태였거든요. 거짓말이나 말도 안 되는 말도 몇 번 했고요. 살인자 같다는 인상을 풍기지 않았습니다. 하지만 둘 중 하나가 저질렀을 수도 있어요."

"어떤 사람들이었습니까?"

"피터 고든이라는 청년은 스물한 살이었고 실업자였어요. 한두 군데 직장을 다니기는 했지만 꾸준히 다닌 적이 없었어요. 게으른 청년이었고, 꽤 잘생기기는 했습니다. 좀도둑질 같은 걸로 한두 번 집행유예를 받은 적이 있었어요. 폭력 전과는 없었고요. 범죄를 저지를 만한 젊은이들과 자주 어울려 다니기는 했지만 심각한 문제를 일으킨 적은 없었습니다."

"다른 한 명은요?"

"토머스 허드라는 청년이었어요. 스무 살이었고 말을 더듬었어요. 부끄러움을 많이 타고 신경이 예민한 편이었죠. 교사가 되고 싶어 했지만 성적이 좋지 않았어요. 그 어머니는 과부였는데, 그저 아들만 애지중지하는 그런 여자였죠. 아들이 여자 친구 사귀는 것을 좋아하지 않았어요. 가능한 한 치마폭에 싸서 키웠지요. 허드는 문방구에서 일한 적이 있었어요. 알려진 건 없지만 심리적으로 범죄를 저지를 가능성이 있어 보였습니다. 죽은 소녀 때문에 가슴앓이를 많이 했거든요. 질투심에 사로잡혀 죽였을 수도 있지만 증거는 없었습니다. 둘 다 알리바이가 있었어요. 허드는 어머니가 알리바이를 입증해 줬죠. 하느님께 맹세코 그날 저녁 내내 아들이 자기와 함께 집에 있었다고 말했는데, 그 증언을 반박하거나 사건 현장 근처에서 목격했다는 사람이 나온 것도 아니에요. 고든의 알리바이는 별로 평판이 좋지 않은 친구들이 입증해 줬어요. 믿을 만한 건 아니었지만 아니라는 것을 증명할 수 없었으니 어쩔 수 없었죠."

"사건이 일어난 게 언제였나요?"

"18개월 전이에요."

"장소는요?"

"우들레이 커먼에서 멀지 않은 들판의 오솔길이었습니다."

"1킬로미터쯤 떨어진 곳이죠."

엘스페스가 끼어들었다.

"조이스의 집, 그러니까 레이놀즈네 근처인가요?"

"아니, 마을 반대편이에요."

"조이스가 목격했다는 살인은 아닌 것 같군요. 젊은 청년한테 머리를 심하게 얻어맞고 있는 소녀를 봤다면 그 자리에서 그게 살인이라고 생각했겠죠. 1년이나 지난 뒤 그게 살인이었던 것 같다고 생각할 일이 아니지요."

푸아로가 생각에 잠겨 말했다. 그는 다음 이름을 읽었다.

"레슬리 페리어."

스펜스가 다시 설명했다.

"스물여덟 살이었고, 메드체스터 마켓가(街)에 있는 풀러턴, 해리슨 앤드 리드베터 법률 사무소 서기였어요."

"루엘린 스마이스 부인을 담당했던 곳이라고 말씀하셨던 것 같군요."

"그래요, 그곳이에요."

"그래서 레슬리 페리어에게 무슨 일이 있었나요?"

"등을 찔려 죽었습니다. '그린 스완'이라는 술집에서 멀지 않은 곳이었죠. 집주인 해리 그리핀의 아내와 불륜 관계였다고 해요. 그 여자는 지금도 그렇지만 정말 대단했지요. 조금 나이를 먹기는 했지만요. 레슬리 페리어보다 대여섯 살 더 많았는데 젊은 남자를 좋아했어요."

"사용된 도구는요?"

"칼은 발견되지 않았어요. 레슬리는 해리 그리핀의 아내와 헤어진 뒤 다른 아가씨와 사귀었다는데, 특별히 알려진 사람은 없었어요."

"그렇군요. 그러면 그 사건의 용의자는 누구인가요? 집주인 아니면 그 아내?"

스펜스가 말했다.

"물론이에요. 둘 중 하나인지도 모릅니다. 하지만 아내일 가능성이 더 많은 것 같아요. 그녀는 절반은 집시의 피를 가진 것 같았고 성격도 보통이 아니었어요. 하지만 다른 가능성도 있습니다. 레슬리도 한 점 부끄러움 없이 산 인물은 아니었다는 겁니다. 20대 초반에는 사고도 여러 번 치고 다른 곳에서 위증죄로 기소되기도 했어요. 위조죄도 있고요. 결손가정에서 자랐다는 말도 있습니다. 고용주들이 그를 위해 변호해 줘서 단기형을 선고받고 출소한 뒤 풀러턴, 해리슨 앤드 리드베터 법률 사무소에 취직했지요."

"그 뒤 올바르게 살았나요?"

"뭐, 딱히 드러난 건 없었습니다. 직장 생활은 그런 것 같았지만, 친구들과 함께 몇 가지 의문스러운 거래에 연루된 적이 있었어요. 소위 나쁜 놈이라고 할 만하기는 했지만 신중한 사람이었어요."

"그렇다면 다른 누구라도 있습니까?"

"질 나쁜 친구 한 명이 그를 찔렀을 수도 있어요. 불량배와 어울려 다니다가 그들을 저버리면 칼을 들고 찌르는 것도 예사거든요."

"그 밖에 다른 점은 없었습니까?"

"통장에 돈이 꽤 많았어요. 지불도 늘 현금으로 했고요. 돈이 어디서 났는지는 명확하지 않아요. 그 자체로 의심스러운 점이지요."

"풀러턴, 해리슨 앤드 리드베터 법률 사무소 공금을 도용한 건 아닐까요?"

"그건 아니라고 하더군요. 자금을 처리하고 확인하는 공인 계좌를 갖고 있었어요."

"그렇다면 경찰은 돈의 출처를 알아냈나요?"

"아니요."

"이번에도 조이스가 목격한 살인은 아니라고 봐야겠군요."

푸아로는 이렇게 결론을 내리고 마지막 이름을 읽었다.

"재닛 화이트."

"학교 사택에서 집으로 가는 좁은 지름길에서 목이 졸린 채 발견되었어요. 노라 앰브로즈라는 교사와 방 하나를 같이 쓰고 있었다더군요. 노라 앰브로즈 말에 따르면 재닛 화이트는 1년 전 헤어진 남자가 가끔 협박 편지를 보내는 통에 괴롭다는 말을 종종 했다고 해요. 그 남자에 대해서는 밝혀진 게 전혀 없어요. 노라 앰브로즈는 그 남자 이름이나 사는 곳도 몰랐고요."

"아하, 이 사건이 더 맘에 드는군요."

푸아로는 재닛 화이트의 이름에 진하고 굵게 표시했다.

스펜스가 물었다.

"무엇 때문이죠?"

"조이스 또래의 소녀가 목격했을 법한 살인이거든요. 조이스는 자신이 아는, 어쩌면 자신을 가르쳤을지도 모르는 학교 선생님을 알아볼 수 있었을 겁니다. 그녀를 해치는 사람이 누구인지는 몰랐겠죠. 자기가 아는 사람이 낯선 사람과 다투는 광경을 목격했겠죠.

하지만 당시에는 그 이상 생각하지 못했던 겁니다. 재닛이 죽은 게 언제였나요?"

"2년 6개월쯤 전이에요."

"역시 시기도 적당하군요. 당시 자신이 목격한, 재닛 화이트의 목을 감고 있던 남자가 알고 보니 단순히 목을 껴안은 게 아니라 그녀를 죽이려고 했던 거였습니다. 나중에 조금 더 자라고 보니 그게 살인이었을 수도 있었다는 생각이 든 거죠."

푸아로가 그렇게 말하고 엘스페스를 쳐다보았다.

"제 추리에 동의하십니까?"

"무슨 말씀인지 알겠어요. 하지만 지금 거꾸로된 거 아닌가요? 여기 우들레이 커먼에서 발생한 지 사흘도 안 된 소녀 살인 사건의 범인을 찾는 게 아니라 케케묵은 사건의 범인을 찾겠다고요?"

엘스페스가 말했다.

"우리는 과거에서 현재로 거슬러 올라올 겁니다. 2년 6개월 전부터 시작해 사흘 전까지 가 보는 겁니다. 따라서 이미 총경님은 생각해 보셨겠지만, 우리는 그날 파티에 온 우들레이 커먼 사람들 중에 오래된 살인 사건과 관련이 있을 만한 사람이 누구인지를 생각해 봐야 합니다."

푸아로가 말했다.

"지금보다는 범위가 좁혀지겠죠. 조이스는 그날 파티가 열리기 전에 떠들어 댄 살인 사건 때문에 살해되었다는 당신의 가정이 옳다면요. 조이스는 파티 준비가 한창일 때 그런 말을 했습니다. 그것이 살인 동기라고 믿는 게 옳지 않은 일일 수도 있지만, 저는 우리가 틀렸다고 생각하지 않아요. 그렇다면 조이스가 살인을 목격했다고 주장했고, 그날 오후 파티를 준비하는 동안 그곳에 있었던 누군가가 그 말을 듣고 최대한 빨리 처치한 걸로 정리해 봅시다."

스펜스가 말했다.

"그 자리에 누가 있었죠? 아시다시피, 이미 짐작하고는 있지만요."

푸아로가 물었다.

"여기 명단이 있습니다."

"꼼꼼히 확인하셨나요?"

"그럼요. 재차 확인해 보았는데 그것도 꽤 일이더군요. 여기 열여덟 명의 명단입니다."

핼러윈 파티를 준비하는 동안 그 자리에 있었던 사람들

드레이크 부인(집주인)

버틀러 부인

올리버 부인

휘태커 양(교사)

찰스 코터럴(교구 목사)

사이먼 램프턴(부목사)

리 양(퍼거슨 선생 병원의 조제 약사)

앤 레이놀즈

조이스 레이놀즈

리어폴드 레이놀즈

니컬러스 랜섬

데즈먼드 홀랜드

비어트리스 아들리

캐시 그랜트

다이애너 브렌트

갈턴 부인(가사 도우미)

민든 부인(청소부)

굿바디 부인(도우미)

"이 사람들이 전부입니까?"

"아니요, 확실하지는 않아요. 누가 확신할 수 있겠습니까. 별별 사람들이 온갖 물건들을 가지고 왔는데요. 어떤 사람은 채색 전구를 가져왔고, 어떤 사람은 거울을 가져왔어요. 여벌 그릇도 가져왔고, 플라스틱 양동이를 빌려 오기도 했고요. 물건들을 갖고 와서 한두 마디 나누고는 가 버렸어요. 남아서 도와주지 않았단 말입니다. 그러니 그런 사람은 지나쳐 버리거나 그곳에 있었다는 걸 기억 못 할 수도 있지요. 그러나 설령 현관에 양동이 하나를 갖다 놓고 갔다 해도 그 사람이 응접실에서 조이스가 하는 말을 들을 수는 있어요. 알다시피 조이스는 거의 소리치다시피 말했으니까요. 그런 사람까지 일일이 명단에 넣을 수는 없지만 어쨌든 최대한 확인한 겁니다. 한

번 훑어보세요. 이름 옆에 간략하게 설명도 적어 놓았습니다."

"고맙습니다. 한 가지만 더 물어보겠습니다. 예를 들어, 파티에 참석한 사람들 중에 조이스가 살인을 목격했다고 얘기한 것에 대해 말한 사람은 없었습니까?"

"없었습니다. 공식적으로 기록된 건 없었어요. 당신한테 처음 들었습니다."

"흥미롭군요. 이 점이 주목할 만하다고 말할 사람도 있겠군요."

"조이스의 말을 진지하게 받아들인 사람이 없는 게 확실합니다."

푸아로는 생각에 잠겨 고개를 끄덕였다.

"퍼거슨 선생에게 가 봐야겠습니다. 수술을 마치고 만나기로 했거든요."

푸아로는 스펜스가 준 명단을 접어 호주머니에 넣었다.

9장

퍼거슨 선생은 스코틀랜드 혈통의 무뚝뚝한 60대 노인이었다. 그는 추켜올린 눈썹 아래 예리한 눈으로 푸아로를 위아래로 훑어보더니 말했다.

"저런, 이게 다 무슨 일이오? 앉으시오. 그 의자 다리 조심하시고요. 바퀴가 헐거우니까. 말씀드려야 할 것 같소. 이런 곳에서는 사람들이 모르는 게 없다오. 그 작가가 경찰들도 쩔쩔맬 천부적인 탐정을 데려왔다고 하던데. 어느 정도 맞는 말이군요. 그렇지 않소?"

"일정 부분은 그렇습니다. 제가 여기 온 건 오랜 친구인 전직 총경 스펜스 씨를 만나기 위해서입니다. 여동생과 함께 이곳에 살고 있죠."

"스펜스? 흠, 좋은 사람이지요. 스펜스는 불독 같은 사람이지요. 선량하고 정직한 구식 경찰관. 부정이나 폭력은 통하지 않고, 멍청하지도 않고요. 대쪽처럼 곧은 건 물론이고요."

"정확히 알고 계시는군요."

"그런데 푸아로 씨는 그에게 무슨 말을 했고, 그는 푸아로 씨에게 무슨 말을 해 주었소?"

"스펜스와 래글런 경위 모두 매우 친절하게 대해 주었습니다. 선생님도 그러시리라 기대합니다."

"달리 친절이라고 할 것도 없소. 사실 난 무슨 일이 있었는지도 잘 모르오. 파티가 열리는 중에 아이가 양동이 속에 머리를 처박고 익사했다던데. 추잡한 짓이오. 요즘에는 아이 죽이는 것쯤 놀랄 일도 아니라오. 지난 7년에서 10년 전부터 아이들이 살해되는 것을 너무나도 많이 봐 왔소. 너무나도 많았소. 구속되어야 하는데도 그렇지 못한 사람들이 많아요. 정신병원에는 병실이 없다고 하오. 그러니 말솜씨 좋고 옷도 잘 차려입고 생김새도 멀쩡한 그런 사람들이 밖에서 희생양을 찾아 돌아다니는 거요. 그리고 마음껏 즐기지. 그래도 대개 파티에서 그러지는 않소. 잡힐 위험이 너무 크니까. 하지만 참신함은 정신병적 살인자도 거부할 수 없는 매력인 것 같소."

"누가 그 아이를 죽였는지 짚이는 사람이 있습니까?"

"내가 대답할 수 있는 문제라고 생각하는 거요? 그러기 위해서는 증거가 필요하지 않소? 확실해야만 하니 말이오."

"추측하실 수는 있지 않습니까."

"추측은 누구든 할 수 있지요. 환자를 진찰할 때 나는 이 손님이 홍역인지, 아니면 조개나 깃털 베개에 대한 알레르기 반응인지 추측해야 하오. 뭘 먹고 뭘 마셨는지, 잠은 어디서 잤는지, 어떤 아이들과 함께 있었는지 등을 알아내려고 이것저것 물어봐야 하지요. 홍역을 앓은 스미스 씨네나 로빈슨 부인네 아이들과 함께 사람이 많은 버스를 탔는지 따위를 말이오. 그리고 나서 여러 가지 가능성들에 대해 모호한 의견들을 내놓는데, 그걸 소위 진단이라고 하지요. 그건 서둘러서 할 일이 아니라 확실하게 해야 하는 일이오."

"그 아이를 아십니까?"

"물론이오. 그 아이는 내 환자였소. 이곳에는 의사가 나와 워럴, 두 명이오. 어쩌다 보니 내가 레이놀즈네 가족의 주치의가 되었지요. 조이스는 아주 건강한 아이였소. 아이들에게 흔한 병은 있었지만 별난 증상이나 문제는 없었소. 밥을 너무 많이 먹고, 말이 너무 많기는 했지만. 말을 많이 하는 건 건강에 별다른 해가 되지 않소. 하지만 너무 많이 먹는 것 때문에, 옛날에는 종종 '담즙 과다'로 불린 증상이 나타나곤 했소. 볼거리와 수두를 앓았지만 다른 건 없었소."

"그러나 선생님 말씀대로 그 아이는 어느 한 가지에 대해 말을 지나치게 많이 했지요?"

"그래서 그쪽으로 방향을 잡은 거요? 그 소문을 좀 들었지. 코미디가 아니라 비극이라는 점 빼고는 「버틀러가 본 것」(1950년대 영국 코미디 영화—옮긴이)과 아주 비슷하더이다. 그런가요?"

"살인 동기나 이유가 될 수 있지요."

"그렇소. 그건 인정하오. 하지만 다른 이유도 있소. 요즘은 대개 심신 장애에서 이유를 찾는 것 같군. 어쨌든 치안판사 법정에서는 늘 그런 것 같다는 거요. 그 아이의 죽음으로 득을 보는 사람은 없소. 그 아이를 미워한 사람도 없고. 하지만 요즘 아이들을 보면 그런 이유를 찾을 필요도 없는 것 같소. 이유는 다른 곳에 있다오. 바로 살인자의 마음속이지요. 그의 불안정한 마음이나 사악한 마음이나 삐뚤어진 마음 말이오. 뭐라고 불러도 좋소. 나는 심리학자가 아니니까. 어딘가에서 기물을 파손했거나, 거울을 박살 냈거나, 위스키를 슬쩍했거나, 은을 훔쳤거나, 노부인의 머리를 때린 젊은이를 잡아 '정신 감정을 위해 돌려보냄'이라는 말을 듣는 데 이제 넌더리가 났소. 왜 그런 짓을 했는지는 이제 별로 중요하지 않소. 정신 감정을 위해 돌려보내면 되니까."

"그래서 이번 경우 정신 감정이 필요한 사람이 있다면요?"

"그날 밤 파티에 왔던 사람들 중에 말이오?"

"그렇습니다."

"살인자는 우선 그곳에 있어야 하지요, 그렇지 않소? 그렇지 않으면 사람을 죽일 수가 없으니까, 그렇죠? 범인은 손님이나 도와주는 사람들 중 한 명이거나 아니면 악의를 품고 계획적으로 창문을 통해 들어온 사람이 분명하오. 그 집 잠금장치에 대해 잘 아는 사람이었겠지. 그곳에 미리 와서 둘러봤을 수도 있소. 아는 사람이나 내 아들이 누군가를 죽이고 싶어 한다고 합시다. 드문 일은 아니지요. 메드체스터에서 그런 일이 있었소. 육칠 년 지나서야 밝혀졌는데, 범인은 열세 살짜리 소년이었소. 누군가를 죽이고 싶었던 그 소년은 아홉 살짜리 아이를 죽인 뒤 훔친 차를 몰고 12킬로미터쯤 떨어진 관목 숲으로 달려가 그곳에서 시체를 태우고 달아났소. 그러고는 스물한두 살이 될 때까지는 범죄를 저지르지 않고 살았다고 하오. 하지만 잘 생각해 보시오. 그건 그 사람 말이고 계속 살인을 저질렀는지도 모르는 일이오. 아마 그랬을 거요. 그는 살인을 즐겼으니 말이오. 그렇다고 그가 사람을 여럿 죽였거나 전에 경찰 조사를 받은 적이 있다고는 생각지 마시오. 다만 때때로 그런 충동을 느꼈다는 거지. 정신이 이상해졌을 때 살인을 저질렀을 거요. 나는 지금 이곳에서 일어난 일에 대해 설명하려는 거요. 어쨌든 그런 유의 사건이니까. 다행히 나는 정신과 의사가 아니오. 친구 중에 정신과 의사가 있기는 하지만 말이오. 그중에는 지각 있는 사람들이 있는가 하면 되레 정신 감정을 받아야 하는 경우도 있소. 조이스를 죽인 범인은 훌륭한 부모 밑에서 자랐고 품행이 정상적이며 외모도 멀쩡한 사람일 거요. 어느 누구도 그가 문제 있는 사람일 거라고는 꿈에도 생각하지 못할 거요. 붉고 탐스러운 사과를 한입 베어 먹었는데 사과 속 바로 옆에서 보기에도 역겨운 벌레가 튀어나와 눈앞에서 머리를 흔들어 댄 경험이 있소? 많은 인간들이 그와 비슷하오. 예전보다 지금 더 많아졌지요."

"그래서 의심이 가는 사람이 없다는 건가요?"

"아무런 증거도 없이 무턱대고 살인자로 몰 수는 없소."

"그래도 범인이 파티에 참석한 사람 중 하나라는 사실은 인정하시는군요. 살인자 없이는 살인이 일어날 수 없으니까요."

"탐정 소설이라면 살인자 없는 살인도 가능할 거요. 당신이 좋아하는 그 여류 작가도 그런 식으로 소설을 쓰겠지. 하지만 이번 사건에서는 살인자가 거기 있었다는 데 동의하오. 손님이나 도우미나 창문으로 들어온 누군가가 범인이오. 창문 잠금장치를 미리 알아 두었다면 쉬운 일이었을 거요. 헬러윈 파티에서 살인을 저지르는 건 재미있고 기발한 일이라는 말도 안 되는 생각이 들었겠지. 거기서부터 시작해야 하는 거 아니오? 파티에 참석한 사람들 말이오."

숱 많은 눈썹 아래로 반짝이는 두 눈이 푸아로를 향했다.

"나도 거기 갔소. 그냥 뭘 하는지 보려고 늦은 시간에 들렀다오."

퍼거슨 선생은 힘차게 고개를 끄덕이며 말을 맺었다.

"그래, 그게 문제지, 그렇지 않소? 신문 사회면 기사처럼 말이오. '참석자 중에 살인자가 있었다.'"

10장

푸아로는 엘름스를 올려다보면서 감탄했다.

푸아로는 교내 출입을 허락받고 곧바로 비서로 보이는 누군가의 안내를 받아 교장의 집무실로 갔다. 책상 앞에 앉아 있던 에믈린 양이 일어나 푸아로를 맞이했다.

"만나서 반가워요, 푸아로 씨. 푸아로 씨에 대해서는 익히 들어 알고 있어요."

"매우 친절하시군요."

"제 죽마고우이자 메도뱅크의 교장인 불스트로드 선생(전작 『비둘기 속의 고양이』에 등장 — 옮긴이)에게 들었습니다. 불스트로드 양을 기억하시겠죠?"

"어떻게 잊을 수 있겠습니까. 훌륭한 분이시죠."

"맞아요. 지금의 메도뱅크를 만든 사람이지요."

에믈린 양은 가볍게 한숨을 쉬더니 계속 말했다.

"요즘은 좀 달라졌어요. 취지나 방법도 달라졌지만 특색 있는 학교, 앞서가는 학교, 전통 있는 학교로서 그 위상은 여전하답니다. 아, 지난 일에 너무 빠져 살면 안 되죠. 푸아로 씨는 조이스 레이놀즈의 죽음 때문에 저를 만나러 오셨으니까요. 이번 사건에 특별히 관심을 갖고 계신지요? 평소 다루시는 일하고는 다른 것 같습니다만. 조이스의 성격이나 가족 관계가 어떤지는 알고 계시겠죠?"

"모릅니다. 저는 제 오랜 친구인 아리아드네 올리버 부인의 부탁을 받고 여기 왔습니다. 올리버 부인은 여기 머물면서 그 파티에도 참석했습니다."

"그분 책은 정말 재미있더군요. 한두 번 뵌 적이 있어요. 그렇다면 이야기하기가 더 쉬울 것 같네요. 개인적인 감정을 끌어들이지만 않는다면 거칠 것 없이 일을 처리할 수 있으니까요. 그건 정말 끔찍한 일이었어요. 일어날 수 없는 일이 일어났다고 하는 편이 낫겠어요. 관련된 아이들은 어떤 특별한 부류에 집어넣을 수 없을 만큼 성숙하지도, 어리지도 않은 것 같아요. 심리 범죄라고 하던데, 그렇게 생각하시나요?"

"아니요. 대부분의 범죄가 그렇듯이 어떤 계기, 아마도 추악한 계기 때문에 일어난 살인 사건이라고 생각합니다."

"저런, 그렇다면 그 이유가 뭐라고 생각하세요?"

"조이스가 한 말 때문이었습니다. 파티가 열릴 때는 아니었고, 그 날 일찍 상급생 아이들과 도우미들이 한창 파티를 준비할 때 나온 말이었다고 합니다. 살인을 직접 목격한 적이 있다고 말했다더군요."

"사람들이 그 말을 믿었나요?"

"대체로 믿지 않았던 것 같습니다."

"거의 그랬을 거예요. 푸아로 씨, 불필요한 감상은 정신을 흐리게 만드니 그냥 솔직하게 말씀드릴게요. 조이스는 멍청하지도 특별히 똑똑하지도 않은 평범한 아이였어요. 정말 솔직히 말씀드리면 거짓말을 하지 않고는 못 배기는 아이였죠. 그렇다고 그 아이가 특별히 사기를 친 건 아니었어요. 벌을 모면하거나 잘못한 짓을 하다가 들켰을 때 그것을 어떻게든 피해 보려고 거짓말을 하지는 않았어요. 다만 자기 자랑이 심했죠. 있지도 않은 일을 떠벌려서 친구들의 관심을 끌려고 했어요. 물론 그 때문에 아이들은 조이스의 말을 믿지 않게 됐고요."

"조이스가 그래서 살인을 목격했다고 떠벌렸다는 건가요? 돋보이려고, 사람들 호기심을 끌려고……?"

"그래요. 그리고 조이스는 분명 아리아드네 올리버 부인의 관심을 끌고 싶었을 거예요……."

"그렇다면 조이스가 살인을 목격한 게 아니라고 생각하시는 건가요?"

"그럴 리가 없어요."

"조이스가 그 모든 이야기를 지어냈다고 생각하시는 겁니까?"

"그건 아니에요. 제가 생각할 수 있는 건 아마 교통사고가 났거나, 골프장에서 누군가 공에 맞아 다친 걸 보고는 살인을 기도한 것으로 생각하고 대단한 사건인 것처럼 꾸며 냈다는 거예요."

"그렇다면 우리가 조금이나마 확신을 가지고 세울 수 있는 가설은 핼러윈 파티 현장에 살인자가 있었다는 것이겠군요."

"물론이죠. 확실해요. 논리적으로 그게 맞겠죠?"

에믈린 양이 눈썹 하나 까딱하지 않고 말했다.

"염두에 두고 계신 사람이 있나요?"

"정말 현명한 질문이에요. 어쨌든 파티에 온 아이들은 대부분 아홉 살에서 열다섯 살 사이였고 거의 모두 우리 학교 학생들이었던 것 같더군요. 먼저 저는 그 아이들에 관해 알고 있어야 해요. 아이들 가족과 가정 환경까지 말이에요."

"두 해 전 이 학교 교사 중에 정체불명의 살인자에게 목이 졸린 채 발견된 분이 있었다고 하던데요."

"재닛 화이트 말씀이시죠? 스물네 살쯤 되었었죠. 감수성이 예민한 아가씨였어요. 제가 알기로 재닛은 그날 혼자 걸어가고 있었어요. 물론 어떤 젊은 남자와 만날 약속을 했겠죠. 남자들 눈에 재닛은 꽤 매력적인 아가씨였어요. 살인자는 아직까지 밝혀지지 않았죠. 경찰은 젊은 남자를 여러 명 조사하고 신문해 보았지만 기소할 만큼 증거가 충분한 사람을 찾지 못했어요. 경찰 입장에서는 성에 차지 않는 사건이었죠. 제가 봐도 그래요."

"교장 선생님과 저는 공통의 원칙을 가지고 있군요. 살인을 용인할 수 없다는 점 말입니다."

에믈린 양은 잠시 푸아로를 쳐다보았다. 그녀의 표정은 바뀌지 않았지만 푸아로는 지금 자신이 매우 신중하게 평가받고 있다는 느낌이 들었다.

"좋은 말씀 하셨어요. 요즘 푸아로 씨도 듣거나 읽어서 아시겠지만, 특정 상황에서 살인이 일어난 경우 공동체 다수가 용인하는 것 같더군요. 더디지만 분명 그런 경향을 보여 줍니다."

에믈린 양은 잠시 말이 없었다. 푸아로 역시 아무 말도 하지 않았다. 푸아로가 보기에 그녀는 어떤 행동을 할지 생각하고 있는 듯했다.

에믈린 양은 일어서더니 벨을 눌렀다.

"제 생각에는 휘태커 양과 말씀 나누시는 게 좋을 것 같군요."

에믈린 양이 방을 나간 지 5분쯤 지나 방문이 열리면서 마흔 살가량 된 여자가 들어왔다. 짧은 적갈색 머리의 그녀는 경쾌한 걸음걸이로 들어왔다.

"무슈 푸아로? 무슨 일이신지요? 교장 선생님께서 제가 무슈 푸아로에게 도움을 드릴 수 있을 거라고 하시던데요."

"에믈린 양이 그렇게 생각하셨다면 그럴 겁니다. 에믈린 양의 말이라면 믿어야죠."

"교장 선생님을 잘 아세요?"

"오늘 오후에 처음 만났습니다."

"그런데도 교장 선생님에 대해 너무 빨리 판단하시는군요."

"제 생각이 옳았으면 합니다."

엘리자베스 휘태커가 짧은 한숨을 쉬었다.

"네, 그럼요. 조이스 레이놀즈의 죽음 때문에 찾아오신 것 같군요.

이 사건을 어떻게 알게 되셨는지 모르겠네요. 경찰한테 들었나요?"

"아닙니다. 경찰이 아니라 친구를 통해 개인적으로 알게 되었습니다."

휘태커 양은 의자를 약간 뒤로 밀어 푸아로와 마주 보았다.

"그렇군요. 무얼 알고 싶으시죠?"

"굳이 말씀드릴 필요가 있는지 모르겠습니다. 중요하지도 않은 것들을 물어보면서 시간 낭비할 필요는 없지요. 제가 알아야 할 일이 그날 밤 파티에서 일어났습니다. 그런가요?"

"네."

"휘태커 양은 파티 자리에 있었나요?"

그녀는 잠시 생각에 잠겼다가 대답했다.

"거기 있었어요. 정말 훌륭한 파티였어요. 준비는 물론이고 진행도 완벽했지요. 도우미들까지 포함해 서른 명 남짓 있었어요. 어린아이, 10대 청소년, 어른, 그리고 뒤에서 일하는 청소부와 가사 도우미까지요."

"그날 오후나 오전에 파티를 준비할 때도 있었겠군요?"

"사실 별 할 일은 없었어요. 드레이크 부인은 도와주는 사람이 별로 없어도 혼자서 척척 잘해 내거든요. 청소나 주방 일 말고 다른 준비를 하는 데 손이 필요했죠."

"알겠습니다. 하지만 손님으로 파티에 가신 건 맞죠?"

"네."

"그곳에서 어떤 일들이 있었나요?"

"파티가 어떻게 진행됐는지는 이미 알고 계시잖아요. 특별히 눈에 띄는 점이나 특별한 의미가 있다고 생각되는 일이 있었는지 알고 싶으신 거죠? 저는 푸아로 씨의 시간을 쓸데없이 낭비하고 싶지 않답니다."

"그러시지 않을 거라고 확신합니다. 그래요, 휘태커 양, 간단하게 말씀해 주십시오."

"이미 준비한 방식으로 여러 가지 행사가 진행되었어요. 마지막 순서는 핼러윈 파티보다는 크리스마스 축제나 그와 관련된 행사 같았어요. 건포도를 담은 접시에 브랜디를 쏟아부어 불을 붙인 뒤 불붙은 건포도를 집는 스냅드래건이었는데, 웃음소리와 고함 소리로 한바탕 시끄러웠지요. 저는 불붙은 접시 때문에 식당 안이 너무 더워 현관에 나가 있었어요. 그런데 그때 제가 서 있는데 2층 층계참 화장실에서 드레이크 부인이 나오더군요. 드레이크 부인은 마른 잎과 꽃 들을 꽂은 커다란 꽃병을 들고 있었어요. 계단 모퉁이에서 잠시 멈춰 서더니 계단을 내려오더군요. 부인은 계단을 내려다보고 있었어요. 제 쪽이 아니라 서재 문이 있는 현관 반대쪽 끝을 바라보고 있었죠. 식당 문 맞은편 말이에요. 말씀드린 대로 드레이크 부인은 그쪽을 바라보며 잠시 멈춰 서 있다가 계단을 내려왔어요. 들고 나르기 힘든지 꽃병의 각도를 조금 바꿨어요. 물이 가득 채워져 무거울 거 같더라고요. 한 팔로 조심스럽게 꽃병을 옮겨 들더니 계단 모퉁이에서 다른 팔을 난간 쪽으로 뻗었어요. 드레이크 부인은 자신이 들고 있는 꽃병은 보지 않고 여전히 아래쪽 현관을 보면서 한

동안 그 자리에 서 있었어요. 그러더니 별안간 이상한 몸짓을 하는 거예요. 움찔 놀랐다고 하는 게 맞을 거예요. 그래요, 뭔가를 보고 깜짝 놀란 것 같았어요. 너무 놀란 나머지 손에 들고 있던 꽃병을 놓치는 바람에 꽃병에 들었던 물이 쏟아지고 꽃병은 그만 현관 바닥에 떨어져 산산조각 나고 말았어요."

"그랬군요."

푸아로는 한동안 말없이 휘태커 양을 찬찬히 살펴보았다. 그녀의 눈은 예리하고 총명해 보였다. 그녀의 눈은 이제 자신이 한 말을 푸아로가 어떻게 생각하는지 묻고 있었다.

"드레이크 부인이 그토록 놀란 이유가 뭐라고 생각하십니까?"

"나중에 생각해 보니 부인이 뭔가를 본 것 같아요."

"뭔가를 봤다고 생각하신다……."

푸아로가 생각에 잠겨 휘태커 양의 말을 되풀이했다.

"예를 들면요?"

"말씀드렸다시피 부인은 서재 문 쪽을 바라보고 있었어요. 문이 열려 있었거나 손잡이가 돌려져 있었던 게 아닐까 싶어요. 아니면 다른 뭔가를 봤을 수도 있고요. 누군가 문을 열고 뛰쳐나오려는 걸 봤는지도 모르죠. 하여튼 예상하지 못한 누군가를 본 것 같아요."

"휘태커 양은 서재 문 쪽을 보고 계셨나요?"

"아니요. 저는 그 반대쪽에 있는 드레이크 부인을 보고 있었어요."

"그리고 드레이크 부인은 뭔가를 보고 놀란 게 틀림없다고 생각하시는 거죠?"

"네, 그 이상인 것 같아요. 문이 열리면서 아마도 뜻밖의 인물이 뛰쳐나오지 않았을까 싶어요. 물과 꽃이 잔뜩 든 무거운 꽃병을 떨어뜨릴 정도로 놀란 거죠."

"그 문에서 누군가 나오는 걸 보셨나요?"

"아니요. 저는 그쪽을 보지 않고 있었으니까요. 누가 현관으로 뛰쳐나오리라고는 생각 못 했어요. 누가 됐건 그 사람은 다시 방으로 들어가지 않았을까 싶어요."

"그러고 나서 드레이크 부인은 어떻게 했습니까?"

"외마디 소리를 지르고는 계단을 내려와서 저한테 이렇게 말했어요. '제가 한 짓 좀 보세요, 이럴 수가!' 그러더니 깨진 유리 일부를 발로 차더군요. 저는 부인을 도와 깨진 파편들을 쓸어 한쪽 구석에 모았어요. 치울 도구도 없는데, 아이들이 스냅드래건이 열리는 방에서 나오기 시작했거든요. 유리그릇 닦는 헝겊을 가져와 바닥을 쓸고 있는데 금세 파티가 끝났어요."

"드레이크 부인은 놀라서 그런 거라느니, 무엇 때문에 놀랐느니 하는 말을 하던가요?"

"아니요. 아무 말도 하지 않았어요."

"그렇지만 휘태커 양은 부인이 놀란 게 분명하다고 생각하시는군요."

"아마도요, 무슈 푸아로, 혹시 제가 별것도 아닌 일을 가지고 쓸데없이 소란을 떨고 있다고 생각하시나요?"

"아닙니다. 전혀 그렇지 않습니다. 저는 드레이크 부인을 딱 한 번 만났습니다. 제 친구 올리버 부인과 함께 멜로드라마에나 나올 법한 범죄 현장을 보러 드레이크 부인의 집을 방문했죠. 제가 잠깐 동안 관찰했을 뿐이지만, 드레이크 부인은 쉽게 놀랄 사람이 아닌 것 같았습니다. 휘태커 양도 그렇게 생각하시는지요?"

푸아로는 생각에 잠긴 얼굴이었다.

"그래요. 그래서 제가 이상하게 생각한 거고요."

"왜 그랬는지 물어보지 않으셨나요?"

"그럴 이유가 없었거든요. 파티에 초대한 집주인이 가장 좋은 꽃병 하나를 깨뜨려 산산조각 낸 걸 보고, 본래 모습답지 않은 어설픈 행동을 나무라듯이 '도대체 왜 그러셨어요?'라고 물어보기 힘들잖아요."

"그래서 말씀하신 대로 그 뒤 파티가 끝났습니다. 아이들과 그 어머니들, 그리고 친구들은 떠났고, 조이스는 발견되지 않았습니다. 이제 우리는 조이스가 서재 문 뒤편에 있었고 죽었다는 사실을 알게 되었습니다. 그렇다면 그 전에 서재를 나오다가 현관에서 소리가 나자 다시 문을 닫은 뒤 사람들이 작별 인사를 하고 코트를 입느라 복잡한 틈을 타 그곳을 빠져나간 사람은 누구였을까요? 휘태커 양은 시체가 발견되고 나서야 자신이 본 것을 떠올리셨을 것 같군요."

"그래요. 말씀드릴 게 없어서 죄송해요. 제가 말씀드린 것조차 정말 별것 아닌 사소한 일인지도 모르겠어요."

휘태커 양이 일어섰다.

"하지만 눈에 띌 만한 일입니다. 눈에 띄는 건 모두 기억해 둘 가치가 있지요. 그나저나 한 가지만 더 여쭙겠습니다. 실은 두 가지군요."

엘리자베스 휘태커가 다시 앉았다.

"말씀하세요, 뭐든지."

"파티 때 일어난 모든 일들을 순서대로 정확하게 기억하실 수 있겠습니까?"

"할 수 있을 것 같아요."

엘리자베스 휘태커는 잠시 생각하더니 말을 이었다.

"빗자루 경연 대회부터 시작했지요. 아이들이 직접 빗자루를 장식해 왔죠. 심사가 끝나고 작은 상품 서너 개를 나눠 주었어요. 그다음 풍선을 마구 때리는 일종의 풍선 시합이 열렸지요. 그러고는 분위기를 돋우기 위해 가벼운 장난이 이어졌고요. 여자아이들이 작은 방에 들어가 거울을 쥐고 있으면 소년이나 청년의 얼굴이 나타나는 거울 보기 놀이도 했어요."

"그건 어떻게 하는 건가요?"

"아, 정말 간단해요. 문의 채광창을 떼어 낸 뒤, 남자아이들이 한 명씩 그 사이로 얼굴을 내밀면 그 얼굴이 여자아이가 들고 있는 거울에 비치는 거예요."

"여자아이들은 거울에 비친 사람이 누구인지 알아보았나요?"

"알아챈 아이들도 있었고, 그렇지 않은 아이들도 있었을 거예요. 남자들은 가면이나 가발, 구레나룻, 턱수염, 그리스 페인트 같은 걸로 조금씩 분장을 했거든요. 여자아이들은 대부분 남자아이들의 얼굴을 아니까 낯선 사람 한두 명이 끼여 있었을 거예요. 어쨌든 모두 껌뻑 넘어갈 정도로 재미있어하더군요."

휘태커 양은 학교 선생으로서 이런 종류의 재미를 경멸하는 표정을 잠시 짓더니 말했다.

"그다음에는 장애물 경주가 열렸고, 그게 끝나고 나서 큰 유리컵에 밀가루를 채워 뒤집은 뒤, 맨 위에 6펜스짜리 동전을 올려놓고 밀가루를 잘라 내는 놀이를 했어요. 밀가루를 무너뜨리는 사람은 나가고 마지막 한 명이 6펜스를 차지할 때까지 계속하는 거죠. 그다음에 춤추는 시간을 가졌고, 그러고 나서 저녁을 먹었어요. 마지막 하이라이트는 스냅드래건이었고요."

"조이스를 마지막으로 본 게 언제였습니까?"

"모르겠어요. 저는 그 애를 잘 몰라요. 우리 반이 아니었거든요. 그다지 관심을 끄는 아이가 아니라서 지켜보지 않았어요. 너무 서툴러 밀가루를 엎을 뻔했기 때문에 밀가루를 덜어 내던 모습은 기억나요. 그때는 분명 살아 있었지만 이제 막 놀이를 시작했을 때였어요."

엘리자베스 휘태커가 말했다.

"조이스가 누구와 함께 서재로 들어가는 모습을 보지는 못했죠?"

"못 봤죠. 봤다면 말씀드렸을 거예요. 그거야말로 중요하고 의미심장한 일이니까요."

"그럼 이제 두 번째 질문입니다. 이 학교에 계신 지는 얼마나 되셨나요?"

"내년 가을 이맘때면 만 6년이 돼요."

"가르치시는 과목은……?"

"수학과 라틴어예요."

"2년 전 이 학교 교사로 근무했던 재닛 화이트를 기억하십니까?"

엘리자베스 휘태커의 몸이 굳어지는 듯했다. 그녀는 의자에서 반쯤 일어났다가 도로 앉았다.

"하지만 그 일은, 그 일은 이번 일과 아무 상관도 없잖아요?"

"있을 수도 있습니다."

"하지만 어떻게요? 어떤 식으로요?"

푸아로는 교사 집단이 마을에 떠도는 풍문보다 정보에 밝지는 못하다고 생각했다.

"조이스가 목격자들 앞에서 몇 년 전 살인을 목격했다고 말했답니다. 그게 재닛 화이트 살인 사건이었을 수도 있지 않을까요? 재닛 화이트는 어떻게 죽었나요?"

"어느 날 밤 학교에서 집으로 걸어오는 길에 목이 졸려 죽었어요."

"혼자서요?"

"아마 혼자는 아니었을 거예요."

"하지만 노라 앰브로즈와 함께 있었던 건 아니었죠?"

"노라 앰브로즈에 대해 알고 계신 게 있나요?"

"아직 없지만 알고 싶습니다. 재닛 화이트와 노라 앰브로즈는 어떤 사람들이었나요?"

푸아로는 계속 질문을 던졌다.

"두 사람 다 성에 대한 관심이 지나쳤어요. 방식은 서로 달랐지만요. 그런데 조이스가 어떻게 그걸 보고 알 수 있었겠어요? 그 일이 일어난 건 쿼리 우드 근처 오솔길이었는데요. 그때 조이스는 열 살이나 열한 살밖에 안 되었을걸요."

"남자 친구가 있었던 쪽은 누구였습니까? 노라였습니까, 재닛이었습니까?"

"전부 지난 일이에요."

"오랜 죄악은 그 그림자가 길도다. 인생을 살아갈수록 이 말이 진실이라는 것을 깨닫게 되네요. 노라 앰브로즈는 지금 어디 있습니까?"

"노라는 학교를 그만두고 영국 북부의 다른 곳으로 갔어요……. 당연히 노라는 상심이 컸죠. 둘은…… 정말 좋은 친구 사이였거든요."

"경찰이 그 사건을 해결하지 못했습니까?"

휘태커 양이 젓고는 의자에서 일어나 시계를 보았다.

"이제 가야겠어요."

"말씀 감사합니다."

11장

에르퀼 푸아로는 퀴리 하우스를 정면으로 바라보았다. 빅토리아 시대 중기 건축의 표본으로 삼을 수 있을 만큼 탄탄하게 잘 지어진 집이었다. 푸아로는 집 안을 상상해 보았다. 묵직한 마호가니 찬장, 중앙에 놓인 역시 묵직한 마호가니 직사각형 탁자, 당구장, 허드렛방이 딸린 넓은 주방, 돌을 깐 바닥, 그리고 이제는 당연히 전기나 가스식으로 바뀌었을 큼직한 석탄 오븐도 있을 것이다.

푸아로는 위쪽으로 난 창문 대부분에 아직도 커튼이 쳐져 있는 것을 유심히 보았다. 푸아로가 현관 벨을 누르자 머리가 희끗하고 체격이 마른 여자가 나왔다. 그녀는 대령과 웨스턴 부인은 지금 런던에 있으며 다음 주까지는 돌아오지 않을 거라고 말했다.

푸아로가 퀴리 우드에 대해 물어보자 그녀는 사람들에게 무료로 개방하고 있다고 했다. 입구는 도로를 따라 걸어서 5분쯤 떨어진 곳에 있고, 철문에는 팻말이 걸려 있을 거라고. 푸아로가 쉽게 길을 찾아 철문을 지나자 나무와 관목이 우거진 내리막길이 나타났다.

푸아로는 이내 그 자리에 멈춰 서서 깊은 생각에 잠겼다. 자신이 본 주위 풍경에 정신을 빼앗긴 게 아니었다. 그 순간 그는 한두 문장들을 되뇌면서 온 신경을 쏟아 한두 가지 사실들을 곱씹어 보고 있었다. 위조된 유언장, 위조된 유언장과 아가씨. 행방이 묘연한 아가씨, 자신에게 유리하게끔 유언장을 위조한 아가씨. 울퉁불퉁 돌투성이인 버려진 채석장을 분지 정원으로 꾸미기 위해 온 젊은 조경사. 다시 정신을 차린 푸아로는 주위를 둘러보고 그 이름에 동감하는 듯 고개를 끄덕였다. 쿼리 가든(채석장 정원 — 옮긴이)은 흉한 이름이었다. 바위를 폭파하는 소리, 화물차들이 도로에 쓰일 거대한 돌무더기들을 실어 나르는 소리를 떠오르게 했다. 이 이름에는 산업적인 목적이 느껴졌다. 그러나 분지 정원은 달랐다. 그 이름을 듣고 푸아로의 마음속에 희미한 기억 하나가 떠올랐다. 루엘린 스마이스 부인이 문화 보호 협회가 주관하는 아일랜드 정원 탐방 관광에 나섰다는 사실이었다. 푸아로는 오륙 년 전 아일랜드에 가 본 기억을 떠올렸다. 오래전부터 가보로 내려온 은화가 도난당한 사건을 조사하러 간 것이었다. 호기심이 동했던 그 사건에는 몇 가지 흥미로운 점이 있었으며, '여느 때처럼'(그는 머릿속으로 작은따옴표를 붙였다.) 성공적으로 사건을 해결한 그는 며칠 동안 이곳저곳을 돌아다니며 관광을 즐겼다.

푸아로는 그때 자신이 둘러본 정원이 기억나지 않았다. 코크에서 그리 멀지 않은 곳이었다는 생각이 들었다. 킬라니였던가? 아니, 킬라니는 아니었다. 밴트리 베이에서 멀지 않은 곳이었다. 프랑스 샤토(영주의 대저택 — 옮긴이)의 정원이나 형식미가 빛나는 베르사유 궁전의 정원과 같이, 그때까지 당대 최고의 걸작품이라고 생각한 정원들과는 크게 달랐기 때문에 푸아로는 그 정원을 기억하고 있었다. 이제 몇 사람과 함께 보트를 탄 기억이 떠올랐다. 힘세고 유능한 뱃사람 둘이 그를 거의 들다시피 태워 주지 않았다면 타기도 힘든 배였다. 뱃사람들은 그다지 흥미로울 것도 없어 보이는 작은 섬을 향해 노를 저었고 푸아로의 머릿속에는 여기 오지 말걸 하는 생각뿐이었다. 발은 젖어 차가웠으며 방수 외투의 벌어진 틈으로 바람이 몰아쳐 들어왔다. 푸아로는 나무도 거의 없는 바위투성이 섬에 무슨 아름다움이나 형식이 있으며, 대칭 배열의 위대한 아름다움이 있겠느냐고 생각했다. 그건 완전히 실수였다.

그들은 작은 부두에 도착했다. 뱃사람들은 탈 때와 같이 능수능란하게 푸아로를 내려 주었다. 다른 사람들은 계속 웃고 떠들어 댔다. 방수 외투를 고쳐 입고 신발 끈을 다시 맨 푸아로는 그들을 따라 양쪽으로 관목과 덤불이 이어진 사이로 드문드문 나무가 서 있는 밋밋한 길을 걸어갔다. 정말 시시한 공원 같았다.

그리고 그때 갑자기 그들은 잡목림에서 벗어나 아래로 이어지는 계단이 있는 테라스로 나왔다. 그 아래를 내려다보았을 때 불가사의하다는 생각밖에 들지 않았다. 아일랜드 시에 흔히 등장하는 것처럼 텅 빈 언덕에 자연의 정령들이 나타나 창조한 듯한 정원이 나타났기 때문이다. 고된 노동과 수고로 빚어졌다기보다 마술 지팡이를 흔들어 만든 것 같았다. 내려다본 정원은 아름다움 그 자체였다. 꽃과 덤불, 인공 샘과 분수, 그리고 주변을 둘러싼 산책로는 매혹적이고 멋졌으며, 상상을 뛰어넘는 것이었다. 푸아로는 그 정원이 원래 어떤 모습이었을지 궁금했다. 채석장이었다고 하기에는 대칭적인 균형미가 너무나도 돋보였다. 높이 솟은 지대에 서면 깊이 파인 정원 너머로 밴트리 베이의 바닷물과 반대편에 솟은 언덕, 안개에 싸인 언덕 꼭대기의 황홀한 정경을 볼 수 있었다. 푸아로는 루엘린 스마이스 부인이 자신만의 정원을 가지게 된 계기, 자부심 강하고 깔끔하고 단출한 영국의 전형적인 이 시골 마을에 버려진 채석장을 가꾸는 일을 낙으로 삼게 된 계기가 바로 그 정원 때문이었는지도 모른다고 생각했다.

루엘린 스마이스 부인은 비싼 돈을 걸고 자신의 뜻을 따라 헌신적으로 일한 사람을 원했다. 그래서 마이클 가필드라는 유능한 젊은이를 찾아내 이곳에 데려왔고 보수도 두둑이 주었으며 적당한 때에 그를 위해 집도 지어 주었다. 푸아로는 마이클 가필드가 그녀를 실망시키지 않았다고 생각했다.

푸아로는 세심한 계획에 따라 배치된 벤치로 가서 앉았다. 그는 봄을 맞은 정원의 모습이 어떨지 상상해 보았다. 하얀 껍질이 벗겨지는 너도밤나무와 자작나무 들이 있었다. 가시나무와 흰 장미 덤불, 작은 노간주나무도 있었다. 그러나 이제 어느새 성큼 가을이 다가왔다. 붉고 노란 단풍나무, 조록나무 한두 그루, 새로운 즐거움으로 이끌어 주는 구불구불한 산책로. 가시금작화와 스파티움처럼 꽃을 피우는 덤불도 있었지만 꽃이나 관목류 이름을 잘 모르는 푸아로는 장미와 튤립 외에 아는 것이 없었다.

그러나 이곳에 있는 모든 것들은 스스로 자란 것처럼 보였다. 누군가 일부러 심은 것처럼 보이지 않았다. 하지만 그럴 수는 없었다. 작디작은 식물부터 황금색과 붉은색 이파리들을 자랑하며 맹렬한 기세로 치솟은 저 키 큰 관목까지 모든 것이 계획적으로 배치된 것이었다. 그랬다. 여기 있는 모든 것은 계획대로 배치된 것이었다. 게다가 모든 것이 무언가에 복종하고 있었다.

푸아로는 이 모든 것이 무엇에 복종하고 있는지 궁금했다. 루엘린 스마이스 부인? 아니면 마이클 가필드? 둘은 분명 다르다고 푸아로는 중얼거렸다. 루엘린 스마이스 부인은 아는 것이 많았던 게 틀림없었다. 오랫동안 정원을 가꿔 온 그녀는 영국 원예학회 회원이었고, 여러 품평회에 참석했고, 카탈로그를 참고했으며, 정원들을 직접 가서 보기도 했을 것이다. 그녀는 여러 가지 식물들을 직접 보려고 해외여행을 하기도 했을 것이다. 그녀는 자신이 무엇을 원하는지 알고 있었을 것이고, 자신이 원하는 것을 거침없이 말했을 것이다. 하지만 그뿐일까? 푸아로는 그것으로는 충분하지 않다고 생각했다. 루엘린 스마이스 부인은 정원사들에게 지시를 내린 후 그것을 수행했는지 반드시 확인했을 것이다. 그러나 그녀가 그 지시들이 이행되었을 때의 모습을 상상이나 할 수 있었을까? 심기 시작한 첫해는 물론 그이듬해에도 막연하기만 했을 것이다. 하지만 이삼 년, 못해도 육칠 년 지나서는 알게 되었을 것이다. 부인은 마이클 가필드에게 자신의 꿈을 말해 주었고, 마이클 가필드는 그녀가 무얼 원하는지 알고 있었다. 그리고 그는 마치 사막에서 꽃을 피우듯 돌과 바위투성이의 헐벗은 채석장에서 꽃을 피우는 방법을 알고 있었다. 그는 계획을 세웠고 그것을 실행에 옮겼다. 분명 그는 돈 많은 고객에게 고용된 예술가가 느끼는 강렬한 쾌감을 느꼈을 것이다. 이곳은 전형적이면서 볼품없고 조금 밋밋한 산중턱에 숨겨진, 그만의 상상력이 빚어낸 동화의 나라였으며, 이곳에서 그의 영토는 계속 확장되어 나갔을 것이다. 막대한 돈을 주고 샀을 값비싼 관목들, 친구가 호의를 베풀어 줘야만 손에 넣을 수 있는 희귀한 식물들, 그리고 꼭 필요했는데 거저 얻은 것과 다름없는 싸구려까지 모두 있었다. 봄이 되어 왼쪽 산비탈에 앵초가 꽃을 피우면 경사면을 온통 뒤덮은 수수한 초록 이파리들이 그에게 그 사실을 알려 줄 것이다.

푸아로가 중얼거렸다.

"영국 사람들은 초본 식물로 두른 화단 테두리 장미를 사람들에게 보여 주며 자랑하고 아이리스 정원을 주제로 끝도 없이 이야기를 늘어놓지. 그뿐인가, 영국의 위대한 아름다움 중 하나를 즐긴다는 걸 보여 주려고 햇빛 비치고 너도밤나무 잎이 무성하며 그 밑은 온통 블루벨로 뒤덮인 날에 손님을 데리고 오지. 그래, 이건 정말 아름다운 광경이기는 하지만 나는 너무 자주 봐 왔어. 나는 차라리······."

푸아로는 자신이 좋아하는 것에 미치자 갑자기 생각을 멈췄다. 차를 몰고 데번의 시골길을 달리는 일. 양쪽으로 거대한 산비탈을

낀 구불구불한 도로와 그 산비탈을 뒤덮고 있는 앵초. 너무나 창백하고 너무나 연하고 수줍은 노란빛을 띤 앵초에서 풍성하게 풍겨 나오는 달콤하고 희미한 향내, 봄의 향기. 그러니 이곳도 온통 희귀한 관목들로만 채워지지는 않았을 것이다. 봄과 가을에는 작은 야생 시클라멘과 가을 크로커스도 자랄 것이다. 멋진 곳이었다.

푸아로는 지금 쿼리 하우스에 어떤 사람들이 살고 있는지 궁금했다. 은퇴한 대령과 그의 아내가 살고 있다는 것과 그들의 이름은 알고 있었지만, 스펜스가 더 많은 것을 말해 주었더라면 좋았을 거라는 생각이 들었다. 지금 이 집 주인이 누구든 그 사람은 이 집에 고인이 된 루엘린 스마이스 부인만큼 큰 애정을 가지고 있지 않다는 느낌이 들었다. 푸아로는 일어나 산책로를 조금 걸었다. 다니기 편한 길이었다. 나이 든 사람도 내키는 대로 거침없이 걸어 다니게끔 신경 써서 설계하고 평평히 다져 놓았다. 성가시게 가파른 계단도 없었고, 소박하지만 보기보다는 정성 들여 만든 벤치를 알맞은 각도와 알맞은 간격으로 하나씩 배치해 놓았다. 실제로 벤치에 앉아 보니 등과 발의 각도가 놀랄 만큼 편안했다. 푸아로는 마이클 가필드라는 사람을 만나 보고 싶은 생각이 들었다. 그는 정말 훌륭한 걸작을 만들어 냈다. 그는 자신의 일에 대해 잘 알고 있었고, 훌륭한 설계자였으며, 자신의 계획을 실행에 옮길 숙련된 일꾼들을 보유하고 있었다. 그뿐만 아니라 고객이 계획한 것들을 매끄럽게 착착 진행해 고객이 전부 자신의 계획대로 이루어졌다고 착각하게 만들었다. 하지만 이런 정원은 고객 혼자만의 계획으로 완성될 수 없었다.

실질적으로 대부분 마이클 가필드가 계획한 것이었다. 푸아로는 그를 만나 보고 싶었다. 자신을 위해 지어진 집, 아니 방갈로에 아직도 살고 있다면 말이다. 그 순간 푸아로의 상념이 중단되었다.

푸아로는 발아래 움푹 팬 비탈 너머 반대편 산책로가 있는 곳을 뚫어져라 쳐다보았다. 실제로 거기 있는지 아니면 그림자와 햇빛과 이파리들이 만들어 낸 것인지 한동안 알아볼 수 없었던 어떤 형상은 황금빛 도는 붉은색 가지들이 우거진 관목이었다.

'내가 뭘 보고 있는 거지? 마술에 홀린 건가? 그럴 수도 있지. 이곳에서라면 그럴 수 있어. 저게 사람인가, 아니면 뭐란 말인가?'

푸아로는 자신이 '헤라클레스의 모험(애거서 크리스티 전집에 동명 작품이 있음 ― 옮긴이)'이라고 이름 붙인 오래전의 모험을 다시 떠올려 보았다. 어쨌건 지금 서 있는 이곳은 영국식 정원이라고 할 수 없었다. 뭔지는 모르겠지만 분위기가 달랐다. 푸아로는 그것이 무엇인지 집어내려고 애썼다. 마치 요술이나 마법을 부린 듯하고, 수줍은 야생의 아름다움이 있었다. 이것을 극장 무대의 한 장면으로 올린다면 님프와 파우누스(로마 신화에 나오는 목축의 신 ― 옮긴이)를 등장시키고, 그리스적인 아름다움을 연출하면서도 공포스러운 분위기 역시 빼놓을 수 없었다. 그랬다. 이 분지 정원에는 공포스러운 분위기가 있었다. 스펜스의 여동생이 오래전 채석장이었을 때 이곳에서 살인 사건이 일어난 적이 있다고 했다. 저곳 바위가 피로 더럽혀진 직후 죽음은 잊히고 모든 것이 덮였다. 그리고 마이클 가필드가 나타나 이곳에 환상적인 아름다움을 뿜어내는 정원을 조성했으며 살날이 얼마 남지 않은 노부인은 거기에 돈을 쏟아부었다.

그제야 푸아로는 비탈 너머에서 황금빛 도는 붉은 잎에 둘러싸여 있는 젊은 남자를 보았다. 보기 드물게 아름다운 젊은이였다. 요즘은 젊은 남자를 보고 그런 식으로 묘사하지 않는다. 보통 젊은 남자에 대해서는 성적 매력이나 열정적인 매력을 말하고, 그렇게 칭찬하는 것이 자연스러웠다. 윤곽이 뚜렷한 얼굴, 윤기 흐르는 헝클어진 머리칼, 평범한 외모와는 거리가 먼 그런 남자 말이다. 젊은 남자를 보고 아름답다고 말하지는 않는다. 그런 말을 하면 마치 오래전에 사라진 어떤 특징을 칭찬한 것처럼 미안해야 한다. 매력적인 아가씨들은 류트를 뜯는 오르페우스가 아니라, 쉰 목소리에 강렬한 눈빛, 파격적인 머리 모양을 연출한 대중 가수를 원했다.

푸아로는 일어나 산책로를 걸어갔다. 푸아로가 가파른 내리막길 반대편에 이르자 젊은이가 푸아로를 만나러 나무 사이에서 나왔다. 젊음은 그가 가진 가장 두드러진 특징으로 보였지만 푸아로가 보기에 그다지 젊은 것 같지는 않았다. 서른 살이 넘은 건 분명했고, 어쩌면 마흔 살 가까울 수도 있었다. 얼굴에는 매우 희미하게 미소를 머금고 있었다. 반가워서라기보다는 사람을 알아보고 조용히 인사하는 그런 미소였다. 키가 크고 호리호리한 몸매에 고대 그리스 조각가가 빚어 놓은 듯 굉장히 완벽한 외모를 지니고 있었다. 짙은 색 눈동자에, 잘 어울리는 검은 머리카락은 마치 쇠사슬 투구를 쓴 것 같았다. 푸아로는 가장행렬 예행연습을 하다가 이 젊은이를 만난 게 아닌가 하는 생각이 문득 들었다. 그의 고무 덧신을 내려다보고 나서는 자기도 의상 책임자를 찾아가 치장할 옷을 달라고 해야 하는 걸까 하고 고민했다.

"아무래도 내가 무단 침입을 한 것 같군요. 그렇다면 용서를 구해야겠어요. 이곳은 처음이라서요. 어제 도착했답니다."

"무단 침입이라고 할 수는 없을 것 같습니다. 정식으로 공개하는 곳은 아니지만 사람들이 종종 이곳을 산책하거든요. 웨스턴 대령과 그의 부인도 개의치 않습니다. 어딘가 망가진다면 모르겠지만 그럴 일은 별로 없으니까요."

남자의 목소리는 매우 차분했다. 공손했지만 이상하리만큼 무심한 것이 생각은 딴 데 가 있는 것 같았다.

푸아로가 주위를 둘러보며 말했다.

"예술 작품을 파괴해서는 절대 안 되죠. 쓰레기 하나 눈에 띄지 않는군요. 작은 쓰레기통 하나 없고. 정말 희한한 일 아닙니까? 게다가 사람의 흔적이 보이지 않다니, 이상하군요. 이런 곳이라면 연인들이 거닐 법도 한데요."

"연인들은 여기 오지 않습니다. 무슨 이유 때문인지 재수 없는 장소가 되었거든요."

"혹시, 이곳을 설계한 분이신가요? 제 추측이 틀릴 수도 있습니다만."

"저는 마이클 가필드입니다."

"그럴 거라고 생각했습니다. 이곳을 다 만든 겁니까?"

푸아로는 젊은이 주변을 손짓으로 가리키며 말했다.

"네."

"아름다운 곳이에요. 솔직히 말해 볼품없는 영국 풍경 안에 이토록 아름다운 곳이 숨어 있다니 사람들이 꽤 희한하게 생각하겠군요. 축하합니다. 여기 당신이 만들어 놓은 것을 보고 꽤 만족스러우시겠습니다."

"만족스러워하는 사람이 있을까요? 글쎄요."

"루엘린 스마이스 부인을 위해 만든 거 아닌가요. 지금은 고인이 됐지만 말이에요. 웨스턴 대령과 그 부인도 있지 않습니까? 지금은 그들이 주인인가요?"

"네. 싸게 샀지요. 다른 사람들은 거들떠보지도 않는 크고 꼴사나운 집이거든요. 관리하기는 쉽지만요. 루엘린 스마이스 부인이 나한테 그 집을 물려주었지요."

"그리고 당신은 그걸 팔았고요."

"집을 팔았지요."

"쿼리 가든은 빼고 말입니까?"

"아니요. 쿼리 가든도 함께 팔았습니다. 엄밀히 말해 끼워 판 겁니다."

"어째서요? 그것참 흥미롭군요. 좀 이상하다는 생각이 드는데요?"

"선생님은 보통 사람들과는 전혀 다른 것을 물어보시는군요."

"저는 사실보다 이유를 묻는 편입니다. A는 어째서 그렇게 되었나? B는 왜 그런 일을 했나? C의 행동은 어째서 A나 B의 행동과 판이하게 다른가? 뭐 그런 식이지요."

"과학자와 이야기하시면 좋겠군요. 요즘은 유전자나 염색체에 대해 얘기하잖아요. 배열과 형태 같은 거요."

"조금 전 사람은 완전히 만족하는 경우가 없기 때문에 당신 역시 그렇다고 말했지요. 당신을 고용한 주인, 고객이라고 해야 하나, 아무튼 당신이 어떻게 부르든 간에, 그 부인이 만족했습니까? 이 아름다운 작품에?"

"어느 정도는요. 부인이 만족하시게끔 신경 썼습니다. 부인은 만족시키기 쉬운 사람이었거든요."

"전혀 그렇지 않았을 것 같은데요. 제가 알기로 부인은 예순 살이 넘었더군요. 적어도 예순다섯 살은 되었던 것으로 기억하는데요. 그런데 그 나이대 노인을 만족시켰단 말입니까?"

"부인은 내가 자신의 지시와 상상과 발상을 그대로 실현했다고 했습니다."

"정말 그랬습니까?"

"진지하게 물어보시는 겁니까?"

"아니요, 솔직히 말해서 아닙니다."

"인생에서 성공하려면 자신이 원하는 일을 추구해야 하고 자신이 가진 예술적 경향을 충족해야 하지만 장사꾼이 될 필요도 있지요. 자신이 만든 상품을 팔아야 하니까요. 그렇지 않으면 자신과는 맞지 않는 방식으로 다른 사람의 생각을 실현할 수밖에 없어요. 나는 대부분 내가 생각해 낸 것들을 실행해 나를 고용한 고객에게 팔았습니다. 겉보기에는 고객이 계획하고 설계한 것들을 그대로 실행한 것처럼 보였겠지만요. 그건 그리 힘든 일이 아닙니다. 어린아이에게 흰 달걀 대신 갈색 달걀을 파는 것보다 더 쉽지요. 그게 가장 좋다는 확신을 고객에게 심어 주면 됩니다. 시골의 좋은 점을 강조해 보는 거죠. 말하자면 암탉이 편하게 있는 시골 농장에서 낳은 게 갈색 달걀이라는 것 따위지요. '이것들은 그냥 달걀이에요. 다른 점이라고는 금방 낳은 것이냐 그렇지 않으냐 하는 것이죠.'라고 말하면 절대 팔 수 없어요."

"당신은 참 특이한 젊은이로군요."

푸아로는 생각에 잠겨 말했다.

"한마디로 거만해요."

"그럴지도 모르죠."

"당신은 이곳을 정말 아름다운 곳으로 만들었습니다. 아름다움 따위는 조금도 고려하지 않고 산업에만 쫓겨 파헤쳐진 돌이라는 거친 재료에 미래의 전망과 계획을 덧입혔지요. 마음의 눈으로 그려 본 것을 덧입혔고 그것을 실현할 돈도 마련했어요. 축하할 일입니다. 경의를 표합니다. 자신이 하던 일을 접을 때가 가까워 온 한 노인이 찬사와 경의를 표합니다."

"하지만 지금도 그 일을 하고 계시지 않습니까?"

"제가 누군지 아나요?"

푸아로는 당연히 기뻤다. 그는 사람들이 자신을 알아봐 주는 걸 좋아했다. 요즘은 자신을 알아보지 못하는 사람이 대부분이었다.

"피의 흔적을 좇는 분이잖아요……. 이 마을에서는 이미 알려져 있지요. 작은 마을이라 소식이 삽시간에 퍼지니까요. 유명 인사 한 분이 선생님을 이곳으로 데려오셨더군요."

"아, 올리버 부인 말이로군요."

"아리아드네 올리버, 베스트셀러 작가지요. 사람들은 학생 문제, 사회주의, 여학생들의 옷차림, 섹스가 허용되어야 하는가 하는 주제들처럼 정작 그녀는 관심도 두지 않는 것들을 어떻게 생각하는지 알아보려고 인터뷰하고 싶어 하지요."

"그래요. 통탄스러운 일이에요. 그런 사람들은 올리버 부인한테서 별로 알아낼 게 없습니다. 그저 사과를 좋아한다는 것쯤이나 알게 될 뿐이지요. 사과를 좋아한다고 말한 게 적어도 20년은 된 것 같은데 여전히 올리버 부인은 기분 좋은 미소를 머금고 그 말을 되뇐답니다. 앞으로는 사과를 싫어하게 될까 봐 걱정이지만요."

"선생님이 여기 오신 것도 사과 때문이지요?"

"핼러윈 파티 때 쓰인 사과 때문입니다. 파티에 참석하셨습니까?"

"아니, 가지 않았습니다."

"운이 좋았군요."

"운이 좋았다고요?"

마이클 가필드는 푸아로의 말을 되풀이했다. 살짝 놀란 기색이었다.

"살인 사건이 일어난 파티에 참석했다는 것은 썩 유쾌한 경험이 아닙니다. 아마 경험해 보지 못했겠지만 운이 좋은 거예요. 왜냐하면…… 일리 아 데 앙뉘, 부 콩프레네(골치 아픈 문제들이 생긴단 말이에요, 무슨 말인지 알겠습니까)? 언제, 몇 시에 뭘 했냐는 등 온갖 무례한 질문들을 해 대거든요."

푸아로는 부러 외국어를 섞어 말하다가 불쑥 질문을 던졌다.

"그 아이를 아시나요?"

"그럼요. 레이놀즈네 사람들 모두 아주 잘 압니다. 이곳에 사는 사람들을 거의 다 알지요. 정도의 차이는 있지만 우들레이 커먼 사람들 모두 잘 알지요. 친한 사람도 있고 친구로 지내는 사람도 있고, 그냥 얼굴만 알고 지내는 사람도 있지만요."

"조이스라는 그 아이, 어떤 아이였습니까?"

"그 아이는, 뭐라고 해야 할까, 눈에 띄는 아이가 아니었어요. 목소리가 좀 안 좋은 편이었죠. 날카로웠거든요. 그것밖에 기억나지 않는군요. 딱히 아이들을 좋아하는 편이 아니라서요. 애들은 대부분 귀찮아요. 조이스 역시 귀찮은 아이였죠. 입만 열면 자기 얘기를 했으니까요."

"눈길이 가는 아이가 아니었나요?"

마이클 가필드는 약간 놀란 것 같았다.

"그렇게 생각해 본 적은 없습니다. 그래야 하나요?"

"사람들의 눈길을 끌지 않는 사람은 죽임을 당할 가능성이 적다고 생각합니다. 사람들은 뭔가를 얻으려고, 혹은 두려움이나 사랑 때문에 사람을 죽이지요. 사람들은 제각기 다른 선택을 하지만 계기란 것이 있게 마련이니까요······."

푸아로는 하던 말을 멈추고 손목시계를 슬쩍 보았다.

"가 봐야겠습니다. 약속이 있어서요. 다시 한번 축하합니다."

푸아로는 조심스럽게 산책로를 따라 내려갔다. 오늘만은 늘 신고 다니던 꽉 죄는 에나멜가죽 구두를 신지 않은 게 다행이었다.

그날 분지 정원에서 만난 사람은 마이클 가필드뿐만이 아니었다. 푸아로는 분지 정원 바닥에서 조금씩 다른 방향으로 나 있는 통로 세 개를 발견했다. 중간 통로 입구에서 여자아이가 쓰러진 나무줄기에 앉아 푸아로를 기다리고 있었다. 아이는 바로 말을 걸어왔다.

"에르퀼 푸아로 씨 맞죠?"

아이의 목소리는 방울 소리처럼 낭랑했다. 손을 대면 곧 부서질 것처럼 생긴 아이는 어딘지 분지 정원과 잘 어울렸다. 드리아드(그리스 신화에 나오는 나무의 요정 ― 옮긴이)나 숲의 요정 같다고나 할까.

"그렇단다."

"아저씨를 모시러 왔어요. 저희랑 차 마시기로 하셨잖아요."

"버틀러 부인과 올리버 부인 말이지? 그렇단다."

"맞아요. 저희 엄마랑 아리아드네 아줌마랑요. 좀 늦으셨네요."

아이는 나무라는 투로 말했다.

"미안하구나. 누구랑 얘기 좀 하느라고."

"네, 봤어요. 마이클 아저씨랑 얘기하셨죠?"

"마이클 아저씨를 아니?"

"물론이죠. 우리는 꽤 오래 여기서 살았어요. 전 다 알아요."

푸아로는 여자아이가 몇 살인지 궁금했다. 그가 물어보자 아이가 대답했다.

"열두 살이에요. 내년에 기숙학교에 갈 거예요."

"그래서 아쉽니, 아니면 기쁘니?"

"거기 가 보기 전까지는 잘 모르겠어요. 예전에는 좋았는데 지금은 여기가 별로 마음에 안 들어요. 이제는 저랑 가셔야 할 것 같은데요."

"그래, 가야지, 그럼. 늦어서 미안하구나."

"괜찮아요."

"이름이 뭐니?"

"미란다예요."

"너랑 참 잘 어울리는 이름 같구나."

"셰익스피어 말씀하시는 거예요?"

"그래, 배웠니?"

"네. 에블린 선생님이 조금 읽어 주셨어요. 엄마한테도 더 읽어 달라고 했고요. 제가 좋아하는 거예요. 굉장히 멋지게 들리거든요. '멋진 신세계(「폭풍우」 5막 1장 중 여주인공 미란다의 명대사 — 옮긴이)' 말이에요. 그런 곳이 정말 있는 건 아니겠죠?"

"멋진 신세계가 있다는 걸 믿지 않니?"

"아저씨는 믿으세요?"

"멋진 신세계는 항상 존재한단다. 하지만 아주 특별한 사람들에게만 그렇지. 운 좋은 사람들 말이다. 자기 안에 그러한 세계의 가능성을 짊어지고 가는 사람들이지."

"아, 알겠어요."

미란다는 너무나도 쉽게 대꾸했지만 푸아로는 미란다가 무얼 알았다는 건지 궁금했다.

미란다는 돌아서더니 길을 따라 걸어가며 말했다.

"우린 이 길로 갈 거예요. 그리 멀지 않아요. 우리 집 정원 울타리까지 갈 수 있어요."

그러고는 어깨 너머 뒤쪽을 가리키며 말했다.

"저기 중간에 그 분수가 있어요."

"분수?"

"네, 오래됐어요. 떨기나무와 진달래 있는 곳 아래쪽을 보면 아마 아직도 있을걸요. 전부 산산조각이 났어요. 사람들이 깨진 조각들을 가져가기는 했지만 새로 만들지는 않았어요."

"안됐구나."

"확실한 건 잘 모르겠어요. 분수 좋아하세요?"

"사 데팡."

"프랑스어는 저도 좀 알아요. '경우에 따라 다르다'는 뜻이죠?"

"바로 맞혔다. 넌 아는 게 참 많구나."

"사람들 모두 에블린 선생님은 정말 훌륭한 교사라고 해요. 우리 학교 교장 선생님 말이에요. 너무 엄격하고 좀 고집스럽기는 하지만 이야기를 들려주실 땐 가끔 정말 재미있어요."

"그렇다면 훌륭한 선생님이 틀림없구나. 넌 이곳을 아주 잘 아는구나. 모든 길을 다 아는 것 같은데 여기 자주 오니?"

"네. 제가 가장 좋아하는 산책로 중 하나예요. 여기 오면 제가 어디 있는지 아무도 못 찾거든요. 나뭇가지에 앉아서 이것저것 관찰하죠. 저는 그게 재미있어요. 여러 가지 일들을 지켜보는 거죠."

"어떤 일들 말이니?"

"주로 새와 다람쥐들을 봐요. 새들은 걸핏하면 싸우잖아요? '작은 둥지 안의 새들은 사이가 좋다(영국의 저명한 목회사 아이작 왓츠의 찬송시 「어린이를 위해 쉽게 쓴 신성한 노래들」에서 나온 말—옮긴이).' 라는 시 구절과는 다르죠. 새들은 정말 잘 싸워요, 그렇죠? 그리고 다람쥐도 관찰해요."

"그리고 사람들도 관찰하고?"

"가끔요. 하지만 여기 오는 사람은 별로 없어요."

"왜 그럴까. 이상하구나."

"아마 무서워서 그럴 거예요."

"뭐가 무서운데?"

"오래전에 여기서 사람이 죽었거든요. 정원으로 만들어지기 전에 말이에요. 여기는 원래 채석장이었대요. 그래서 자갈 더미인지 모래 더미인지 아무튼 거기서 죽은 여자를 발견했대요. 그 속에 있었다나 봐요. 옛말이 맞는 것 같지 않으세요? 사람은 목매달리거나 물에 빠져 죽기 위해 태어난다는 말 있잖아요."

"요즘은 어느 누구도 목매달리기 위해 태어나지 않는단다. 영국에서는 더 이상 사람을 교수형에 처하지 않거든."

"하지만 교수형이 있는 나라도 있잖아요. 길거리에서 사람들 목을 매단대요. 신문에서 읽었어요."

"그렇구나. 그게 좋다고 생각하니, 나쁘다고 생각하니?"

이어진 미란다의 대답은 질문에 맞는 정확히 들어맞는 것은 아니었다. 하지만 푸아로는 이것도 대답이 될 수 있다고 받아들였다.

"조이스는 익사한 거예요. 엄마는 아무 말도 안 해 주었지만 오히려 그게 더 어리석은 일이에요. 그렇게 생각하지 않으세요? 저는 이제 열두 살이란 말이에요."

"조이스가 네 친구였니?"

"네. 어떤 면에서는 좋은 친구였어요. 정말 재미있는 얘기를 들려주었거든요. 코끼리나 인도 왕자 얘기뿐이었지만요. 조이스는 인도에 갔다 온 적이 있어요. 저도 인도에 가 보고 싶어요. 조이스와 저는 모든 비밀을 서로에게 털어놓았어요. 저는 엄마처럼 할 얘기가 많지는 않아요. 엄마는 그리스에 갔다 왔거든요. 거기서 아리아드네 아줌마를 만났는데, 저는 데리고 가지 않았어요."

"조이스 얘기를 누구한테 들었니?"

"페링 부인한테서요. 우리 집 요리사인데 청소하러 오는 민든 부인에게 이야기하는 걸 들었어요. 누가 물이 가득 든 양동이에 조이스의 머리를 처박았다고요."

"그게 누군지 짚이는 사람은 없니?"

"모르겠어요. 그분들도 모르는 것 같았고요. 그도 그럴 것이 두 분 모두 정말 바보 같거든요."

"너는 아니, 미란다?"

"저는 거기 가지 않았어요. 목이 아프고 열이 나서 엄마가 파티에 데려가지 않았죠. 하지만 알 것 같아요. 왜냐하면 조이스는 익사했거든요. 그래서 제가 조금 전에 사람들은 물에 빠져 죽기 위해 태어났다고 생각하느냐고 물어본 거예요. 여기 산울타리를 지나가면 돼요. 옷 조심하세요."

푸아로는 미란다를 따라갔다. 퀴리 가든에서 산울타리를 지나가는 통로는 요정같이 가녀린 미란다의 몸집에 딱 알맞았다. 미란다에게 그 길은 고속도로나 마찬가지였다. 푸아로가 걱정이 된 미란다는 가시덤불을 조심하라며 산울타리의 뾰족한 가시들을 눌러 주었다. 정원의 퇴비 더미 옆으로 빠져나온 그들은 쓰레기통 두 개가 세워져 있는 버려진 오이 온실 모퉁이를 돌아갔다. 그러자 대부분 장미로 뒤덮인 작고 아담한 정원이 나타났다. 거기서부터 작은 방갈로까지 가는 길은 수월했다. 앞서가는 미란다는 열린 프랑스식 창문 쪽으로 가더니 방금 희귀한 딱정벌레를 잡은 곤충 수집가처럼 의기양양하게 소리쳤다.

"아저씨 모시고 왔어요."

"미란다, 아저씨를 산울타리 쪽으로 모시고 온 건 아니겠지? 쪽문 길로 둘러 왔어야지."

"하지만 그 길이 더 좋은 길이에요. 더 빠른 지름길이라고요."

"하지만 가시에 많이 찔리잖니."

"혹시 제 친구 버틀러 부인을 소개해 드렸던가요?"

올리버 부인이 말했다.

"물론입니다. 우체국에서 뵀지요."

우체국 계산대 앞에 줄 서서 기다리는 동안 잠깐 만난 것을 두고 하는 말이었다. 푸아로는 이제 올리버 부인의 친구를 가까이에서 더 자세히 살펴볼 수 있었다. 전에는 머리에 스카프를 두르고 방수 외투를 입은 날씬한 여자라는 인상만 받았을 뿐이었다. 서른다섯 살쯤 된 주디스 버틀러는 그 딸도 드리아드나 숲의 요정을 닮았지만 정작 그 어머니는 물의 정령을 무색케 했다. 라인 강의 처녀(바그너의 「니벨룽겐의 반지」에 나오는 아름다운 처녀들—옮긴이)라 할 만했다. 긴 금발은 어깨까지 찰랑거렸고, 긴 얼굴과 조금 갸름한 뺨은 우아했으며, 그 위에 바다처럼 파랗고 큰 눈과 긴 속눈썹이 자리 잡고 있었다.

버틀러 부인이 말했다.

"이제야 제대로 고마운 마음을 전할 자리를 마련하게 되어 얼마나 기쁜지 모르겠어요, 무슈 푸아로. 올리버 부인의 부탁으로 여기까지 와 주셔서 정말 고맙게 생각해요."

푸아로가 말했다.

"제 친구 올리버 부인이 부탁하면 그게 뭐든 무조건 들어주어야 한답니다."

올리버 부인이 대꾸했다.

"말도 안 되는 소리 말아요."

"올리버 부인은 선생님께서 이 끔찍한 사건에 대해 모든 것을 알아낼 거라고 확신하던데요. 미란다, 주방에 좀 가 보렴? 오븐 위 철망에 빵이 있을 거다."

미란다는 마치 '엄마가 잠깐 나가 있으래요.'라고 말하는 것 같은, 다 안다는 듯한 미소를 짓고 그 자리에서 물러났다.

미란다의 어머니가 계속 말했다.

"저 애가 모르게 하려고 애썼어요. 이 끔찍한 사건 말이에요. 하지만 애초에 그러기 힘들었지요."

푸아로가 말했다.

"그렇고말고요. 재앙에 관한 소식만큼 주택가 중심에서 빨리 퍼지는 것도 없지요. 특히 끔찍한 재앙일수록 더욱 그렇습니다. 결국 자기 주변에서 무슨 일이 일어나는지를 모르고서는 인생을 제대로 살아갈 수 없죠. 그리고 그런 일에는 특히 아이들이 뛰어난 것 같습니다."

올리버 부인이 말했다.

"'당신들 사이에 주목하는 한 젊은이가 있다.'는 말을 번스가 했는지 월터 스콧 경이 했는지는 모르겠지만 그 사람은 자신이 한 말의 의미를 정확하게 알고 있었어요."

버틀러 부인이 말했다.

"조이스 레이놀즈는 확실히 살인과 비슷한 걸 보기는 본 것 같아요. 도저히 믿어지지 않지만요."

"조이스가 살인을 목격했다고 생각하시는 겁니까?"

"그런 광경을 보고서도 그동안 말하지 않았던 것 같다고요. 정말 조이스답지 않은 행동이에요."

푸아로가 온화한 목소리로 말했다.

"이곳 사람들은 하나같이 그 조이스 레이놀즈라는 아이가 거짓말쟁이였다고 하더군요."

주디스 버틀러가 말했다.

"이럴 수도 있어요. 아이 하나가 이야기를 지어냈는데, 알고 보니 그게 사실이었다는 거 말이에요."

푸아로가 말했다.

"우리가 확실하게 염두에 두고 시작해야 할 것이 있습니다. 조이스 레이놀즈는 의심할 여지 없이 살해당했다는 점입니다."

"이미 시작하셨네요. 이미 다 파악해 버린 건지도 모르고요."

"부인, 제가 할 수 없는 것을 요구하지 말아 주세요. 항상 너무 서두르시는군요."

"왜 서두르면 안 되는 거죠? 요즘 같은 세상에는 서두르지 않으면 아무것도 얻을 수 없어요."

그때 미란다가 스콘을 한 접시 들고 들어왔다.

"여기 놓을까요? 지금쯤이면 말씀을 다 나누셨을 거라고 생각했는데, 아닌가요? 아니면 주방에서 다른 걸 더 가져올까요?"

미란다의 목소리에는 은근한 악의가 배어 있었다. 버틀러 부인은 조지 왕조풍의 은제 찻주전자를 난로망에 놓아두고, 끓기 직전에 꺼 놓은 전기 주전자를 다시 켜서 물을 끓여 찻주전자에 붓고 차를 내놓았다. 미란다는 제법 우아한 태도로 사람들에게 따뜻한 빵과 오이 샌드위치를 나눠 주었다.

주디스가 입을 열었다.

"올리버 부인과 저는 그리스에서 만났어요."

올리버 부인이 이어받았다.

"우리가 섬을 구경하고 돌아오는 길에 내가 그만 바다에 빠지고 말았지요. 물살이 제법 센데도 선원들이 뛰어내리라고 하더라고요. 물론 그 사람들이야 내가 뛰어내리기 가장 좋은 순간, 그러니까 배가 가장 멀리 떨어져 있을 때 그렇게 말했겠지만 나는 도저히 그렇게 생각되지 않더라고요. 그래서 초조하게 망설이다가 결국 가장 가까워 보일 때 뛰어내렸죠. 그런데 그때면 배가 도로 멀어지는 순간이잖아요."

올리버 부인은 잠시 말을 멈추고 숨을 골랐다.

"주디스가 나를 끌어내 주었는데 그때부터 우리 인연이 시작되었다고 할 수 있지요, 그렇죠?"

버틀러 부인이 맞장구를 쳤다.

"그래요. 그것 말고도 저는 부인의 세례명이 마음에 들었어요. 어쨌든 정말 잘 어울리는 이름이라고 생각했죠."

"맞아요. 아마 그리스어일 거예요. 당신도 알겠지만 내 본명이에요. 필명으로 내가 직접 지은 이름이 아니라고요. 하지만 아리아드네(그리스 신화에 나오는 크레타 섬의 왕 미노스와 파시파에의 딸—옮긴이)가 겪은 일 같은 건 내 인생에서 단 한 번도 일어난 적이 없어요. 사랑하는 사람한테 버림받고 그리스 섬에 버려지는 일 같은 건 없었으니까요."

푸아로는 버려진 그리스 처녀 역할을 맡은 올리버 부인을 상상하고는 입가에 번지는 미소를 어찌할 수 없어 그것을 가리려고 한 손으로 콧수염을 만졌다.

버틀러 부인이 말했다.

"어떻게 모두 이름처럼 살아갈 수 있겠어요."

"그럴 수 없지요. 나도 사랑하는 사람의 머리를 자르는 주디스를 상상할 수 없어요. 유디트와 홀로페르네스(주디스는 유디트의 영어식 발음이다 — 옮긴이) 말이에요."

"그건 유디트의 애국심 때문이었지요. 내 기억이 맞는다면 유디트는 그 일로 크게 칭송받았고요."

버틀러 부인이 말했다.

"난 사실 유디트와 홀로페르네스 이야기를 잘 몰라요. 『외경』(출처가 불분명하여 정식 성서로 인정받지 못한 문헌을 가리킨다 — 옮긴이)에 나오는 이야기 맞죠? 생각해 보면 사람들은 자기 아이들에게 정말 별난 이름을 많이 지어 주는 것 같지 않나요? 다른 사람의 머리에 말뚝을 박은 게 누구였죠? 야엘 아니면 시스라였는데. 어느 쪽이 남자이고 어느 쪽이 여자인지 도무지 기억이 안 나네요. 아마 야엘일 거예요. 내 기억으로는 야엘이라는 세례명을 받은 아이는 못 본 것 같군요."

차 쟁반을 치우려던 미란다가 멈칫하더니 뜬금없이 끼어들었다.

"야엘은 엉긴 젖을 귀한 그릇에 담아 시스라 앞에 내놨어요."

주디스 버틀러가 친구에게 말했다.

"저를 쳐다보지 마세요. 미란다에게 외경 이야기를 들려준 건 제가 아니라고요. 학교에서 배우는걸요."

올리버 부인이 말했다.

"요즘 학교치고 꽤 특이하네요? 요즘에는 그것 대신 윤리를 가르치지 않나요?"

"에믈린 선생님은 그렇지 않아요. 선생님 말씀이 요즘 교회에서는 모두 현대 개역 성경을 읽는데 그건 문학적인 가치가 전혀 없는 거래요. 적어도 흠정역 성서(영국 국교회에서 사용하는 성서—옮긴이)의 아름다운 산문과 무운시 정도는 알고 있어야 한다고 하셨어요. 야엘과 시스라 얘기는 정말 재미있어요. 제가 그런 일을 저지른다는 건 상상도 할 수 없어요. 다른 사람이 잠든 사이 그 머리에 말뚝을 박는 일 말이에요."

미란다가 생각에 잠긴 얼굴로 말을 맺었다. 미란다의 어머니도 거들었다.

"그래야지."

푸아로가 물었다.

"그럼 너라면 적을 어떻게 해치우겠니, 미란다?"

미란다가 명상에 잠긴 듯한 목소리로 차분하게 말했다.

"매우 친절하게 대할 거예요. 그게 더 힘든 일이겠지만 사람들을 다치게 하고 싶지 않기 때문에 저라면 그렇게 할 거예요. 사람들이 편안하게 죽음을 맞을 수 있는 약을 쓰겠어요. 잠들면 그대로 아름다운 꿈속으로 날아가 더 이상 깰 필요도 없게요."

빵과 버터를 담았던 접시와 찻잔을 들며 계속 말했다.

"설거지는 제가 할게요, 엄마. 무슈 푸아로에게 정원을 구경시켜 드리고 싶다면서요. 화단 뒤편에 퀸 엘리자베스 장미가 아직 피어 있던데요."

그러고는 차 쟁반을 들고 조심스럽게 방을 나갔다.

올리버 부인이 말했다.

"미란다는 정말 대단한 아이예요."

푸아로도 맞장구를 쳤다.

"정말 예쁜 따님을 두셨습니다, 부인."

"네, 아직까지는 예뻐요. 나중에 자라서 어떤 모습이 될지는 아무도 모르는 일이지만요. 아이들은 갑자기 뚱뚱해져서 살찐 돼지처럼 변하기도 하니까요. 하지만 지금은 미란다가 숲의 요정 같기는 해요."

"미란다가 집 근처 쿼리 가든을 좋아하는 것을 이상하게 생각할 사람은 없을 겁니다."

"안 그랬으면 싶을 때가 있어요. 아무리 사람들과 동네가 괜찮다고 해도 외딴 곳을 돌아다니는 건 걱정되니까요. 요즘은 정말 항상 겁이 나요. 그러니 무슈 푸아로, 어쩌다 조이스에게 그런 끔찍한 일이 일어났는지 꼭 알아내셔야 해요. 범인이 잡히기 전까지 우리는 한시도 아이들을 안심하고 내보낼 수 없으니까요. 무슈 푸아로를 정원으로 모시고 가시겠어요, 아리아드네? 금방 따라갈게요."

주디스는 남은 잔 두 개와 접시를 가지고 주방으로 갔다. 푸아로와 올리버 부인은 프랑스식 창문을 통해 정원으로 나갔다. 작은 정원은 여느 가을 정원과 비슷했다. 화단에는 미역취와 갯개미취가 몇 가닥 눈에 띄었고 퀸 엘리자베스 장미도 우아한 분홍빛 머리를 치켜들고 있었다. 올리버 부인은 빠른 걸음으로 걸어가 돌로 만든 벤치에 앉더니 푸아로에게 옆에 앉으라는 몸짓을 했다.

"미란다가 숲의 요정 같다고 했죠? 주디스는 어떤 것 같나요?"

올리버 부인이 푸아로에게 물었다.

"주디스는 '운디네'로 이름을 바꿔야겠더군요."

"물의 요정 말이군요. 그래요, 막 라인 강이나 바다나 숲속 연못이나 뭐 그런 데서 나온 사람 같죠. 머리칼이 꼭 바닷속에 들어갔다 나온 것 같으니. 그래도 흐트러지거나 산만해 보이지는 않잖아요?"

"정말 아름다운 여자지요."

"주디스를 어떻게 생각하세요?"

"아직 이렇다 하게 생각할 겨를이 없었습니다. 그냥 아름답고 매력적이고 뭔가 큰 걱정거리가 있어 보인다는 정도지요."

"그거야 당연한 거 아니겠어요?"

"그녀에 대해 알고 있는 것이나 부인이 그녀를 어떻게 생각하는지 말해 주세요."

"흠, 유람 여행을 하면서 그녀에 대해 많은 것을 알게 됐어요. 사람마다 딱 한두 명 정말 친한 친구가 있잖아요. 나머지 사람들은 그저 서로 좋은 정도지 굳이 다시 만나려고 하지는 않잖아요. 하지만 친한 한두 명과는 어떻게 해서든 계속 만나려고 하고요. 주디스는 다시 만나고 싶은 친구 중 하나였어요."

"여행하기 전에는 모르는 사이였나요?"

"네, 몰랐어요."

"하지만 그녀에 대해 뭔가 아는 건 있으시죠?"

"글쎄요. 그냥 평범한 것들이에요. 주디스는 과부예요. 남편을 떠나보낸 지 몇 년 되었죠. 남편이 비행기 조종사였는데 오래전에 교통사고로 죽었어요. 어느 날 저녁 이 마을 근처 엠(M) 어쩌고 하는 고속도로에서 일반 도로로 빠져나오다가 연쇄 충돌 사고가 일어났다나, 뭐 그랬나 봐요. 남편 때문에 꽤 힘들었나 보더라고요. 상심이 컸던지 남편 얘기 하는 걸 좋아하지 않더라고요."

"미란다는 외동딸인가요?"

"네. 주디스는 동네에서 시간제로 비서 일을 하고 있지만 안정적인 직업은 없어요."

"주디스는 쿼리 하우스에 사는 사람들과 알고 지냈나요?"

"나이 든 대령하고 웨스턴 부인 말인가요?"

"전 주인인 루엘린 스마이스 부인 말입니다."

"그럴 거예요. 예전에 이름을 들어 본 것 같아요. 하지만 그 부인은 이삼 년 전에 죽었으니 당연히 그녀에 대해 많은 것을 듣지는 못했죠. 살아 있는 사람만으로는 충분하지 않나요?"

올리버 부인이 짜증스러운 듯 물었다.

"그렇지 않습니다. 이미 죽었거나 사라진 사람들도 조사해 봐야 합니다."

"누가 사라졌는데요?"

"오페어 걸이 사라졌습니다."

"아 그거야, 오페어 걸들은 원래 잘 사라지는 사람들 아닌가요? 임신한 채로 여기에 일하러 왔다가 보수를 받아 곧바로 병원에 가서 아기를 낳고 그 아이에게 오귀스트니 한스니 보리스니 하는 이름을 붙여 주지요. 아니면 누군가와 결혼하거나 어떤 젊은이와 사랑에 빠져 그 남자를 따라 여기 오거나요. 친구들 얘기를 들어 보면 가관도 아니에요! 오페어 걸들은 일에 찌든 주부들을 위해 하늘이 내려 준 선물이어서 절대 해고하고 싶지 않다는 얘기도 있고, 스타킹을 훔쳤다는 얘기도 있고, 살해당했다는…… 이런!"

올리버 부인이 말을 멈췄다.

"진정하세요, 부인. 오페어 걸이 살해당했다고 여길 만한 근거가 없습니다. 오히려 정반대지요."

"정반대라니요? 무슨 말인지 모르겠군요."

"그럴 겁니다. 그래도……."

푸아로는 공책을 꺼내 뭔가를 적었다.

"뭘 적는 거죠?"

"과거에 일어났던 일들입니다."

"과거에 너무 집착하는 것 같네요."

"과거는 현재의 아버지거든요."

푸아로가 훈계하는 투로 말하고는 올리버 부인에게 공책을 내밀었다.

"제가 뭐라고 썼는지 보고 싶으신가요?"

"물론이죠. 봐도 무슨 뜻인지 모르겠지만. 난 당신이 중요하다고 생각해서 적어 놓은 걸 봐도 이해를 잘 못하겠어요."

푸아로는 작은 검은색 공책을 내밀었다.

"사망: 루엘린 스마이스 부인(재력가). 재닛 화이트(학교 교사). 변호사 서기, 칼에 찔림, 위조 혐의로 기소된 적 있음."

그 밑에 '오페라 걸 실종'이라고 적혀 있었다.

"오페라 걸이 뭔가요?"

"내 친구 스펜스 총경의 여동생이 오페어를 그렇게 부르더군요."

"왜 사라졌죠?"

"법적인 문제에 연루될 예정이었거든요."

푸아로는 손가락으로 다음 단어를 가리켰다. 거기에는 '위조'라는 단어 뒤에 물음표 두 개가 붙어 있었다.

"위조? 왜 위조했다는 건가요?"

올리버 부인이 반문했다.

"그게 바로 제가 궁금해하는 점입니다. 왜 위조를 했을까요?"

"뭘 위조했다는 거죠?"

"유언장, 좀 더 정확히 말하면 유언 보충서를 위조했어요. 오페어 걸에게 유리한 쪽으로 말이지요."

"부당한 압력을 받은 건 아닐까요?"

"위조는 부당한 압력만으로 할 수 있는 게 아닙니다."

"그게 불쌍한 조이스가 죽은 것하고 무슨 관련이 있는지 모르겠네요."

"저도 모릅니다. 하지만 그래서 흥미로운 겁니다."

"다음 단어는 뭔가요? 읽을 수가 없군요."

"코끼리입니다."

"그게 도대체 무슨 관련이 있다는 건지 모르겠네요."

"있을 겁니다. 정말이에요. 관련이 있을 겁니다."

푸아로가 자리에서 일어나 계속 말했다.

"이제 가 봐야겠습니다. 작별 인사도 못 하고 가서 버틀러 부인께 죄송하네요. 부인과 부인의 사랑스럽고 특별한 딸을 만나게 되어 정말 즐거웠어요. 딸을 잘 돌보라고 전해 주세요."

"'우리 엄마는 내게 숲속의 아이들과는 절대 놀지 말라고 했네.'"

올리버 부인은 이렇게 읊조리고는 작별 인사를 했다.

"그럼, 잘 가요. 비밀에 부쳐 두고 싶으면 그렇게 하는 분이니까요. 이제 무슨 일을 할 건지도 알려 주지 않는군요."

"내일 아침 메드체스터의 풀러턴, 해리슨 앤드 리드베터 법률 사무소에서 약속이 잡혀 있습니다."

"거기는 왜요?"

"위조 사건에 대해 이것저것 좀 알아보려고요."

"그리고 그다음에는요?"

"그때 함께 있었던 사람들과 이야기해 보려고 합니다."

"파티에 참석했던 사람들 말인가요?"

"아니요. 파티 준비를 거든 사람들 말입니다."

12장

 풀러턴, 해리슨 앤드 리드베터 법률 사무소는 최고의 명성을 자랑하는 고풍스러운 법률 사무소답게, 시간의 흐름이 고스란히 느껴지는 건물이었다. 이제 이곳에는 더 이상 해리슨도, 리드베터도 없었다. 애트킨슨과 젊은 콜이 사장인 제러미 풀러턴과 함께 일하고 있었다.
 마른 체격의 노인인 풀러턴은 표정 없는 얼굴에 메마르고 법률가다운 목소리를 지녔고, 뜻밖에도 눈매가 날카로웠다. 풀러턴은 메모지 한 장에 손을 올려놓고 있었다. 거기에 적힌 내용들을 막 읽은 참이었다. 그는 그것을 다시 한 번 읽으면서 정확히 어떤 의미인지 따져 보았다. 그리고 나서 메모지를 건네준 사람을 쳐다보았다.
 "무슈 에르퀼 푸아로?"
 풀러턴은 나름의 방식으로 방문객을 평가했다. 나이 든 외국인이고, 옷차림은 꽤 말쑥했지만 그런 차림새에 어울리지 않는 에나멜 가죽 구두가 눈에 띄었는데, 풀러턴 씨는 단번에 그 신발이 너무 꽉 낀다는 것을 알아챘다. 통증 때문에 눈가에는 이미 희미하게 주름이 잡혀 있었다. 깔끔한 멋쟁이 외국인으로, 헨리 래글런 경위와 형사부가 그를 추천했고, 지금은 은퇴한 런던 경시청의 전직 총경 스펜스도 보증하고 있었다.

"스펜스 총경?"

풀러턴 씨는 스펜스를 알고 있었다. 스펜스는 현직에 있을 때 훌륭한 업적을 남겨서 윗사람들에게 높은 평가를 받은 인물이었다. 희미한 기억이 그의 뇌리를 스쳤다. 떠들썩했던 사건, 별다른 게 없이 평범한데도 떠들썩했던 사건. 그랬지! 조카인 로버트가 하급 법정 변호사 시절 그 사건에 연루되었던 일이 떠올랐다. 스스로를 변호하려고 애쓰기는커녕 오히려 교수형을 당하고 싶어 하는 것처럼 보였던(당시에 살인은 교수형을 뜻했다) 정신 이상자가 살인범으로 몰린 사건이었다. 15년형도, 무기형도 아니었다. 그랬다. 그는 오롯이 죗값을 치렀다. 변론을 아예 포기해 버려서 냉정한 풀러턴도 딱하게 여겼다. 요즘 젊은 폭력배들은 치명적인 공격까지는 하지 않고 몸을 사린다. 피해자가 죽어 버리면 증인들도 자신을 동정하지 않을 것이기 때문이다.

그 사건을 맡았던 스펜스는 줄곧 조용하고 끈질기게 생사람을 범인으로 몰았다는 주장을 굽히지 않았다. 그리고 실제로 생사람을 잡은 셈이었는데, 그 증거를 찾아낸 사람은 외국에서 온 아마추어였다. 벨기에 경찰 출신의 은퇴한 형사인가 그랬다. 그 시절이 좋았다. 그리고 지금은 비록 노쇠하지만 스펜스는 변함없이 신중하게 대처할 것이다. 정보, 이 외국인이 원하는 것은 정보였다. 어쨌든 어떤 정보든 알려 줘서 잘못될 일은 없을 것이다. 어차피 그 사건에 도움이 될 정보 같은 건 가지고 있지 않으니 말이다. 아이가 죽은 사건이었다.

풀러턴 씨는 이번 사건을 저지른 범인이 누구인지 꽤 예리하게 꿰뚫고 있다고 생각할지도 몰랐다. 하지만 생각만큼 확신하기는 쉽지 않았다. 왜냐하면 이 사건에는 원고가 적어도 세 명이기 때문이었다. 건달 셋 모두 가능성이 있었다. 그의 머릿속에는 정신 지체와 정신 감정이라는 말이 맴돌았다. 분명 그런 식으로 결말이 날 것이다. 그래도 파티가 벌어지는 동안 아이를 물속에 처박아 죽인 것은, 낯선 사람의 차는 타지 말라고 수없이 일렀는데도 남의 차에 올라탄 뒤 집으로 돌아오지 않는 아이를 결국 집 근처 잡목 숲이나 자갈 채취장에서 발견하는 것하고는 다른 경우였다. 이 마을의 경우에는 자갈 채취장이었다. 그게 언제였더라? 아주 오래전 일이었다.

이 모든 일들을 떠올리느라 4분 정도 소요한 다음에야 마침내 풀러턴은 천식기가 있는 사람처럼 기침을 하고 나서 말했다.

"무슈 에르퀼 푸아로, 뭘 도와 드릴까요? 조이스 레이놀즈라는 여자아이의 일 때문에 오신 것 같습니다만. 정말 통탄할 사건이지요. 하지만 내가 무얼 도와 드릴 수 있을지 모르겠군요. 그 사건에 대해 아는 게 별로 없어서요."

"하지만 드레이크 가족의 법률 고문이시지요?"

"아 네, 그렇습니다. 휴고 드레이크, 불쌍한 사람이지요. 정말 좋은 사람이었답니다. 드레이크 가족이 애플 트리스 저택을 사서 이사 왔을 때부터 죽 알고 지냈습니다. 딱하게도 어느 해 가족끼리 해외여행을 갔다가 그만 소아마비에 걸리고 말았지요. 물론 정신적으로는 이상이 없었습니다. 평생 운동을 즐기던 사람이 그런 병에 걸리다니 애석한 일이었지요. 그래요, 평생 불구로 살아야 하는 것만큼 슬픈 일이 또 어디 있겠습니까?"

"루엘린 스마이스 부인의 법률 업무도 맡으셨지요."

"휴고 드레이크의 이모지요. 그렇습니다. 정말 대단한 분이었어요. 건강이 나빠지자 조카 부부 곁에 살려고 이곳에 왔어요. 그리고 애물단지나 다름없는 쿼리 하우스를 구입했지요. 실제 가치보다 훨씬 더 많은 돈을 주고 샀지만 부인에게 돈은 문제가 되지 않았습니다. 더 좋은 집을 구입할 수도 있었지만, 부인의 마음을 끈 건 채석장이었거든요. 그것을 관리할 조경사까지 채용했는데, 그 분야에서 꽤 실력 있는 사람이었지요. 머리가 길고 잘생긴 데다 실력이 뛰어났어요. 그는 쿼리 가든 일을 알아서 척척 해냈습니다. 그 때문에 《홈스 앤드 가든스》 같은 데 실려 유명해지기도 했죠. 그래요. 루엘린 스마이스 부인은 사람 보는 눈이 있었어요. 단순히 밑에 두고 부릴 젊고 잘생긴 남자를 뽑은 게 아니었거든요. 노부인들은 그런 방면에서 어리석을 때가 있지만 그 청년은 정말 똑똑하고 자신의 업무서도 최고였습니다. 이야기가 곁가지로 새어 버렸군요. 루엘린 스마이스 부인은 2년 전쯤에 죽었습니다."

"갑자기 돌아가셨지요."

폴러턴은 푸아로를 날카롭게 쳐다보았다.

"글쎄요. 그렇다고는 할 수 없습니다. 심장병을 앓고 있었기 때문에 의사들이 늘 과로하지 말라고 주의를 주었지만 잠시도 가만히 있지 않는 성격이었거든요. 건강에 크게 신경 쓰는 사람이 아니었습니다."

폴러턴은 기침을 하고 나서 말을 이었다.

"그런데 무슈 푸아로가 나를 찾아온 용건과 별 상관없는 일인 것 같군요."

"꼭 그렇지는 않습니다. 전혀 다른 일에 대해 몇 가지 여쭤보고 싶기는 하지만요. 전에 여기에서 일했던 레슬리 페리어라는 사람 말입니다."

폴러턴은 다소 놀란 것 같았다.

"레슬리 페리어? 레슬리 페리어라……. 어디 보자, 그 이름을 거의 잊고 있었네요. 네, 맞습니다. 칼에 찔려 죽은 레슬리 말씀하시는 거죠?"

"네, 그 사람입니다."

"글쎄요. 그 사람에 대해 말씀드릴 게 많지는 않습니다. 몇 년 전에 일어난 일이라서요. 어느 날 밤 그린 스완 근처에서 살해당했죠. 용의자로 체포된 사람은 없었습니다. 경찰이 염두에 둔 사람은 있었지만 그런 일은 증거가 있어야 하는 거니까요."

"치정에 의한 살해이었나요?"

"네, 확실히 그 때문인 것 같았습니다. 질투심이었지요. 레슬리가 계속 만나던 유부녀가 있었거든요. 그녀의 남편은 술집을 운영했어요. 우들레이 커먼에 있는 그린 스완이라는 소박한 술집이었죠. 그런데 레슬리가 다른 젊은 아가씨와 사귀기 시작한 것 같았어요. 한 명 이상이라는 소문도 있었죠. 여자들한테 정말 인기가 많았습니다. 한두 번 말썽도 있었고요."

"직원으로서 레슬리에게 만족했나요?"

"아니라고는 말 못 하겠군요. 나름대로 장점이 많은 친구였으니까요. 고객을 잘 다뤘고 법 조항도 꼼꼼히 훑어보는 친구였죠. 아무하고나 놀아나는 데 정신을 팔 게 아니라 자기 일에 좀 더 관심을 기울이고 행동거지만 똑바로 했으면 좋았을 텐데. 구식인 내가 보기에 레슬리는 자신과 한참 격이 떨어지는 여자들하고만 놀아나더군요. 어느 날 밤 그린 스완에서 소동이 일어났는데, 그 뒤 레슬리 페리어가 집으로 가던 길에 살해되었습니다."

"만나던 아가씨 중 한 명이나 그 유부녀가 범인이 아니었을까요?"

"확실하게 밝혀진 게 아무것도 없는 사건이었습니다. 경찰은 질투심 때문에 일어난 사건이라고 짐작했지만······."

풀러턴은 어깨를 으쓱했다.

"하지만 풀러턴 씨는 잘 모르겠다는 겁니까?"

"뭐, 흔한 일이기는 합니다. '여자가 한을 품으면 오뉴월에도 서리가 내린다.' 법정에서 늘 인용되는 말이죠. 이 말이 사실일 때도 있고요."

"하지만 제가 보기에 풀러턴 씨는 이 사건이 그 경우에 해당되지 않는다고 생각하신 것 같습니다."

"글쎄요. 그러기 위해서는 더 많은 증거를 제출해야 했겠죠. 경찰도 더 많은 증거를 제출했을 테고요. 검찰은 증거를 그냥 흘려 버렸을 겁니다."

"전혀 다른 사건인지도 모른다는 말씀인가요?"

"그렇습니다. 몇 가지 추측해 볼 수 있습니다. 페리어는 그렇게 착실한 젊은이가 아니었거든요. 좋은 홀어머니 밑에서 교육은 제대로 받고 자랐습니다. 아버지는 그다지 괜찮은 사람이 아니었고요. 몇 차례 사고를 치고 가까스로 빠져나왔지요. 그 아내는 참 운이 없었습니다. 어떤 면에서 레슬리는 자기 아버지를 닮았어요. 질 나쁜 친구들과 한두 번 어울린 적이 있거든요. 나는 레슬리를 너그럽게 봐줬습니다. 아직 젊었으니까요. 하지만 나쁜 친구들과 어울리지 말라고 경고했어요. 크지는 않았지만 불법 거래에 너무 깊이 연관되어 있었어요. 솔직히 말해, 레슬리 어머니만 아니었으면 레슬리를 그냥 두지 않았을 겁니다. 젊고 능력도 있는 친구라 한두 번 경고하면 알아들을 거라고 생각했죠. 하지만 요즘에는 부정부패가 너무 많아요. 지난 10년 동안 계속 늘어나고 있지요."

"레슬리에게 원한을 품은 사람이 있지는 않았을까요?"

"그럴 가능성이 충분히 있습니다. 갱단은 멜로드라마에나 나올 법하지만 그런 패거리들과 얽힐 때는 어느 정도 위험을 감수해야 하거든요. 다투다가 가슴에 칼을 맞는 건 그리 드문 일도 아니지요."

"그 장면을 목격한 사람은 없었나요?"

"네. 싸움을 목격한 사람은 없었습니다. 나서는 사람이 없는 게 당연했겠죠. 일을 맡은 사람이 누구든 모든 준비를 완벽하게 갖춰 놓았을 테니까요. 장소와 시간 등 알리바이 말입니다."

"그래도 누군가 목격하지 않았을까요? 전혀 뜻밖의 사람 말입니다. 예를 들어 어린아이라든가."

"그 늦은 밤, 그린 스완 근처에서요? 그건 정말 말도 안 되는 생각입니다, 무슈 푸아로."

"그러니까 어떤 일을 기억할 수 있는 나이 또래의 아이 말입니다. 그리 멀리 떨어져 있지 않은 친구 집에서 놀다가 집으로 돌아가던 길이라면 그럴 수 있지요. 오솔길로 오고 있었을지도 모르고, 산울타리 뒤편에서 목격했을 수도 있습니다."

푸아로가 고집스럽게 말했다.

"무슈 푸아로, 상상력이 정말 대단하시군요. 그건 실제로 일어날 법하지 않은 일이라는 생각이 드는데요."

"저는 그렇게 생각하지 않습니다. 아이들은 뭐든 잘 봅니다. 언제 어디에 있는지 모르는 게 아이들이죠."

"그랬다면 집에 가서 자기가 본 걸 말하지 않았겠습니까?"

"그렇지 않을 수도 있습니다. 아이들은 자기가 본 게 어떤 건지 확실하게 모를 때가 있거든요. 특히 어떤 일을 보고 어렴풋하게나마 무섭게 느껴졌을 때 더욱 그렇죠. 아이들은 길거리에서 사고나 예기치 않은 폭력 사건을 보고 집에 가서 그것을 미주알고주알 일러바치지는 않습니다. 아이들은 비밀을 정말 잘 지키거든요. 비밀로 해 두고 그것에 대해 생각하는 겁니다. 때로는 혼자만의 비밀로 마음속에 간직하는 것을 좋아하죠."

"그래도 엄마한테는 말하겠지요."

"꼭 그렇지도 않습니다. 제 경험으로는 아이들이 엄마에게 말하지 않는 일들이 꽤 많은 것 같습니다."

"레슬리 페리어 사건의 어떤 점이 그렇게 관심 있으신 건지요? 가엾은 일이지만 요즘 자주 접하는, 비명에 스러진 젊은이의 가슴 아픈 죽음인가요?"

"저는 그에 대해 아는 것이 전혀 없습니다. 제가 그에 대해 몇 가지 알고 싶은 이유는 비교적 최근에 비명횡사했기 때문입니다. 저에게는 그 점이 중요합니다."

"푸아로 씨, 당신이 나를 찾아온 이유가 무엇인지 모르겠군요. 푸아로 씨가 알고 싶어 하는 것이 무엇인지 정말 모르겠습니다. 조이스 레이놀즈의 죽음과 몇 년 전 사소한 범죄에 가담하기는 했지만 촉망받는 젊은이였던 한 사내의 죽음 사이에 어떤 연관이 있는지 도무지 짐작도 못 하겠군요."

풀러턴의 말투가 조금 신랄해졌다.

"뭐든 추측이야 할 수 있지요. 더 많은 것을 찾아내야 하니까요."

"미안하지만, 범죄와 관련된 모든 문제에서 우리에게 필요한 것은 증거입니다만."

"죽은 조이스가 자신이 살인을 목격한 적이 있다고 얘기했다는 말을 들어 보셨겠지요?"

"그런 자리에서는 별별 소문이 돌게 마련입니다. 그런 소문도 있겠죠, 이런 말 어떨지 모르지만, 터무니없이 과장된 헛소문일 겁니다."

"그 또한 분명한 사실입니다. 조이스는 이제 겨우 열세 살이었더군요. 아이들은 아홉 살만 되어도 자기가 본 것을 기억할 수 있습니다. 뺑소니 사고라든가, 다 저문 저녁에 벌어진 칼잡이들의 난투극 또는 혹은 학교 선생님이 목이 졸려 죽는 광경 같은 것들은 아이들 마음에 강한 인상을 남깁니다. 아이는 자신이 실제로 본 것이 무엇인지도 확실히 모른 채 아무에게도 말하지 않고 오래도록 간직합니다. 무언가를 보고 그 기억을 떠올리기 전까지 잊어버리고 사는 거죠. 있을 수 있는 일이라고 생각되지 않습니까?"

"네. 하지만 지나치게 억지스러운 추측이군요."

"외국인 아가씨가 실종된 적도 있지요. 이름이 올가인가 소냐인가, 성은 잘 모르겠습니다."

"올가 세미노프. 맞아요, 그랬어요."

"믿을 만한 사람은 아니었죠?"

"그렇습니다."

"풀러턴 씨가 좀 전에 말씀하신 올가 양은 루엘린 스마이스 부인의 시중을 드는 사람 내지는 간병인이었지요? 드레이크 부인의 친척이라는……."

"그렇습니다. 루엘린 스마이스 부인이 그런 식으로 부렸던 외국인 아가씨가 두 명 더 있었습니다. 내 생각에 그중 한 명은 들어오자마자 부인과 사이가 틀어졌고, 다른 한 명은 착하기는 했지만 골치 아플 정도로 멍청했던 것 같습니다. 루엘린 스마이스 부인은 바보들을 너그럽게 봐주는 사람이 아니었거든요. 마지막으로 들어온 올가는 부인과 아주 잘 맞았던 것 같습니다. 내 기억이 맞는다면 올가는 그다지 매력적인 아가씨가 아니었어요. 작고 땅딸막한 몸집에 늘 뚱해 있어서 이웃 사람들이 썩 좋아하지는 않았지요."

"하지만 루엘린 스마이스 부인은 그녀를 좋아했군요."

"올가에게 점점 애착을 갖게 되었지요. 어리석게도 어느 순간 그렇게 된 것 같았습니다."

"그랬군요."

"이런 이야기, 푸아로 씨도 이미 다 알고 있을 텐데요. 이런 일들은 불길이 번지듯 걷잡을 수 없이 돌고 돈답니다."

"부인이 거액의 유산을 올가에게 물려주었다던데요."

"믿기 힘든 일이었지요. 루엘린 스마이스 부인은 새로운 자선 단체를 추가하거나 죽고 나면 주인 없이 남게 되는 유산 관련 내용을 수정하는 것 외에는 오랫동안 유언장의 기본 내용을 바꾼 적이 없었습니다. 이 사건에 관심이 있다면 이미 다 아는 일이겠죠. 부인은 조카인 휴고 드레이크와, 그의 사촌이자 부인의 조카딸이기도 한 그 아내에게 똑같이 유산을 남겼습니다. 둘 중 하나가 먼저 죽으면 남은 한 사람이 두 사람 몫의 돈을 다 가지게 되었지요. 자선 단체와 오랫동안 부인 곁에 있었던 하인들에게도 상당한 유산을 남겼고요. 그러나 부인이 죽기 3주 전에 마지막으로 재산 처분에 관해 유언장을 작성했다고 했는데, 그것은 늘 그래 왔듯이 우리 회사에서 작성한 것이 아니었습니다. 부인이 자필로 쓴 유언 보충서였어요. 예전처럼 많은 자선 단체를 언급하지는 않았더군요. 한두 군데 있었나. 오랫동안 자신을 보필한 하인들에게는 한 푼도 물려주지 않고, 그동안 애정을 가지고 헌신적으로 자신을 돌봐 준 올가 세미노프에게 보답하는 뜻으로 나머지 전 재산을 남긴다고 씌어 있었습니다. 이전까지 보여 준 행동과는 전혀 다른 내용이었죠. 경악할 만한 처분이었습니다."

"그래서 어떻게 되었나요?"

"어떻게 됐는지는 웬만큼 들어 알고 있지 않습니까. 필적 감정 전문가 덕분에 그 유언 보충서가 위조된 것이라는 사실이 명백하게 드러났습니다. 루엘린 스마이스 부인의 필체를 조금 흉내 낸 것일 뿐이었죠. 스마이스 부인은 타자기를 싫어했기 때문에 편지를 쓸 때 종종 올가에게 최대한 자신의 필체를 흉내 내 대신 쓰게 했습니다. 때로는 부인의 서명까지 하게 했고요. 올가는 대필 연습을 충분히 해 온 셈이었죠. 루엘린 스마이스 부인이 죽자 올가는 한술 더 떠 사람들이 주인이 쓴 것으로 여길 만큼 능숙하게 부인의 필체를 흉내 낼 수 있다고 생각한 겁니다. 하지만 전문가들에게는 통하지 않았지요. 그럼요, 통하지 않았고말고요."

"유언 보충서에 이의를 제기하는 소송이 진행되었겠군요?"

"그랬지요. 물론 실제로 법정에 가기까지 법적 절차를 밟아야 했고요. 그런데 그동안 초조해진 젊은 아가씨가 좀 전에 말씀하신 대로 사라져 버린 거고요."

13장

에르퀼 푸아로가 작별 인사를 하고 사무실을 떠난 뒤 제러미 풀러턴은 손가락으로 가볍게 책상을 두드리며 앉아 있었다. 그러나 그의 눈은 생각에 잠긴 듯 멍했다.

앞에 놓인 서류를 집어 든 그는 눈을 내리깔고 있었지만 그것을 보고 있지는 않았다. 조심스럽게 울리는 전화벨 소리에 그는 책상 위 수화기를 집어 들었다.

"무슨 일이오, 마일스 양?"

"홀든 씨가 오셨습니다."

"그래요. 그렇지, 약속 시간에 거의 45분이나 늦었군. 이렇게 늦은 이유가 뭐라던가요? ······그래, 그렇군. 잘 알겠소. 지난번과 똑같은 변명을 둘러대는군. 다른 손님을 만나고 있어서 지금은 시간이 없다고 말해 주겠소? 약속을 다음 주로 다시 잡아 주시오. 이런 일은 있을 수 없소."

"알겠습니다, 풀러턴 씨."

풀러턴은 수화기를 내려놓고 생각에 잠긴 채 앞에 놓인 서류를 쳐다보았다. 하지만 여전히 그것을 읽고 있지 않았다. 그는 머릿속으로 지난 사건들을 훑고 있었다. 2년 전쯤이었다. 그러니까 오늘 아침 에나멜가죽 구두를 신고 콧수염을 길게 기른 그 이상한 작은 남자가 온갖 질문들을 해 댄 덕분에 그 일이 떠올랐던 것이다.

이제 풀러턴은 2년 전쯤 나눈 대화를 되새겨 보고 있었다.

맞은편에 앉아 있었던 작고 땅딸막한 아가씨가 다시 떠올랐다. 황갈색 피부에 검붉고 큰 입술, 툭 튀어나온 광대뼈, 비죽비죽 숱 많은 눈썹 아래 파란 눈이 그를 사납게 쳐다보고 있었다. 관능적이고 생기 넘치는 얼굴, 고통을 안고 있고 앞으로도 늘 고통을 안고 살아가겠지만 고통을 받아들이는 법은 배우지 못한 얼굴, 끝까지 대항해 싸울 그런 여자였다. 풀러턴은 그녀가 지금 어디 있는지 궁금했다. 그녀는 어쨌든 잘 견뎌 냈다. 그런데 정확하게 무엇을 잘 견뎌 냈던 것일까? 누가 그녀를 도와주었을까? 그녀를 도와준 누군가가 있기는 했던 것일까? 누군가 그렇게 했을 것이다.

그녀는 자유를 빼앗겨도 만족하며 살 수밖에 없는, 자신이 나고 자란 중부 유럽의 분쟁 지역으로 돌아갔을 것이다.

제러미 풀러턴은 법을 신봉하는 사람이었다. 그는 법을 믿었고, 약한 처벌을 내리며 학교 현장의 요청을 받아들여 주는 오늘날 수많은 치안판사들을 경멸했다. 책을 훔치는 학생, 가게 주인의 돈을 슬쩍하는 아가씨, 공중전화 부스를 부수는 청년 중에 정말 그것이 진짜 필요해서, 절실하게 필요해서 그런 짓을 저지르는 사람은 없었다. 그들 중 대부분은 자라는 동안 생긴 지나친 탐욕과, 살 형편이 안 되는 물건은 그냥 가져가기만 하면 자기 것이 된다는 강렬한 믿음 외에 아무것도 알지 못했다. 그래도 기본적으로 법이 공정하게 집행된다는 믿음을 가지고 있는 풀러턴은 동정심이 있는 사람이었다. 그는 사람들을 가엾게 여길 줄 알았다. 그랬기에 비록 올가가 스스로를 위해 개진한 열정적인 주장에 마음이 흔들리지는 않았지만 그녀가 가여웠다.

"도움을 청하러 찾아왔어요. 풀러턴 씨라면 도움을 주실 것 같아서요. 작년에 친절하게 대해 주셨잖아요. 제가 영국에 1년 더 머물 수 있도록 서류 작성을 도와주셨지요. 사람들이 그러더군요. '원하지 않는 모든 질문에 대답할 필요는 없다. 변호사를 선임해라.' 그래서 풀러턴 씨를 찾아온 거예요."

"그건 적절한 예가 아니오. 이번 경우는 법적으로 아가씨의 소송을 맡을 수 없소. 나는 이미 드레이크 집안의 법적 대리인이오. 아가씨도 알다시피 나는 루엘린 스마이스 부인의 변호사였소."

풀러턴은 자신이 얼마나 딱딱하고 차갑게 그 말을 했는지 기억했다. 연민이 배어 나오지 않도록 더욱 딱딱하고 차갑게 대했다.

"하지만 부인은 이미 돌아가셨어요. 죽고 나서 변호사가 무슨 소용이에요."

"부인은 아가씨를 좋아했소."

"네, 저를 예뻐하셨죠. 제 말이 그 말이에요. 부인이 제게 유산을 남긴 이유가 바로 그거라고요."

"부인의 전 재산을 말이오?"

"그게 왜요? 그러면 안 되나요? 부인은 자신의 친척들을 좋아하지 않았어요."

"그렇지 않소. 부인은 조카와 조카딸을 매우 사랑했소."

"글쎄요. 드레이크 씨는 좋아했겠지만 드레이크 부인을 좋아하지는 않았어요. 너무 피곤하게 군다고 생각하셨죠. 드레이크 부인은 간섭이 심했어요. 루엘린 스마이스 부인이 좋아하는 것을 하도록 내버려 두는 법이 없었어요. 좋아하는 음식도 마음대로 못 먹게 했지요."

"드레이크 부인은 양심적인 사람이오. 그건 이모가 의사가 지시한 식이요법을 잘 따르고 지나치게 운동하지 않도록 애쓴 것뿐이오."

"사람들은 의사의 지시를 잘 따르지 않아요. 친척들이 참견하는 것도 좋아하지 않고요. 자신만의 삶을 살고 싶어 하고, 자신이 내키는 대로 하고 싶어 하고, 입맛이 당기는 걸 먹고 싶어 해요. 루엘린 스마이스 부인은 부자였어요. 원하는 건 뭐든지 가질 수 있었지요! 좋아하는 건 뭐든지 다요. 원하는 건 무엇이든 다 할 수 있을 만큼 어마어마하게 돈이 많았다고요. 드레이크 씨 부부도 재산이 제법 많아요. 좋은 집과 옷에 자가용도 두 대나 있어요. 그만하면 부자죠. 그런 사람들이 더 이상 뭘 바라겠어요?"

"그들은 루엘린 스마이스 부인의 유일한 혈육이라오."

"부인은 저에게 자신의 재산을 물려주고 싶어 하셨어요. 저를 불쌍하게 여기셨죠. 제가 어떻게 살아왔는지 잘 알고 계셨어요. 경찰에 체포된 뒤 도망간 아버지 얘기도 알고 계셨어요. 그 뒤 엄마와 나는 두 번 다시 아버지를 볼 수 없었어요. 그러고 나서 엄마까지 돌아가셨죠. 우리 가족이 다 죽었어요. 제가 지금까지 얼마나 끔찍한 삶을 살아왔는지 모르실 거예요. 경찰국가에서 산다는 게 어떤 건지 풀러턴 씨는 몰라요. 정말 싫어요. 풀러턴 씨는 경찰 편이지 제 편이 아니에요."

"그렇소. 아가씨 편은 아니오. 아가씨가 지금까지 겪은 일은 정말 가슴 아프게 생각하지만 그런 문제를 일으킨 건 바로 아가씨 자신이니까."

"그건 사실이 아니에요. 제가 해서는 안 될 일을 했다는 것 말이에요. 제가 무슨 일을 했냐고요? 저는 부인을 친절하고 자상하게 대해 줬을 뿐이에요. 초콜릿이니 버터니 부인이 먹어서는 안 되는 음식들을 많이 사다 날랐죠. 식물성 지방 말고는 안 되었거든요. 부인은 식물성 지방을 좋아하지 않았어요. 버터를 좋아하셨죠. 버터를 너무너무 먹고 싶어 하셨어요."

"이건 버터 문제가 아니오."

"저는 부인을 돌봐 드리고 자상하게 대해 주었어요. 부인도 그 점을 고마워하셨고요. 부인이 돌아가시고 나서 부인이 애정과 친절을 베풀어 자신의 모든 돈을 저에게 물려준다는 내용으로 서명한 서류를 남겼다는 걸 알게 되었죠. 그런데 그 뒤 드레이크 씨 부부가 와서 제가 그 돈을 가질 수 없다고 하더군요. 그 사람들은 별의별 말을 다 했어요. 저더러 부당한 압력을 행사했다고 하더라고요. 더 지독한 말을 퍼부었어요. 훨씬 더 나쁜 말들요. 제가 유언장을 직접 썼다니, 그건 말도 안 되는 일이에요. 유언장을 쓴 건 부인이었어요. 부인이 직접 쓰셨다고요. 그리고 저를 방에서 내보내고 청소부와 정원사 제임스를 부르셨죠. 부인은 제가 아니라 그들이 서류에 서명해야 한다고 하셨어요. 왜냐하면 제가 그 돈을 가지게 될 테니까요. 제가 그 돈을 가지면 왜 안 되죠? 저는 살면서 약간의 행운과 행복을 누리면 안 되나요? 얼마나 멋진 일이에요. 그 사실을 알고 저는 미래를 꿈꾸기 시작했답니다."

"그랬겠지. 네, 분명 그랬을 거요."

"저는 왜 미래를 꿈꾸면 안 되죠? 왜 저는 누리고 살면 안 되는 거죠? 저는 행복해질 거고 부자가 될 거고 원하는 걸 다 가질 거예요. 제가 뭘 잘못했죠? 저는 잘못한 게 없어요. 아무것도요. 정말이에요, 잘못한 게 아무것도 없다고요."

"나는 아가씨에게 몇 번이나 설명해 주었소."

"그건 다 거짓말이에요. 풀러턴 씨는 제가 거짓말을 하고 있다고 하시는데요, 제가 유언장을 직접 썼다고 하시는데요, 그건 제가 쓴 게 아니에요. 부인이 직접 쓴 거예요. 어느 누구도 다른 말을 할 수 없을 거예요."

"어떤 사람들은 많은 말을 하더군요. 자, 내 말 들어요. 이의 제기하지 말고 내 말을 들으란 말이오. 당신이 루엘린 스마이스 부인의 편지를 대신 쓸 때, 부인은 당신에게 자신의 필체를 가능한 한 비슷하게 흉내 내라고 당부한 건 사실이오. 그것은 친구나 개인적으로 친분이 있는 사람들에게 타자로 친 편지를 보내는 것은 무례한 짓이라고 생각하는 낡은 사고방식 때문이었소. 빅토리아 왕조 때부터 내려온 관습이지요. 요즘 사람들은 자기가 받은 편지가 직접 쓴 것이든 타이핑한 것이든 조금도 신경 쓰지 않소. 하지만 루엘린 스마이스 부인이 생각하기에 그것은 상대에 대한 예의가 아니었소. 내 말 이해하겠소?"

"그럼요. 그래서 부인은 저에게 그렇게 부탁했어요. '자, 올가.'라고 부르시더니 '내가 불러 주는 걸 속기로 받아 적어 편지 네 통을 써다오. 그러나 반드시 손으로 써야 해. 최대한 내 글씨와 비슷하게 말이야.'라고 말씀하셨어요. 그러면서 부인은 자신의 필체를 연습하라고 하셨어요. 에이(a)와 비(b)와 엘(l) 등 당신이 각 철자 쓰는 방법을 일러 주셨지요. 그리고 또 말씀하셨어요. '내 철자와 얼추 비슷하니 그만하면 됐다. 그러면 내 이름도 서명할 수 있겠구나. 난 사람들이 내가 더 이상 편지를 쓸 수 없다고 생각하는 게 싫다. 손목 류머티즘이 점점 더 심해져서 글 쓰기가 더 힘든 건 사실이지만 어쨌든 타자로 편지를 써서 보내기는 싫구나.'"

"당신 필체로 서명할 수도 있었소. 끝에 '비서가 대신 씀'이라고 쓰거나 당신 머리글자를 덧붙이면 되니까."

"부인은 그걸 원치 않으셨어요. 본인이 직접 쓴 것처럼 보이고 싶어 하셨다고요."

그건 사실일지도 모른다고 풀러턴은 생각했다. 루이스 루엘린 스마이스 부인다운 생각이었다. 그녀는 예전에 했던 일을 더 이상 할 수 없다는 사실을 견디지 못했다. 더 이상 먼 길을 걸을 수 없고 언덕을 빨리 오를 수도 없으며 손으로, 특히 오른손으로 어떤 일을 할 수 없다는 사실에 열을 내며 분개했다. 그녀는 "난 아무렇지도 않고 정말 건강하답니다. 마음만 먹으면 못 할 게 없어요."라고 말하고 싶어 했다. 그랬다. 올가의 말은 사실이었고 그랬기 때문에 당연히 루이스 루엘린 스마이스가 작성하고 서명한, 마지막 유서에 첨부된 유언 보충서를 처음에는 아무런 의심 없이 받아들였다. 풀러턴은 자신의 사무실에서 부인의 필체에 대해 의혹을 제기한 때를 떠올렸다. 그것은 풀러턴과 그의 젊은 동료가 루엘린 스마이스 부인의 필체를 누구보다 잘 알고 있었기 때문이었다. 먼저 얘기를 꺼낸 것은 콜이었다.

"루이스 루엘린 스마이스 부인이 그런 유언 보충서를 썼다는 사실이 도저히 믿어지지 않습니다. 최근 관절염을 앓기는 했지만, 부인의 편지 중에 제가 뽑아 온 필체들을 보십시오. 그 유언 보충서와는 뭔가 좀 다릅니다."

풀러턴은 뭔가 다르다는 것을 인정하고 전문가에게 필적 감정을 의뢰하라고 말했다. 답변은 매우 명확했다. 전문가들의 의견은 일치했다. 유언 보충서의 필체는 루이스 루엘린 스마이스의 것이 아니었다. 풀러턴은 올가가 욕심을 덜 부렸다면, '나를 세심하게 돌봐 주고 배려해 주었을 뿐만 아니라 애정을 가지고 친절하게 대해 준 데

보답하는 뜻에서 나는 다음을 그녀에게 남긴다…….'와 같은 식으로 시작했다면 어땠을까 생각해 보았다. 유언 보충서를 그렇게 쓸 수도 있었다. 그리고 그 헌신적인 오페어 걸에게 물려줄 돈의 액수를 구체적으로 명시했더라면, 부인의 조카들은 너무 과하다는 생각은 했을지언정 별달리 의심하지 않고 그대로 받아들였을 것이다. 그러나 일가친척은 물론, 20여 년의 세월 동안 부인이 작성했던 네 건의 유언장에서 줄곧 잔여 유산 수유자 자리를 지켜 왔던 조카까지 배제하고 모든 재산을 생판 남인 올가 세미노프에게 물려준다는 것은 루이스 루엘린 스마이스답지 않은 행동이었다. 사실 부당한 외압이 있었다는 탄원은 어쨌든 그런 서류를 쓸모없게 만들 수 있었다. 아니다. 그녀는 욕심 많은 만큼 격정적이며 열정적이었다. 올가가 친절하게 대해 주고, 자신을 정성껏 배려해 주며, 더구나 어떤 요구를 하든 자신의 모든 변덕을 다 받아 주었기에 어쩌면 루엘린 스마이스 부인은 이 아가씨에게 애정을 느끼고 그녀에게 재산을 조금 물려주겠노라고 말했을 것이다. 그 말에 올가는 미래를 꿈꾸기 시작했을 것이다. 그녀는 모든 것을 가질 수 있었을 것이다. 노부인은 그녀에게 전 재산을 남기고, 그녀는 그 돈을 모두 가질 수 있었을 것이다. 노부인의 돈과 집과 옷과 보석, 그 모든 것을 말이다. 젊은 아가씨가 욕심을 부렸고, 그리고 이제 그 탐욕이 그녀의 발목을 잡았다.

그래서 풀러턴은 자신의 의지나 직업적 본능, 그 어떠한 것에도 반하는 감정을 느꼈다. 바로 그녀가 가엾게 느껴졌던 것이다. 그녀가 너무나 불쌍하게 여겨졌다. 그녀는 어렸을 때부터 고통이 무엇인지 알았고, 경찰국가의 가혹함을 알았으며, 부모를 여의었고, 형제자매도 잃었으며, 불의와 공포를 알았기에 그녀가 분명 타고났지만 지금까지 드러나지 않았던 한 가지 특성이 그녀 안에서 발현된 것이다. 바로 어린아이처럼 맹목적인 탐욕이었다.

"제 편은 아무도 없어요. 아무도 없다고요. 모두 다 저한테서 등을 돌려 버리지요. 외국 사람이라고, 이 나라 사람이 아니라고, 무슨 말을 해야 할지, 어떻게 해야 할지 아무것도 모른다는 이유로 차별해요. 제가 어떻게 해야 하죠? 제가 어떻게 해야 하는지 왜 말해 주지 않는 거냐고요?"

"아가씨가 할 수 있는 일은 아무것도 없기 때문이오. 가장 좋은 건 모든 걸 솔직하게 털어놓는 거요."

"풀러턴 씨가 원하는 말을 한다고 해도 모두 거짓말이 되어 버릴 거예요. 그 유언장을 작성한 사람은 부인이에요. 부인이 그 자리에서 그걸 썼다고요. 다른 사람들이 그 유언장에 서명하는 동안 저한테 방에서 나가 있으라고 했단 말이에요."

"아가씨에게 불리한 증거가 있소. 사람들 말로 루엘린 스마이스 부인은 자기가 서명하는 서류가 어떤 건지 모를 때가 많았다더군요. 부인은 여러 가지 서류들을 가지고 있었고, 자기 앞에 놓인 서류를 다시 읽어 보는 법이 없었다더군요."

"그렇다면 부인은 자기가 무슨 말을 하는지도 몰랐다는 거예요?"

"딱한 아가씨, 이제 아가씨가 기대할 수 있는 건 초범이라는 것과,

외국인이고, 초보적인 수준의 영어밖에 알아들을 줄 모른다는 점이오. 그 점이 참작되면 아가씨는 가벼운 형이나 집행유예로 풀려날 수 있을 거요."

"오, 그저 말뿐이로군요. 전 감옥에 갇혀 다시는 나오지 못할 거예요."

"말도 안 되는 소리 하지 마시오."

"도망가면요? 도망가서 아무도 찾지 못하는 곳에 숨어 버리면 되잖아요."

"체포 영장이 나오면 찾아낼 거요."

"하루빨리 도망가면 돼요. 바로 도망쳐 버리면요. 저를 도와줄 사람만 있으면 달아날 수 있어요. 배나 비행기를 타고 영국을 벗어나는 거예요. 여권이나 비자 같은 걸 위조해 줄 사람이 있을 거예요. 저를 위해 뭔가 해 줄 사람 말이에요. 저에게는 친구가 있어요. 저를 좋아하는 사람들도 있고요. 저를 도와줄 사람만 있으면 이 나라를 빠져나갈 수 있어요. 저한테 필요한 건 바로 그런 거예요. 가발을 써서 변장할 수도 있어요. 목발을 짚고 걸어도 되고요."

"잘 들으시오. 딱한 처지인 건 알겠소. 아가씨를 위해 최선을 다해 줄 변호사를 추천해 주겠소. 도망갈 생각을 해서는 안 되오. 그건 어린아이 같은 짓이오."

풀러턴이 위엄 있게 말했다.

"돈은 충분해요. 저축해 둔 게 있거든요. 풀러턴 씨는 친절하게 대해 주셨어요. 네, 저도 알아요. 하지만 그건 모두 법률적인 문제일 뿐이에요. 그것 말고 저를 위해 해 주실 일은 아무것도 없네요. 하지만 저를 도와줄 사람이 꼭 나타날 거예요. 누군가 있겠죠. 그리고 저는 아무도 찾지 못하는 곳으로 숨어 버릴 거예요."

아무도 찾지 못하는 곳이라……. 풀러턴은 생각에 잠겼다. 그는 지금 그녀가 어디 있는지 몹시 궁금했다.

14장

I

애플 트리스로 들어간 에르퀼 푸아로는 안내를 받아 응접실로 갔다. 드레이크 부인이 곧 나올 거라고 했다.

현관 복도를 지나가는데 식당으로 보이는 문 뒤에서 웅성거리는 여자 목소리가 들려왔다.

푸아로는 응접실 창가로 가서 아름답고 보기 좋은 정원을 살펴보았다. 잘 꾸며져 있었고, 열심히 가꾼 흔적이 보이는 깔끔한 정원이었다. 무성하게 우거진 가을 갯개미취가 나뭇가지에 단단히 묶여 아직도 생명을 이어 가고 있었다. 국화도 아직까지 삶을 포기하지 않고 있었다. 겨울이 다가오는 것을 비웃기라도 하듯 아직도 지지 않은 장미 한두 송이도 보였다.

푸아로는 조경사가 처음에 이곳을 손본 흔적을 아직은 찾아낼 수 없었다. 모든 것이 세심하게 꾸며졌을 뿐만 아니라 전통을 따르고 있었다. 푸아로는 드레이크 부인이 마이클 가필드보다 한 수 위가 아닐까 하는 의문이 들었다. 그는 자신의 매력을 펼쳐 보였으나 헛된 일이 되고 말았다. 그 정원에는 교외 정원다운 면모만이 남아 있었다.

문이 열렸다.

"기다리시게 해서 죄송해요, 무슈 푸아로."

드레이크 부인이 말했다.

여러 사람이 작별 인사를 하고 떠난 듯 현관 밖에서 웅성거리던 소리가 잦아들었다.

"교회 크리스마스 축제 때문에요. 그리고 그 밖에 여러 가지 일을 마련하기 위한 준비 위원회 모임 같은 거죠. 그런 일이란 게 원래 예정보다 훨씬 길어지게 마련이잖아요. 항상 반대 의견을 내놓거나 좋은 생각이 있다고 말하는 사람들이 있잖아요. 그 좋은 생각이란 게 알고 보면 대부분 도저히 실현할 수 없는 것들이지만요."

드레이크 부인은 조금 비난하는 투로 말했다. 푸아로는 로위나 드레이크가 말도 안 된다며 딱 잘라 퇴짜 놓는 모습을 상상해 보았다. 그는 스펜스의 누이나 다른 사람들이 귀띔해 준 것과 여러 가지 소식통을 통해 그녀가 독불장군 타입이라는 것을 알 수 있었다. 모두 그녀가 자기 식대로 일을 처리하려니 했지만 어느 누구도 그런 그녀를 좋아하지 않았다. 푸아로는 로위나 드레이크의 꼼꼼한 성격을 비슷한 성격의 루엘린 스마이스 부인조차 좋아하지 않았다는 것도 짐작할 수 있었다. 부인은 조카 부부 가까이에서 살려고 이곳에 왔고 그 아내는 재빨리 노부인의 일을 떠맡아 한 집에 살지 않는 범위 내에서 할 수 있는 만큼 그녀를 보살펴 주었다. 루엘린 스마이스 부인은 자신이 로위나에게 크게 신세를 지고 있다는 것을 알고 있었지만 독불장군처럼 구는 데는 당연히 화가 났을 것이다.

"이런, 이제야 다 갔군요. 뭘 도와 드릴까요? 그 끔찍한 파티에 대해 더 아셔야 할 게 있나요? 두 번 다시 그런 파티 같은 건 하고 싶지 않지만 딱히 적당한 집이 없답니다. 올리버 부인은 아직도 주디스 버틀러네에 있나요?"

현관문 닫히는 소리를 끝으로 집 안이 조용해지자 로위나 드레이크가 말했다.

"네. 하루 이틀 뒤에 런던으로 돌아갈 겁니다. 이 일 전에는 올리버 부인을 만난 적이 없나요?"

"네. 만난 적은 없어요. 그분 책을 좋아했죠."

"정말 훌륭한 작가로 인정받는 분이죠."

"그럼요, 훌륭한 작가이시죠. 틀림없어요. 정말 재미있는 분이기도 하고요. 그분은 이 끔찍한 사건을 누가 저질렀는지 나름대로 생각하고 계신 게 있나요?"

"그렇지는 않은 것 같습니다. 부인은 어떻습니까?"

"이미 말씀드렸잖아요. 전혀 감도 잡히지 않는다고요."

"말씀은 그렇게 하시지만 정말 좋은 생각을 가지고 있을 수도 있지 않습니까. 그냥 생각일 뿐이잖습니까. 미완성의 아이디어도 괜찮습니다. 현실성 있는 가설이면 무엇이든 좋습니다."

"왜 그렇게 생각하시는 거죠?"

로위나 드레이크는 이상하다는 듯 푸아로를 쳐다보았다.

"정말 사소하고 별것 아닌 뭔가를 보았는데 나중에 생각해 보니 의외로 중요한 경우도 있지요."

"뭔가 확실한 사건을 염두에 두고 말씀하시는 것 같군요, 무슈 푸아로."

"흠, 그렇습니다. 어떤 사람한테 들은 말이 있어서요."

"그랬군요. 그 사람이 누구죠?"

"휘태커 양입니다. 학교 교사이지요."

"알아요, 엘리자베스 휘태커. 엘름스의 수학 교사 말씀이시죠? 휘태커 양도 파티에 왔죠. 뭘 봤다던가요?"

"부인이 뭔가를 봤다는 게 아니라 봤는지도 모른다고 생각하는 것 같았습니다."

드레이크 부인이 놀란 듯 고개를 젓다가 말했다.

"제가 뭘 봤다는 건지 모르겠네요. 장담할 수는 없지만요."

"꽃병과 관련된 일입니다. 꽃이 든 꽃병 말입니다."

"꽃병이요?"

로위나 드레이크는 당황한 듯했다. 그러고는 이내 눈썹을 폈다.

"아, 맞아요. 이제 알겠어요. 그래요. 계단 모퉁이 탁자에 마른 잎과 국화가 꽂힌 커다란 꽃병이 있었죠. 정말 멋진 유리 꽃병이었어요. 결혼 선물로 받은 거였답니다. 잎사귀가 시들시들해 보였고 꽃도 한두 송이 시들었고요. 현관을 지나가면서 그걸 봤죠. 파티가 끝날 무렵인가 그랬어요. 도대체 저게 왜 저런가 싶어 올라가 손가락을 넣어 보았더니 어떤 바보가 꽃만 꽂아 놓고 꽃병에 물을 안 넣은 거예요. 그 순간 화가 치밀어 오르더군요. 그래서 화장실로 가지고 가 물을 채웠죠. 그런데 화장실에서 뭘 봤다는 거죠? 거기에는 아무도 없었어요. 확실해요. 고학년 여자아이와 남자아이가 파티를 하다 말고 거기서 목을 껴안고 서로를 어루만지고 있었던 건 생각나요. 하지만 제가 꽃병을 들고 들어갔을 때는 분명 아무도 없었어요."

"아니, 그런 게 아닙니다. 뜻밖의 일이 있었다더군요. 부인이 들고 있던 꽃병이 바닥에 떨어져 깨져 버렸다고요."

"아, 그래요. 산산조각이 나고 말았죠. 말씀드렸다시피 결혼 선물이었던 데다 커다란 가을꽃 묶음도 거뜬히 꽂을 만큼 묵직한 꽃병이라 속상했어요. 정말 바보 같은 짓을 한 거죠. 손가락이 말을 안 들었어요. 손에서 미끄러지더니 현관 복도에 떨어져 와장창 깨져 버렸어요. 엘리자베스 휘태커가 거기 서 있었죠. 깨진 유리 조각을 줍고 사람들이 밟지 않게 구석으로 쓸어 모으는 일을 도와주었어요. 나중에 치우려고 커다란 괘종시계 옆 구석에 그냥 밀어 놓았죠. 그 일을 말씀하시는 건가요?"

로위나는 호기심에 찬 눈길로 푸아로를 쳐다보았다.

"그렇습니다. 휘태커 양은 부인이 어쩌다 꽃병을 깨트렸는지 모르겠다고 하더군요. 부인이 뭔가를 보고 놀라 그런 거라고 생각하고 있습니다."

"제가 놀랐다고요?"

로위나 드레이크는 푸아로를 쳐다보더니 얼굴을 찌푸리며 생각해 내려고 애썼다.

"아니에요. 아무리 생각해도 아니에요. 저는 놀라지 않았어요. 가끔 저도 모르게 들고 있던 물건이 미끄러져 떨어질 때가 있잖아요. 설거지할 때도 그렇고요. 아마 피곤해서 그랬을 거예요. 파티 준비니 진행이니 뭐니 해서 정말 피곤했거든요. 파티는 정말 순조롭게 진행되었지요. 피곤하면 자기도 모르게 서투른 짓을 하잖아요. 그냥 그런 거죠, 뭐."

"어떤 걸 보고 놀란 건 아니었다는 말인가요? 확실한가요? 뭔가 예기치 못한 걸 보지도 않았고요?"

"봤다고요? 어디서요? 그 아래 현관에서요? 현관에는 아무도 없었어요. 모두 스냅드래건을 하느라 현관이 텅 비어 있었죠. 물론 휘태커 양은 빼고요. 계단을 내려가서 휘태커 양이 도와주러 올 때까지 그녀가 거기 있었는지도 몰랐어요."

"서재 문을 나가는 사람을 못 봤습니까?"

"서재 문이라…… 무슨 말씀을 하시는지 알겠어요. 그래요, 제가 볼 수도 있었겠네요."

로위나는 한참 뜸을 들이더니 흔들리지 않는 눈빛으로 푸아로를 똑바로 쳐다보았다.

"서재에서 나온 사람은 없었어요. 아무도요……."

푸아로는 이상한 생각이 들었다. 말하는 투로 보아 그녀가 사실대로 말하고 있다는 생각이 들지 않았다. 문이 조금 열려 있어서 그 안에 있던 누군가의 모습을 어렴풋이 보았는지도 모른다. 어쨌든 푸아로는 그녀가 분명 뭔가를 보았다는 생각이 들었다. 그러나 로위나는 딱 잘라 말했다. 푸아로는 그녀가 왜 그렇게 확고하게 말했는지 궁금했다. 한순간도 그런 짓을 저지를 사람이라고는 믿고 싶지 않은 누군가를 문 저편에서 보았기 때문일까. 푸아로는 그녀가 아끼는 사람이거나 보호해 주고 싶은 사람일 가능성이 크다고 생각했다. 혹시 어떤 아이였을까? 이제 막 유년기를 지나 조금 전에 끔찍한 일을 저질러 놓고도 자신이 무슨 짓을 저질렀는지조차 모르는 그런 아이?

푸아로는 드레이크 부인이 까다롭기는 하지만 정직한 사람이라고 생각했다. 종종 치안판사 역할을 하기도 하고 여러 가지 모임이나 자선 단체를 운영하며 흔히 말하는 '선행'을 즐기는 그런 여자들과 비슷했다. 정상 참작을 지나치게 믿는 여자들, 그러니까 사춘기 소년이나 지적 장애가 있는 소녀, 이미 '감호 중'에 있는 어린 범죄자들을 위해 순식간에 어떤 변명거리를 희한하게 잘도 만들어 내는 여자들 말이다. 그런 사람이 서재에서 나오는 걸 보고 로위나 드레이크의 보호 본능이 샘솟았을 수도 있다는 생각이 들었다. 요즘 시대에 어린아이들도 범죄를 저지른다는 것은 누구나 알고 있는 사실이다. 가정 법원 소년부에 가면 일곱 살이나 여덟아홉 살쯤 된 아이들이 출석한다. 타고난 것으로 보이는 이 어린 범죄자들을 어떻게 해야 할지 곤혹스러울 때가 많다. 결손 가정이나 아이에게 관심 없고 자격이 없는 부모 밑에서 자랐다는 등 그런 아이들을 위해 온갖 핑계와 변명을 만들어야 했다. 가장 적극적으로 그들을 대변해 주고 온갖 변명을 끌어다 주는 것은 대개 로위나 드레이크 같은 사람들이었다. 그런 경우를 제외하면 로위나 드레이크는 깐깐하고 비판적인 여자였다.

푸아로는 동의할 수 없었다. 그는 늘 정의를 먼저 생각하는 사람이었고, 자비, 즉 지나친 자비에 대해 회의적이었다. 벨기에와 영국 두 나라에서 겪은 경험으로 볼 때 지나친 자비는 무고한 희생자들을 낳았다. 정의가 먼저 실행되고 그다음에 자비를 고려했다면 그런 일은 생기지 않았을 것이다.

"그렇군요. 알겠습니다."

푸아로가 말했다.

"설마 휘태커 양이 누군가 서재로 들어가는 걸 봤을 수도 있다고 생각하시나요?"

드레이크 부인이 물었다.

푸아로는 호기심이 동했다.

"그럴 수도 있다고 생각하십니까?"

"그저 하나의 가능성일 뿐이에요. 5분 전쯤 누군가 서재로 들어가는 걸 본 휘태커 양이 그 때문에 제가 꽃병을 깨트렸다고 생각할 수도 있지요. 제가 그 사람을 봤을지도 모른다고 말이에요. 아마 휘태커 양은 그저 어렴풋이 본 것이어서 그 사람에 대해 말하고 싶지 않았겠죠. 어린아이나 소년의 뒷모습 같은 거 말이에요."

"소년이나 소녀, 그러니까 아이나 10대 청소년일 거라고 생각하시는 겁니까? 꼬집어 말할 수는 없지만 그런 사람이 그 범죄를 저질렀을 가능성이 크다고 생각하시는 거죠?"

로위나는 그 가능성을 곰곰이 생각해 보는 눈치더니 마침내 입을 열었다.

"네, 그런 것 같아요. 그 점을 깊이 생각해 보지는 않았어요. 요즘에는 청소년 범죄가 너무 많은 것 같아요. 자기가 무얼 하고 있는지조차 모르는, 어리석은 복수를 꿈꾸고 파괴적인 본능을 가진 족속들이지요. 어떤 한 사람이 아니라 그저 세상 모든 것을 증오하며 공중전화 부스를 부수거나 자동차 타이어를 난도질하거나 온갖 짓을 일삼죠. 이 시대의 증상 중 하나지요. 그렇기 때문에 아무 이유 없이 파티가 열리는 동안 아이를 익사시킨 것을 보면 자신의 행동에 대해 아직 완전히 책임지지 못하는 사람이라고 여기게 된답니다. 그럴 가능성이 가장 크다고 생각지 않으세요?"

"경찰도 부인과 같은 생각을 하고 있다고 여겨집니다. 아니면 그렇게 생각했거나요."

"뭐, 그들도 알겠죠. 이 지역에 아주 뛰어난 형사 한 분이 있답니다. 몇 건의 사건을 멋지게 해결했죠. 갖은 수고도 기꺼이 감수하고 결코 포기하는 법이 없답니다. 빠른 시일 내에 끝나지는 않겠지만 결국 경찰이 이 사건을 해결할 거예요. 이런 일은 시간이 아주 오래 걸리는 것 같아요. 오랜 시간 끈기 있게 증거를 수집해야 하니까요."

"이번 사건의 경우 증거를 모으기가 쉽지 않을 겁니다, 부인."

"그럴 거예요. 남편이 죽었을 때였어요. 아시겠지만 다리를 절었거든요. 길을 건너다 차에 치여 납작 깔리다시피 했어요. 경찰은 도무지 혐의자를 찾지 못하는 거예요. 아실지 모르겠지만 제 남편은 소아마비였거든요. 6년 전 소아마비에 걸려 몸의 일부분이 마비됐죠. 조금 나아지기는 했지만 여전히 다리를 절었기 때문에 차가 빠른 속도로 다가오면 피하기가 무척 힘들었답니다. 남편은 간호사나 아내가 부축하는 걸 너무 싫어해서 늘 저나 다른 사람의 도움 없이 혼자 밖에 나가겠다고 고집을 부렸고, 길을 건널 때도 항상 조심했죠. 하지만 저는 죄책감이 들었어요. 사고가 일어나면 원래 스스로를 탓하게 마련이잖아요."

"루엘린 스마이스 부인이 돌아가시기 전 일인가요?"

"아니에요. 이모님은 그 일이 있고 얼마 지나지 않아 바로 돌아가셨어요. 나쁜 일은 한꺼번에 닥치는 것 같아요. 그렇지 않나요?"

"정말 그렇습니다. 경찰은 남편을 친 차량을 찾지 못했습니까?"

"그래스호퍼 마크 7이었던 것 같아요. 도로를 달리는 차 세 대 중 한 대가 그 차이지요. 그때는 그랬어요. 가장 대중적인 차라고 하더군요. 경찰은 메드체스터 시장에서 도난당한 차라고 했어요. 그곳 주차장에서요. 차 주인은 메드체스터에서 씨앗 가게를 하는 워터하우스라는 노인이었어요. 워터하우스 씨는 천천히 조심스럽게 운전하는 사람이었어요. 그 사고를 낸 사람은 아니죠. 무책임한 젊은이들이 제멋대로 차를 몰다가 사고를 낸 게 틀림없어요. 그렇게 경솔하고 아무 감정 없는 젊은이들은 지금보다 훨씬 더 가혹한 벌로 다

스려야 해요."

"장기 징역형을 선고해야겠죠. 벌금형에 그치면, 거기다 너그러운 일가친척들이 그 벌금까지 대신 내 주면 자기 잘못을 깨닫지 못하니까요."

"한 가지 기억해야 할 게 있어요. 삶에서 성공할 기회를 잡으려면 청년기에 학업을 계속해야 한다는 사실 말이에요."

로위나 드레이크가 지적했다.

"교육을 지나치게 신성시한다는 비판도 있었습니다. 교육계 원로들이 하는 말입니다."

"그런 사람들은 청소년이라거나 가정 환경이 열악하다거나 결손 가정 출신이라고 해서 특별히 봐주지 않을걸요."

"부인은 그런 아이나 청소년들에게 징역형 말고 다른 처분이 필요하다고 생각하십니까?"

"교화가 되게끔 적절한 처분을 내려야죠."

로위나 드레이크가 단호하게 대답했다.

"그러니까 또 다른 오래된 속담이 생각나는군요. '돼지 귀로는 비단 주머니를 만들지 못한다.'라거나 '사람의 운명은 그의 목에 휘감겨 있다.'라는 격언을 믿지 않으시나요?"

드레이크 부인은 그게 도대체 무슨 소리냐는 듯한 표정이었다. 기분이 조금 상한 것처럼 보이기도 했다.

"이슬람 속담이지요."

푸아로의 말을 듣고도 드레이크 부인은 심드렁해 보였다.

"저는 말이죠, 중동 사람의 생각을 우리 생각인 것처럼 받아들이거나 우리의 모범으로 삼지 않았으면 해요."

푸아로가 서둘러 말을 이었다.

"사실은 사실로 받아들여야 합니다. 그리고 현대 생물학자들, 그러니까 서구의 생물학자들이 강력하게 주장한 사실이 있습니다. 바로 사람의 행동은 근원적으로 유전자 구성에 달렸다는 겁니다. 스물네 살의 살인자는 두 살이나 서너 살 때도 살인자의 본성이 잠재되어 있었다는 뜻이지요. 물론 천재 수학자나 천재 음악가도 마찬가지고요."

"우리는 지금 살인자에 대해 이야기하고 있는 게 아니에요. 제 남편은 사고로 죽었어요. 무분별한 성격 파탄자가 일으킨 사고로요. 소년이든 젊은이든 아무 생각 없이 살아왔다면, 그것에 대해 수치심을 느끼고 다른 사람을 배려할 의무가 있다는 것을 깨닫도록 그들을 교화할 수 있잖아요. 일부러 저지르려고 한 게 아니라 다만 부주의해서 범죄를 저지른 경우에 말이에요."

"그래서 부인은 그 사건이 일부러 저지른 범죄가 아니라고 확신하시는 겁니까?"

"정말 이상하군요. 경찰이 그런 가능성을 심각하게 고려해 봤다고 생각하지는 않아요. 저 역시 그렇고요. 그건 사고였어요. 저뿐만 아니라 여러 사람의 삶의 양식을 바꿔 놓은 비극적인 사고요."

드레이크 부인은 조금 놀란 것 같았다.

"지금 살인자에 대해 이야기하는 게 아니라고 하셨지요. 하지만 조이스의 경우는 살인이 맞습니다. 그건 사고가 아닙니다. 범행을 저지르려고 마음먹은 범인이 그 아이의 머리를 물속에 처박고 죽을 때까지 꽉 누르고 있었습니다. 고의적으로 그런 겁니다."

"알아요. 안다고요. 정말 끔찍한 일이에요. 그 일은 생각하고 싶지 않아요. 떠올리기조차 싫어요."

드레이크 부인은 일어나더니 불안하게 이리저리 움직였다. 푸아로는 지치지도 않고 계속 밀어붙였다.

"그 점에서 우리에게는 여전히 선택의 여지가 있습니다. 사건의 동기를 찾아야 한다는 겁니다."

"그런 범죄에 무슨 동기가 있겠어요."

"부인 말씀은 살인을 즐기는 정신 이상자가 그랬다는 건가요? 어리고 미숙한 아이들만 골라 죽이는 사람 말입니다."

"그런 사건들이 일어나고 있잖아요. 근본적인 원인을 밝혀내기가 힘들죠. 정신과 의사들조차 의견이 분분한 실정이고요."

"더 간단한 이유가 있는데도 받아들이지 않으시는군요?"

드레이크 부인은 당황한 듯 보였다.

"더 간단하다고요?"

"정신이상자가 아닌 누군가가 범인이라는 말입니다. 정신과 의사들의 의견이 분분한 사건이 아니라는 뜻이지요. 그저 자신의 안전을 위해 저지른 사건이죠."

"안전을 위해서라고요? 푸아로 씨 말은······."

"그날 조이스는 죽기 몇 시간 전에 살인을 목격한 적이 있다고 말했습니다."

"조이스는 정말 너무 생각이 없는 어린 여자아이예요. 미안한 말이지만 늘 거짓말을 일삼았다고요."

드레이크 부인이 차분하지만 단호하게 말했다.

"모두 한결같이 그렇게 말하더군요. 모든 사람들이 그렇다고 하니 저도 사실이라고 믿어야 할 것 같습니다."

푸아로는 한숨을 쉬며 덧붙였다.

"대개는 사람들이 하는 말이 맞으니까요."

푸아로는 일어서더니 지금까지와는 다른 말투가 되었다.

"죄송합니다, 부인. 정말 별 관련 없는 일로 부인을 괴롭힌 것 같군요. 하지만 휘태커 양이 해 준 말로 볼 때……."

"왜 휘태커 양한테서 더 많은 것을 알아보지 않는 거죠?"

"그 말씀은……?"

"휘태커 양은 교사예요. 가르치는 아이들 중에 (푸아로 씨 표현대로) 가능성이 있는 아이를 찾는 데 저보다 낫지 않겠어요."

드레이크 부인은 잠시 멈칫하다가 덧붙였다.

"에믈린 양도 있고요."

"교장 선생님 말씀이십니까?"

푸아로는 놀란 표정을 지었다.

"네. 에믈린 양은 사물을 꿰뚫어 볼 줄 아는 사람이에요. 타고난 심리학자라고 할 수 있죠. 저한테 조이스를 죽인 범인에 관해 미완성의 아이디어라도 없느냐고 물어보셨죠? 에믈린 양이라면 그런 게 있을지도 몰라요."

"그거 참 흥미롭군요……."

"증거를 가지고 있다는 게 아니에요. 그냥 에믈린 양이 알지도 모른다는 것뿐이에요. 푸아로 씨께 말씀드릴 게 있을 거예요……. 하지만 그걸 말하지는 않겠죠."

"그러니까 제가 아직도 갈 길이 멀다는 뜻이군요. 사람들이 뭔가를 알고 있지만 저에게 말해 주지 않는다는 거죠."

푸아로는 생각에 잠겨 로위나 드레이크를 쳐다보았다.

"부인 친척인 루엘린 스마이스 부인 옆에서 시중 들던 외국인 오페어 걸이 있었다던데요."

"이 마을에 떠도는 소문이란 소문은 다 알고 계신 것 같군요. 네, 있었어요. 이모님이 돌아가신 지 얼마 안 되어 갑자기 여기를 떠났어요."

로위나가 냉랭하게 말했다.

"그럴 만한 이유가 있었던 것 같던데요."

"명예 훼손이나 중상모략이라고 할지 모르겠지만, 그 아가씨가 이모님의 유언장을 위조한 건 틀림없는 사실이에요. 아니면 누군가가 거들어 그렇게 했겠죠."

"누군가라니요?"

"그 아가씨는 메드체스터의 어느 변호사 사무실에서 일하는 청년과 친하게 지냈어요. 예전에 위조 사건에 연루된 적이 있는 청년이었죠. 아가씨가 사라지는 바람에 그 소송이 법정까지 가지는 않았어요. 그 아가씨는 유언장이 검인을 받지 못한다는 것과 법정 공방을 벌여야 한다는 사실을 알게 된 거예요. 이 마을을 떠난 뒤로 두 번 다시 소식을 듣지 못했지요."

"제가 듣기로는, 그녀 역시 결손가정에서 자랐다더군요."

로위나 드레이크가 푸아로를 날카롭게 쳐다보았다. 그러나 그는 상냥한 미소를 지으며 말했다.

"시간을 내 주셔서 고맙습니다, 부인."

II

애플 트리스를 나온 푸아로는 '헬프슬리 공동묘지로 가는 길'이라는 표지판이 붙은, 주도로에서 벗어난 갈림길을 따라 조금 걸어갔다. 헬프슬리 공동묘지는 그리 멀지 않은 곳에 있었다. 기껏 해야 10분 정도만 걸으면 되는 거리였다. 아마도 거주지로서 우들레이 커먼의 가치가 점점 높아지는 데 맞춰 최근 10년 사이에 만들어진 묘지인 게 분명했다. 이삼 세기 전에 지어진 적당한 크기의 교회가 있었는데, 그 주위의 아주 작은 땅은 이미 꽉 차 있었다. 그래서 두 개의 들판을 가로지르는 오솔길로 이어진 곳에 새로 묘지를 만든 것이다. 푸아로는 대리석이나 화강암에 적절한 소감을 새겨 넣는 오늘날의 공동묘지가 너무 상업적이라는 생각을 했다. 유골함, 돌 조각, 그리고 덤불이나 꽃을 조금 심어 놓은 게 다였다. 눈길을 끌 만한 오래된 묘비명이나 비문은 없었다. 골동품 수집상이 좋아할 만한 것도 없었다. 깨끗하고 깔끔하고 단정하며, 적절한 소감이 적혀 있을 뿐이었다.

푸아로는 이삼 년 사이에 만들어진 몇 개의 무덤 가까이에 있는, 거의 같은 시기에 만들어진 무덤 비석에 적힌 글을 읽으려고 걸음을 멈췄다. 거기에는 간단한 글귀가 새겨져 있었다. '로위나 애러벨러 드레이크의 사랑하는 남편 휴고 에드먼드 드레이크 19XX년 3월 20일 세상을 떠나다.'

여호와께서 사랑하시는 자가 영면에 들었도다.

푸아로는 문득 드레이크 씨가 기꺼이 영면에 들었을지도 모르겠구나 하는 생각을 했다. 그만큼 활동적인 르위나 드레이크가 남긴 여운이 생생했다.

단정히 놓인 새하얀 유골함 주변에는 시든 꽃이 떨어져 있었다. 이승을 떠난 선량한 시민들의 무덤을 돌보기 위해 고용된 나이 많은 정원사가 푸아로와 잠깐이나마 이야기를 나눠 보려고 기분 좋게 다가와 괭이와 빗자루를 옆에 놓았다.

"여기는 처음이시군요. 그렇죠, 선생님?"

"그렇습니다. 제 조상들이 그랬듯, 저도 이곳이 처음입니다."

"아, 네. 그와 비슷한 구절을 새긴 무덤이 어딘가에 있지요. 저쪽 구석 어디일 겁니다. 여기 묻힌 드레이크 씨는 정말 멋진 신사였습니다. 다리를 절었지요. 소아마비인가 하는 병을 앓았거든요. 이름과 달리 어린아이만 앓는 병이 아닙니다. 다 큰 어른들도 걸릴 수 있답니다. 제 아내의 친척 아주머니도 스페인에 갔다가 소아마비에 걸렸지 뭡니까. 관광을 갔다가 어떤 강에서 목욕을 했다지요. 사람들은 그걸 수인성 전염병이라고 하는데, 잘 모르는 것 같습니다. 사실 의사들도 모릅니다. 그래도 요즘은 세상 참 많이 좋아졌어요. 아이들한테 예방 주사니 뭐니 다 놔 주거든요. 예전만큼 흔한 병은 아니지요. 훌륭한 신사였던 드레이크 씨는 불구의 몸으로 힘들어하기는 했지만 불평하는 법이 없었어요. 한창때는 정말 날리는 만능 운동선수였죠. 이 마을 크리켓 팀에서 타자를 맡았는데 경계선 너머까지 공을 날린 적이 얼마나 많았는지 모릅니다. 그래요, 정말 훌륭한 신사였어요."

"사고로 죽었지요?"

"그래요. 땅거미가 질 무렵 길을 건너다 그렇게 됐죠. 귀까지 수염을 기른 젊은 폭력배 두 명이 탄 차였답니다. 사람들이 그러더군요. 멈추지도 않고 계속 갔대요. 뒤돌아보지도 않고 말이지요. 사고 차량은 32킬로미터쯤 떨어진 주차장 어딘가에 버렸다더군요. 그 젊은이들 차도 아니었대요. 어디 다른 주차장에서 훔친 차였답니다. 끔찍한 일이에요. 그런 사고가 요즘에는 너무 많이 일어나니 말입니다. 게다가 경찰은 속수무책일 때가 많답니다. 드레이크 부인은 드레이크 씨에게 매우 헌신적이었지요. 사고로 매우 힘들어했어요. 거의 매주 꽃을 들고 와 무덤에 놓고 가지요. 정말 서로에게 헌신적인 부부였어요. 제 생각에 드레이크 부인은 여기 오래 머물지 않을 것 같습니다."

"그래요? 이곳에 정말 좋은 집도 있지 않습니까."

"그야 물론 그렇지요. 이 마을에서 하는 일도 많고요. 부녀회며 다과회며 그것 말고도 여러 모임을 맡고 있지요. 하는 일이 정말 많기는 합니다. 사람들을 힘들게 할 때도 있고요. 아시겠지만 사람들을 부리는 성격이잖아요. 몇몇 사람들은 드레이크 부인이 명령하고 간섭한다고 그러더군요. 하지만 교구 목사는 그녀에게 의지하죠. 여성 활동이나 행사를 추진하는 데는 따라갈 사람이 없거든요. 관광이나 야외 활동도 계획하고 준비하죠. 그래요. 마누라한테는 이런 말 하고 싶지 않지만, 아무리 온갖 자선 행사를 벌인다고 해서 그걸 하는 부인네들까지 좋게 보이는 건 아니라는 생각이 종종 들어요. 늘 자기들이 가장 잘 안다고 하지요. 항상 해야 할 일과 해서는 안 되는 일을 읊어 대면서요. 자유로운 게 없어요. 요즘은 어딜 가나 자유롭지 않아요."

"그런데도 드레이크 부인이 이곳을 떠날지도 모른다고요?"

"꼭 외국 어딘가로 가서 살지 않는다고 해도 이상할 건 없어요. 드레이크 부부는 외국에 머무는 걸 좋아해서 휴가철이면 종종 떠나곤 했으니까요."

"어째서 부인이 이곳을 떠나고 싶어 한다고 생각하는 겁니까?"

노인은 갑자기 심술궂은 미소를 지었다.

"말하자면 드레이크 부인은 이곳에서 할 일을 다 했거든요. 성경

표현을 빌리면, 자신이 일할 또 다른 포도밭이 필요한 거죠. 부인은 선행을 더 많이 해야 직성이 풀리는 사람이거든요. 이 근방에서는 더 이상 할 게 없어요. 심지어 필요 이상으로 다 해 버렸다고 생각하는 사람도 있지요."

"새로 일할 곳이 필요하다는 거군요?"

"바로 그겁니다. 많은 것들을 바로잡고 많은 사람들 위에 군림할 수 있는 또 다른 곳으로 옮겨 자리를 잡는 게 낫죠. 드레이크 부인은 이곳에서 자기가 원하는 대로 우리를 이끌었고 이젠 더 이상 할 일이 없게 된 겁니다."

"그렇겠군요."

"이제는 돌볼 남편조차 없으니까요. 드레이크 부인은 꽤 오랫동안 남편을 정성껏 돌봤답니다. 부인에게는 그것이 삶의 목적인 셈이었죠. 남편을 돌보고 바깥일을 하면서 항상 바쁘게 살았지요. 더구나 슬하에 자식도 없지 않습니까. 그러니 다른 곳에 가서 처음부터 새로운 삶을 살 거라는 생각이 들더군요."

"일리 있는 말이군요. 그렇다면 드레이크 부인은 어디로 갈까요?"

"그건 잘 모르겠습니다. 리비에라 어디쯤 아닐까요? 아니면 스페인이나 포르투갈, 그리스도 많이 가잖아요. 언젠가 부인이 그리스 섬에 대해 말하더군요. 버틀러 부인도 그리스 여행을 다녀온 적이 있지요. 그리스가 아니라 헬레닉이라고 부르던데 더 끔찍하게 들리더군요."

푸아로가 슬며시 미소 지었다.

"그리스 섬이라…… 부인을 좋아하십니까?"

"드레이크 부인 말입니까? 딱히 좋아한다고는 말씀 못 드리겠네요. 좋은 여자이기는 합니다. 이웃 사람으로서 자신의 의무를 다하죠. 하지만 자신의 의무를 다하려면 많은 이웃이 필요하고, 실제로 사람들은 항상 자신의 의무를 다하는 사람을 좋아하지 않아요. 내가 누구보다도 잘 아는 장미 가지 치는 법에 대해서도 이러쿵저러쿵 말이 많다니까요. 그리고 늘 새로운 품종의 야채를 키워 보라고 잔소리를 해대죠. 나한테는 양배추 하나면 충분한데도요."

푸아로가 미소 지으며 말했다.

"이제 가 봐야겠습니다. 혹시 니컬러스 랜섬과 데즈먼드 홀랜드가 어디 사는지 아십니까?"

"교회를 지나 왼쪽으로 세 번째 집이에요. 브랜드 부인 집에서 하숙을 하는데 매일 메드체스터 기술학교에 공부하러 다닌답니다. 지금쯤이면 집에 있을 거예요."

그는 흥미롭다는 눈빛으로 푸아로를 바라보았다.

"그쪽으로 생각하고 계시는군요, 그렇죠? 같은 생각을 하는 사람이 있답니다."

"아닙니다. 저는 아직 어떤 생각도 하지 않습니다. 하지만 두 학생은 그 자리에 있었던 사람들이어서…… 그뿐입니다."

인사를 하고 걸어 나오면서 푸아로는 생각했다.

'거기 있었던 사람들 중에 거의 마지막 순서까지 왔군.'

15장

두 쌍의 눈이 불안스레 푸아로를 쳐다보았다.

"무슨 말을 더 해야 하는지 모르겠네요. 저희 둘 다 이미 경찰 조사를 받았거든요."

한 소년을 바라보던 푸아로의 시선이 다른 소년에게로 옮겨 갔다. 그들은 스스로를 소년이라고 생각하지 않을 것이다. 행동거지가 신중한 것이 어른 같았다. 너무 어른 같아서 눈을 감고 들어 보면 나이 지긋한 사교 모임 회원들이 이야기하는 것으로 착각할 정도였다. 니컬러스는 열여덟 살이었고, 데즈먼드는 열여섯 살이었다.

"미안하지만 어떤 일에 참가했던 사람들을 조사하는 중이란다. 핼러윈 파티가 아니라 그 파티를 준비했던 사람들 말이야. 너희 둘다 파티 준비를 거든 걸로 알고 있는데."

"네, 그랬어요."

"지금까지 나는 청소부들을 조사했고 경찰의 의견도 들어 봤단다. 그리고 처음에 시신을 검시했던 의사와도 이야기를 나눴고, 거기 있었던 학교 선생님과 교장 선생님, 비탄에 빠진 가족 친지들도 만나 보았지. 이 마을에 떠도는 소문들도 대부분 들었단다. 그나저나 이곳에 마녀가 산다던데?"

그와 마주 보고 있던 두 소년이 소리 내어 웃었다.

"굿바디 부인 말씀이시죠? 네, 파티에서 마녀 역을 맡았어요."

"내가 여기에 온 건 예리한 눈과 귀를 지녔고 최신 과학 지식과 빈틈없는 철학으로 무장한 젊은 세대들에게 물어보고 싶은 게 있어서야. 이 문제에 대해 너희 생각을 들어 보고 싶구나."

푸아로는 맞은편에 앉은 열여덟 살과 열여섯 살 두 소년을 쳐다보며 생각에 잠겼다. 그들은 경찰에게는 청소년이요, 푸아로에게는 소년, 신문 기자들에게는 10대들이었다. 뭐라 부르건 요즘애들이었다. 푸아로가 방금 이야기를 시작하면서 입에 발린 칭찬을 한 것처럼 정신 수준이 높지는 않더라도, 두 소년은 결코 우둔한 아이들이 아니었다. 핼러윈 파티에 참석한 그들은 드레이크 부인을 돕는 자리에도 있었다.

이들은 사다리에 올라갔고, 노란 호박들을 정해진 자리에 놓았으며, 꼬마전구를 달기 위해 간단한 전선 작업을 하기도 했다. 그리고 10대 소녀들이 희망에 부풀어 상상한 장래 남편감의 모습을 찍은 가짜 사진들을 가지고 솜씨 좋게 효과를 냈다. 그들은 또한 우연히 래글런 경위가 심중에 담아 두었고 나이 많은 정원사가 보기에도 의심할 만한 딱 그 나이대였다. 이 나이대가 저지르는 살인 사건 건수가 최근 몇 년간 꾸준히 늘어나고 있는 실정이었다. 푸아로 자신이 특별히 의심하고 있다기보다 어떤 것이든 가능성이 있기 때문이었다. 이삼 년 전에 일어난 살인 사건도 열두 살이나 열네 살짜리가 저질렀는지 모른다. 요즘 신문에서 흔히 접할 수 있는 사건 아닌가.

이 모든 가능성을 염두에 둔 푸아로는 우선 편견을 벗고 자신의 방식으로 그들의 외모, 옷차림, 태도, 목소리를 평가하는 데 집중했다. 그러기 위해 푸아로는 본심을 감추고 듣기 좋은 말과 외국인 특유의 말투와 몸짓으로 그들을 옹호하고 있다는 것을 보여 주어, 비록 그들이 예의 바르고 반듯한 행동거지로 가리기는 하겠지만 마음껏 자신을 얕잡아 보게 했다. 열여덟 살인 니컬러스는 잘생긴 얼굴에 구레나룻을 짧게 길렀고 머리카락은 목 훨씬 아래까지 내려왔으며 장례식에 알맞은 검은색 옷을 입고 있었다. 얼마 전에 일어난 비극적인 사건을 애도하는 의미가 아니라 단지 나름의 취향으로 최신 유행을 따른 것이었다. 그보다 어린 소년은 장밋빛 벨벳 코트에 연자줏빛 바지와 프릴 달린 와이셔츠를 입고 있었다. 모두 이 마을이 아닌 다른 지역에서 꽤 비싸게 주고 산 옷이었다. 부모나 보호자가 사 준 게 아니라 자신들이 직접 산 것 같았다.

데즈먼드는 숱이 많은 적갈색 머리를 가진 아이였다.

"파티가 열리던 날 파티 준비를 도우러 거기 갔지? 오전이었니, 오후였니?"

"이른 오후였어요."

니컬러스가 바로잡았다.

"어떤 걸 거들었니? 여러 사람한테 들었지만 잘 모르겠더구나. 서로 다른 말을 해서 말이다."

"우선 전구 다는 일을 했어요."

"높이 매달아야 할 것들이 있어서 사다리를 타고 올라갔죠."

"정말 멋지게 찍힌 사진들도 있다던데."

데즈먼드는 곧바로 호주머니에서 종이 묶음을 꺼내 의기양양하게 카드 몇 장을 뽑아 들었다.

"이것들을 미리 만들어 놨었죠. 여자아이들의 장래 남편감들이에요. 여자들은 하나같이 다 똑같아요. 최신 유행을 좋아하죠. 그만하면 구색을 잘 갖춘 셈이죠?"

데즈먼드는 카드 몇 장을 푸아로에게 건넸다. 푸아로는 적갈색 수염을 기른 젊은이와 머리 뒤쪽으로 후광이 비치는 젊은이, 그리고 머리카락이 거의 무릎까지 내려오는 젊은이의 흐릿한 사진들을 흥미롭게 쳐다보았다. 그럴듯하게 구레나룻을 붙이고 분장도 했다.

"전부 다른 모습이에요. 그렇게 나쁘지는 않죠?"

"모델도 불렀나 보구나?"

"아니요, 전부 다 우리예요. 그냥 분장만 한 거죠. 니컬러스와 제가 다 한 거예요. 니컬러스가 제 사진을 찍고 제가 니컬러스 사진을 찍었죠. 머리하고 수염만 바꿨어요."

"정말 솜씨가 좋구나."

"영혼처럼 보이도록 초점을 약간 흐리게 찍었어요."

니컬러스가 끼어들었다.

"드레이크 부인이 이걸 보고 아주 좋아했어요. 우리한테 축하한다고 하면서 사진을 보고 웃었어요. 그 집에서 우리가 맡았던 건 대부분 전기 만지는 일이었어요. 우선 조명 한두 개를 설치해 놓는 거예요. 그리고 여자아이들이 거울을 들고 자리에 앉은 뒤 우리 중 하나가 자세를 취하면 스크린에 영상이 불쑥 떠오르는 거죠. 그러면 여자아이는 구레나룻이나 턱수염을 기른 얼굴을 거울로 보는 거예요."

"여자 아이들은 그게 너희 둘이라는 걸 알고 있었니?"

"아, 그때는 몰랐을 거예요. 파티 때는 몰랐어요. 그 집에서 우리가 파티 준비를 거들었다는 건 알았지만 거울에 나타난 모습이 우리라는 건 몰랐을 거예요. 썩 똑똑하지는 않은 아이들이죠. 게다가 우리는 모습을 바꾸려고 그 자리에서 분장을 하기도 했거든요. 제가 먼저 나타났고, 그다음이 니컬러스였어요. 여자아이들이 소리를 지르며 어쩔 줄 몰라 하더라고요. 어찌나 웃기던지."

"그날 오후에 누가 거기에 있었지? 파티에 왔던 사람들 말고 말이야."

"파티에는 한 서른 명쯤 왔을 거예요. 그날 오후에 있었던 사람은 드레이크 부인과 버틀러 부인, 그리고 학교 선생님인데 이름이 휘태커였던 것 같아요. 플래터벗 부인인가 하는 분도 있었어요. 오르간 연주자의 누이 아니면 부인일 거예요. 퍼거슨 선생님 병원의 약사인 리 양도 있었어요. 마침 오후에 쉬는 날이라 거들어 주러 온 거죠. 도움이 될 만한 일을 거들어 주려고 아이들 몇 명도 왔지만 그다지 도움이 된 것 같지는 않아요. 여자아이들은 그냥 여기저기 돌아다니면서 킥킥거리기나 할 뿐이었죠."

"아, 그랬구나. 그 여자아이들이 누구였는지 기억나니?"

"음, 레이놀즈네 딸들도 있었어요. 불쌍하게 죽은 조이스와 그 언니 앤 말이에요. 앤은 짜증 나는 아이예요. 거만하기가 이를 데 없죠. 엄청 똑똑하다더라고요. 전 과목 A는 떼어 놓은 당상일 거예요. 그리고 남동생 리어폴드가 있었는데 걔도 짜증 나요. 사람 말을 몰래 엿듣고는 여기저기 떠벌리고 다니거든요. 정말 심술궂은 놈이죠. 그리고 비어트리스 아들리와 정말 무딘 캐시 그랜트가 있었고, 둘이 같이 도움을 줬죠. 청소 말이에요. 그 밖에 푸아로 씨를 여기 데리고 온 그 작가 아줌마가 있었고요."

데즈먼드가 말했다.

"남자는 없었니?"

"아, 목사님도 잠깐 들렀어요. 좀 둔한 면이 있기는 하지만 좋은 분이에요. 그리고 새로 온 부목사님이 있었고요. 긴장하면 말을 더듬어요. 여기 온 지 오래되지는 않았어요. 생각나는 건 그게 다예요."

"그리고 그 자리에서 그 여자애가…… 조이스가 살인을 목격한 적이 있다고 말했고?"

"저는 못 들었어요. 걔가 그런 말을 했어요?"

데즈먼드가 말했다.

"아, 사람들이 그러더라고요. 하지만 저도 못 들었어요. 그때 저는 그 방에 없었던 것 같아요. 걔가 어디 있었죠? 그러니까 언제 그 말을 했죠?"

니컬러스가 말했다.

"응접실에서 그랬단다."

"그럼 특별한 일을 하지 않는 한 대부분 거기 있었겠네요. 물론 니컬러스와 저는 주로 여자아이들이 장래 남편감을 거울로 보게 될 방에 있었지요. 전선을 설치하거나 뭐 그런 일을 하면서요. 아니면 밖에 나가 사다리를 타고 올라가 꼬마전구를 달고 있었겠죠. 한두 번 응접실에 가서 전구를 넣을 수 있도록 속을 파낸 호박 한두 개를 매달기도 했지만 그런 얘기는 못 들었어요. 니컬러스 형은 어때?"

"나도 마찬가지야. 조이스가 정말 살인을 목격한 적이 있다고 했어? 그게 사실이라면 정말 재미있겠는데, 그렇지 않아?"

니컬러스가 조금 흥미로운 듯 말했다.

"뭐가 재미있다는 거야?"

"그렇다면 그건 초감각적 지각이잖아, 그렇지 않아? 네가 거기 있어. 그리고 그 애는 살인 사건을 목격하고 한두 시간 뒤에 살해되었어. 그렇다면 그 애는 일종의 환영을 본 거잖아. 생각을 좀 해 봐야겠는데. 최근 어느 실험에서 전극을 경정맥에 꽂으면 환상을 볼 수 있다고 했잖아. 어딘가에서 읽었어."

"그건 초감각적 지각 같은 거하고는 별 상관이 없어. 각각 다른 방에 앉아 있는 사람들이 한 패의 카드나 사각형과 기하학적인 무늬가 그려진 단어를 쳐다보고 있는 거잖아. 하지만 제대로 맞힌 사람은 단 한 명도 없었어. 거의 그래."

데즈먼드가 비웃듯이 말했다.

"초감각적 지각이 발동하려면 어려야 해. 어린애가 나이 든 사람보다 훨씬 잘된다고."

고차원적인 과학에 대한 토론은 조금도 듣고 싶지 않은 에르퀼 푸아로가 끼어들었다.

"너희가 기억하는 한 너희가 그 집에 있는 동안 불길하다거나 특별히 의미 있는 일은 일어나지 않았다는 거로구나. 다른 사람은 알아차리지 못했지만 너희 눈에는 띌 만한 일도 없었니?"

니컬러스와 데즈먼드는 얼굴을 잔뜩 찡그렸다. 중요한 사건을 기억해 내려고 머리를 쥐어짜는 게 분명했다.

"없었어요. 그저 떠들고, 물건들을 제자리에 놓고, 파티를 준비한 것밖에 없었어요."

"따로 생각해 본 건 없니?"

푸아로가 니컬러스에게 물었다.

"누가 조이스를 죽였을지 생각해 봤냐는 뜻인가요?"

"그래. 순전히 심리학적으로 의심해 볼 만한, 뭔가 눈에 띈 게 있는가 말이야."

"무슨 말씀이신지 알겠어요. 그런 게 있을지도 모르겠네요."

"내 생각에는 휘태커 선생님 같아."

니컬러스가 생각에 몰두하려는 것을 방해하며 데즈먼드가 끼어들었다.

"학교 선생님 말이니?"

"네. 진짜 나이 많은 노처녀예요. 성욕에 굶주린 여자죠. 온통 여자들에 둘러싸여 가르치는 일만 하고 있으니 오죽하겠어요. 한두 해 전에 목이 졸려 죽은 선생님 기억하시죠? 사람들 말이 그 선생님이 좀 이상하댔어요."

"레즈비언이었지?"

다 안다는 투로 니컬러스가 툭 끼어들었다.

"놀랄 일도 아니야. 죽은 선생님과 한 집에 살았던 노라 앰브로즈 선생님 기억나? 죽은 선생님 얼굴이 못생긴 편은 아니었거든. 남자 친구가 한두 명 있었는데 사람들이 말하는 걸 듣고 그 사실을 안 노라 앰브로즈 선생님이 머리 꼭대기까지 화가 난 거야. 죽은 선생님이 미혼모라고 말한 사람도 있었어. 몸이 아프다며 두 학기 쉬었다가 복귀했거든. 그런 일에는 별의별 소문이 다 떠돌잖아."

"어쨌든 휘태커 선생님은 그날 오전에 주로 응접실에 있었어. 조이스가 하는 말을 들었는지도 몰라. 그리고 그걸 마음에 담아 두고 있었을지도 모르지, 그렇지 않아?"

"생각해 봐. 휘태커 선생님이 몇 살쯤인 것 같아? 마흔 몇 살? 아마 쉰 살이 다 됐을걸. 여자들은 그 나이쯤 되면 좀 이상해지고 그러잖아."

데즈먼드가 말했다.

소년들은 주인이 가져오라고 한 쓸모 있는 물건을 물어다 준 개처럼 만족스러운 표정으로 푸아로를 쳐다보았다.

"휘태커 선생님이 정말 이상한 여자라면 에믈린 선생님도 알고 있을 거야. 학교에서 일어나는 일을 그 선생님이 모를 리 없으니까."

"그렇다면 말했겠지?"

"의리를 지키고 보호해 줘야 한다고 생각한 거 아닐까."

"아니야, 에플린 선생님이 그럴 리 없어. 에플린 선생님이 휘태커 선생님의 정신이 온전하지 못하다고 생각했다면 그 학교 학생들 대부분이 벌써 죽임을 당했을걸."

"부목사님은 어때? 그 사람이라면 조금 이상한 데가 있어. 원죄니 뭐니 하는 것하고 물과 사과 같은 걸 생각해 봐. 좋은 생각이 났어. 그 사람이 조금 돌았다고 하자. 여기 온 지 얼마 되지 않았으니까 그 사람에 대해 아는 사람이 없어. 그가 생각해 낸 게 스냅드래건이라고 하자. 바로 지옥 불이지! 불꽃이 너울너울 타오르는 지옥 불 말이야. 그런 다음 조이스를 붙잡고 이렇게 말하는 거야. '나랑 같이 가자. 보여 줄 게 있어.' 그러고는 사과가 있는 방으로 데리고 가서 '무릎 꿇어.'라고 말하는 거지. '이건 세례식이야.'라면서 그 애의 머리를 물속에 처박는 거야. 어때, 그럴듯하지? 아담과 이브와 사과와 지옥 불과 스냅드래건과 죄 사함을 위해 다시 받는 세례식."

"그 전에 조이스에게 자기 성기를 드러내 보였을지도 몰라. 이런 일에는 항상 성과 관련된 요인이 숨어 있거든."

두 소년은 자신의 희망을 담은 추리를 하나씩 내놓고는 만족스러운 얼굴로 푸아로를 쳐다보았다.

"그래, 너희는 정말 생각해 볼 거리를 주는구나."

푸아로가 말했다.

16장

에르퀼 푸아로는 흥미를 가지고 굿바디 부인의 얼굴을 쳐다보았다. 마녀 역을 맡기에 정말 안성맞춤이었다. 얼굴이 주는 인상과는 달리 성격은 믿을 수 없을 정도로 상냥하기는 했지만 선입견이 사라지지는 않았다. 굿바디 부인은 즐겁고 유쾌하게 말했다.

"네, 저도 그 자리에 있었고말고요. 이 동네에서 마녀 역은 제가 도맡아 하지요. 목사님이 작년에 저를 칭찬하시면서 축제에서 그렇게 연기를 잘하니 뾰족한 모자를 새로 사 줘야겠다고 하시더군요. 다른 것과 마찬가지로 마녀 모자도 닳게 마련이니까요. 그래요, 그 날 저도 거기 있었어요. 시를 읊었지요. 그러니까 여자아이들의 세 례명으로 그 아이들에게 시를 지어 준 거예요. 한 번은 비어트리스, 한 번은 앤, 이렇게 모든 아이에게 해 주었지요. 그리고 나서 영혼의 목소리를 맡은 사람에게 그 시를 주었고 그가 거울에 비친 소녀에게 그걸 낭송해 주었어요. 그런 다음 니컬러스와 데즈먼드가 가짜 사진을 떨어뜨렸고요. 어떤 때는 우스워 죽겠더라고요. 온 얼굴에 수염을 덕지덕지 붙이고 서로 사진을 찍어 주는 남자아이들의 모습을 상상해 보세요. 게다가 차려입은 꼴이라니! 얼마 전에 데즈먼드를 만났는데 뭘 입고 있었는지 알면 놀라실 거예요. 장밋빛 코트에 엷은 황갈색 반바지를 입고 있더라니까요. 여자아이들 저리 가라죠. 여자아이들이 생각하는 거라곤 치마를 좀 더 위로 올리는 것밖에 없어요. 그러려면 속옷을 더 많이 껴입어야 하니 썩 좋은 일도 아니지요. 바디스타킹이니 타이츠니 하는, 우리 때는 합창단원이나 입던 것들을 사는 데 돈을 다 써 버린답니다. 하지만 남자아이들은, 맙소사, 물총새나 공작, 아니 극락조 같다니까요. 하기야 저도 색이 약간 들어간 걸 좋아해서, 옛 시절 그림을 보면 정말 재미있었겠다는 생각을 늘 한답니다. 모두 레이스 달린 옷을 입고 곱슬머리에 기사 모자 같은 걸 쓰고 있잖아요. 여자아이들에게 매력적으로 보일 수밖에요. 그리고 몸에 꼭 끼는 상의와 타이츠도요. 역사 시대에 소녀들이 생각할 수 있었던 거라고는 나중에 크리놀린이라고 불리게 된 엄청나게 부푼 치마하고 목에 주름을 많이 넣은 옷을 입는 것뿐이었을 거예요. 우리 할머니는 당신이 모시던 아가씨들 얘기를 들려주시곤 했어요. 할머니는 명문 빅토리아 가문에서 일했거든요. 빅토리아 여왕 시대 이전인 것 같은데, 그때는 머리가 배처럼 생긴 왕이 다스리던 시절인데, 바보 같으니, 윌리엄 4세 시대잖아. 어쨌든 할머니가 모시던 아가씨들은 발목까지 내려오는 모슬린 가운을 가지고 있었는데 새침을 다 떨면서도 모슬린을 물에 적셔 몸에 달라붙게 입었다더라고요. 다 보여 주려고 말이에요. 정말 얌전한 척하면서 돌아다니지만 정작 그걸 보는 신사들은 흥분하는 거죠. 저는 드레이크 부인에게 파티에 쓸 유리구슬을 빌려 줬답니다. 중고품 할인 판매 하는 데서 산 거예요. 지금은 굴뚝 옆에 달려 있는데 보셨나요? 선명한 암청색이랍니다. 보통 때는 문 위에 달아 놓지요."

"점도 치십니까?"

"그렇다고 말하면 안 되겠죠? 경찰들은 그런 걸 안 좋아하니까요. 제가 치는 종류의 점을 싫어하는 건 아니지만요. 식은 죽 먹기지요. 이 마을에서 누가 누구와 사귀는지 다 알고 있으니 더 쉽죠."

굿바디 부인이 킥킥거렸다.

"유리구슬로 조이스를 죽인 범인이 누군지 알아봐 주시겠습니까?"

"착각하셨군요. 점칠 때 보는 건 수정 구슬이지 마녀를 내쫓으려고 만든 유리구슬이 아니랍니다. 내가 생각하는 것을 말한다 해도 푸아로 씨가 좋아하지 않을 거예요. 자연의 이치에 맞지 않는다고 생각할 테니까요. 하지만 자연의 이치에 맞지 않는 일들이 이 세상에 너무 많이 일어나고 있지요."

"일리 있는 말입니다."

"이곳은 대체로 살기 좋은 곳이에요. 사람들도 대부분 점잖고요. 하지만 어딜 가든 악마는 자기 것을 챙기게 마련이지요. 그렇게 타고나는 거죠."

"흑마술 말입니까?"

굿바디 부인은 대뜸 경멸하는 투가 되었다.

"아니요, 그게 아니에요. 그건 말도 안 되는 소리지요. 그런 건 옷을 쫙 빼입고 어리석은 짓을 일삼는 사람들이나 하는 거죠. 섹스니 뭐니 하면서요. 내 말은 악마가 자신의 손으로 건드리는 사람들을 뜻하는 거예요. 그런 사람들은 그렇게 태어난 거예요. 루시퍼(타락한 천사 — 옮긴이)의 자손들이죠. 태어날 때부터 그 사람들에게는 얻는 게 있다면 사람을 죽이는 일도 정말 별일 아니랍니다. 살인을 해서 뭔가를 얻기만 한다면 괜찮은 거죠. 그들은 원하는 게 있으면 반드시 손에 넣고 말죠. 그것을 얻을 때도 잔인하기 그지없어요. 겉으로는 천사처럼 보이기도 한답니다. 예전에 어린 여자아이 하나가 있었어요. 일곱 살이었는데 그 애가 자기 남동생과 여동생을 죽인 거예요. 쌍둥이 동생을요. 그것도 5개월에서 6개월밖에 안 된 아기들을요. 유모차에 앉아 있는 채로 질식시킨 거죠."

"여기 우들레이 커먼에서 있었던 일인가요?"

"아니요, 그건 아니에요. 우들레이 커먼은 아니었어요. 내 기억으로 요크셔였던 것 같아요. 정말 끔찍한 일이었지요. 그 아이가 얼마나 예뻤는지 모른답니다. 날개 한 쌍을 붙이고 단상에 올라가 크리스마스 송가를 부르면 정말 딱 어울릴 아이였죠. 하지만 실상은 그렇지 않았다는 거예요. 그 아이의 마음은 무섭게 비틀려 있었어요. 무슨 말인지 아실 거예요. 나이도 지긋하시니 말이에요. 이 세상에는 사악한 것들이 얼마나 많은지 몰라요."

"아아! 부인 말이 맞습니다. 나도 너무나 잘 알고 있지요. 조이스가 정말 살인을 목격했다면…….”

"그 애가 그랬다고 누가 그러던가요?"

"그 아이가 자기 입으로 그랬습니다."

"그 말을 믿을 이유가 없어요. 그 애는 꼬마 거짓말쟁이였으니까요. 그 얘기를 믿는 건 아니겠죠?"

굿바디 부인은 날카로운 눈길로 푸아로를 바라보았다.

"믿습니다. 정말입니다. 모든 사람들이 그렇게 얘기하니 믿지 않을 수 없더군요."

"어느 집에 갑자기 이상한 일이 생기기도 하지요. 레이놀즈 가족을 예로 들어 볼까요. 레이놀즈 씨는 부동산업을 하고 있지만 별 도움이 되지 않고 앞으로도 그럴 거예요. 절대 성공하지 못할 거예요. 레이놀즈 부인은 늘 어떤 일에 대해 걱정하고 애를 태우죠. 부부의 세 자녀는 누구 하나 부모를 닮지 않았어요. 앤은 똑똑하니 공부를 잘할 거예요. 당연히 대학에 가서 교사가 되려고 공부하겠죠. 그런데 앤은 거만한 아이예요. 너무 거만해서 누구도 그 애를 감당하지 못해요. 남자아이들은 두 번 이상 그 애를 쳐다보지 않고요. 그리고 조이스는 앤처럼 똑똑하지 않은 것은 물론이고 남동생인 리어폴드만큼도 못하지만 똑똑해지고 싶어 해요. 늘 다른 사람들이 아는 것보다 더 많이 알고 싶어 하고 다른 사람이 한 것보다 더 잘하고 싶어 해서 사람들의 관심을 끌 만한 말이라면 무슨 말이든 하죠. 하지만 행여 그 애가 한 말을 단 한 마디라도 믿지 마세요. 열에 아홉은 꾸며 낸 말이니까요."

"남자아이는 어떻습니까?"

"리어폴드요? 글쎄요. 이제 아홉 살 아니면 열 살쯤 됐을 텐데 꽤 똑똑해요. 손재주도 있고 다른 것도 잘하지요. 물리학 같은 걸 공부하고 싶어 해요. 수학도 잘한답니다. 학교에서 하는 걸 보면 정말 놀랄 정도죠. 그래요, 똑똑한 아이예요. 커서 과학자가 될 거예요. 내 생각에 리어폴드는 과학자가 되면 원자폭탄처럼 끔찍한 걸 만들 것 같아요. 그런 아이는 항상 공부를 할 뿐만 아니라 정말 똑똑하기 때문에 지구의 절반과 함께 우리 불쌍한 사람들을 파멸할 뭔가를 생각해 낼 거예요. 리어폴드란 아이를 조심해야 해요. 그 아이는 사람들을 속이고 사람들 말을 잘 엿듣는답니다. 그렇게 해서 사람들의 비밀을 캐내지요. 그 아이가 쓰는 용돈이 어디서 나는지 정말 궁금해요. 엄마나 아빠가 주는 게 아니거든요. 그 부부는 그럴 만한 여유가 없어요. 그래도 그 아이한테는 항상 돈이 많답니다. 양말 속에 넣어 서랍에 감춰 두고 이것저것 사들이지요. 꽤 비싼 장비들을 말이에요. 그 돈이 어디서 날까요? 저는 그게 궁금해요. 사람들의 비밀을 알아내고는 그 비밀을 지켜 주는 대가로 돈을 받는 것 같아요."

부인은 숨을 고르려고 잠시 멈췄다가 결론을 내렸다.

"그나저나 도움이 못 돼서 안타깝네요."

"큰 도움이 되었습니다. 도망갔다는 외국인 아가씨는 어떻게 된 겁니까?"

"제 생각에는 멀리 못 갔을 거예요. '딩동댕, 새끼 고양이가 우물에 빠졌네.' 어쨌든 제 생각은 그래요."

17장

"실례합니다, 부인. 잠시 얘기 좀 나눌 수 있을까요?"

올리버 부인은 친구 집 베란다에서 에르퀼 푸아로가 오는지 밖을 내다보던 참이었다. 지금쯤 방문하겠다는 전화를 받았기 때문이다.

돌아보니 단정하게 차려입은 중년 여자가 깨끗한 면장갑을 끼고 양손을 초조하게 꼬며 서 있었다.

"네?"

끝에 물음표를 붙인 어조로 올리버 부인이 대꾸했다.

"번거롭게 해 드려 죄송합니다만 제가, 그러니까, 제 생각에는……."

올리버 부인은 재촉하지 않고 듣고 있었다. 이 여자가 무엇을 이리도 걱정하고 있는지 궁금했다.

"작가라고 들었는데, 맞지요? 범죄나 살인 이야기를 주로 쓰신다고 하던데요."

"네, 제가 그런 사람이에요."

올리버 부인은 호기심이 생겼다. 사인을 해 달라고 말하려는 걸까? 아예 사진에 사인을 해 달라고 할지도 몰랐다. 하지만 누가 알겠는가? 전혀 일어날 법하지 않은 일이 일어나기도 하는 법이다.

"부인께 조언을 구하는 게 가장 좋을 것 같아서요."

"앉으세요."

이 여자가 결혼반지를 끼고 있는 걸 보니 부인인 건 분명했다. 또 올리버 부인은 그녀가 원래 하려던 말을 꺼내기까지 시간이 걸리는 사람이라는 것을 알아챘다. 부인은 앉아서도 계속 장갑 낀 손을 꼬고 있었다.

"걱정거리가 있으신가요?"

이야기의 물꼬를 트려고 올리버 부인이 물었다.

"네, 조언이 필요한데, 이건 실제로 있었던 일이에요. 꽤 오래전 일이지만 그때는 크게 걱정하지 않았죠. 하지만 부인은 그게 어떤 건지 아실 거예요. 뭔가를 깊이 생각하다가 누군가 물어볼 사람이 있으면 좋겠다고 생각할 때가 있잖아요."

"알겠어요. 얼마 전에 일어난 일을 보고 혹시 하는 생각이 든 거죠?"

올리버 부인은 이렇게 하나 마나 한 말로라도 자신감을 북돋워 주고 싶었다.

"그 말씀은······?"

"핼러윈 파티 때 있었던 일 말이에요. 그걸 보고 이 동네에 믿을 수 없는 사람들이 있다고 생각하게 된 거죠? 그리고 이전에는 그런 줄 알고 있었던 일이 이제 보니 아니었던 거고요. 그러니까 원래 부인이 생각했던 게 사실은 아닐 수도 있다는 말이지요. 그렇지요?"

커다란 물음표와 함께 말끝을 맺은 올리버 부인이 문득 덧붙였다.

"성함도 안 여쭤봤네요."

"리먼 부인이라고 불러 주세요. 청소를 거들어 주러 다니지요. 5년 전 남편이 죽은 뒤로 줄곧 그 일을 해 왔어요. 웨스턴 대령과 그 부인이 쿼리 하우스에 들어오기 전에 그곳 주인이었던 루엘린 스마이스 부인 밑에서 일했답니다. 루엘린 스마이스 부인을 아시는지 모르겠네요."

"아니요. 전혀 모르는 사이예요. 우들레이 커먼에는 이번에 처음 온 거랍니다."

"그렇군요. 그럼, 그 당시에 있었던 일이나 소문 같은 건 잘 모르시겠군요."

"여기 와서 몇 가지 들은 건 있어요."

"저는 법에 대해서는 아무것도 몰라요. 그래서 법 문제만 나오면 늘 마음을 졸이죠. 그러니까 변호사들 말이에요. 변호사들이 일을 더 복잡하게 만드는 것 같아 경찰에 신고도 하기 싫어요. 법적인 문제는 경찰들이 어떻게 하지 못하잖아요?"

"아마 그렇겠지요."

올리버 부인이 조심스럽게 말했다.

"그 유언, 뭐라더라, 보증서 그 비슷한 단어였는데, 하여튼 그 문서를 두고 사람들 사이에 무슨 말이 떠돌았는지 알고 계시겠죠."

"유언 보충서 말인가요?"

"네, 맞아요. 바로 그거요. 루엘린 스마이스 부인이 유언 보충서를 만들어 자신을 돌봐 주던 외국인 아가씨에게 전 재산을 남겼지요. 그런데 이 마을에는 부인의 친척이 살고 있었고, 어쨌든 부인은 그들 곁에서 살려고 이곳에 왔기 때문에 그런 처사는 정말 놀랄 일이었어요. 부인은 그 친척들, 특히 조카 드레이크 씨에게는 각별한 사람이었답니다. 그래서 사람들은 정말 이상하다며 놀랐죠. 그러다 변호사들이 뭔가 다른 말을 하기 시작했어요. 루엘린 스마이스 부인이 그 유언 보충서를 쓴 적이 없다는 거예요. 그 외국인 오페어 아가씨가 재산을 전부 가로채려고 그렇게 꾸몄다는 거예요. 그러면서 법대로 할 거라고 했어요. 드레이크 부인은 유언장 무효 소송을 할 거라고 했고요. 맞는 말인지 모르겠네요."

"변호사들이 유언 보충서 무효 소송을 제기하려고 했다는 거지요. 맞아요, 그런 얘기를 들었어요. 그러니까 부인은 그 일에 대해 뭔가 알고 계신 거로군요?"

올리버 부인이 다음 말을 재촉했다.

"나쁜 뜻은 없었어요."

리먼 부인이 말했다. 지난날 올리버 부인이 몇 번 들어 본 적 있는 희미하게 흐느끼는 목소리였다.

올리버 부인은 리먼 부인이 믿을 수 없는 여자인지도 모른다고 생각했다. 여기저기 기웃거리고 다니는 염탐꾼인지도 몰랐다.

"그때는 아무 말도 안 했어요. 저는 정말 잘 몰랐거든요. 하지만 이상하다는 생각은 했어요. 그래서 아는 게 많은 부인 같은 분께 털어놓는 거예요. 전 정말 진실을 알고 싶었을 뿐이에요. 한동안 루엘린 스마이스 부인 밑에서 일한 저로서는 일이 어떻게 돌아가고 있는지 알고 싶은 게 당연하잖아요."

"당연하죠."

올리버 부인이 맞장구를 쳤다.

"제가 만약 해서는 안 될 일을 했다고 생각했다면 당연히 자백했을 거예요. 하지만 전 정말 아무 짓도 안 했어요. 정말이에요."

"그렇군요. 이해해요. 계속하세요. 그 유언 보충서에 관한 일이로군요."

"네. 루엘린 스마이스 부인의 몸이 별로 좋지 않던 날이었는데 부인이 우리에게 들어오라고 했어요. 그러니까 저와, 정원 일을 거들고 장작을 나르거나 석탄 반입 같은 일을 하는 젊은 제임스 말이에요. 그래서 방으로 들어갔더니 책상에 서류들이 놓여 있더군요. 부인은 우리 모두 올가 양이라고 부르는 그 외국인 아가씨를 쳐다보며 이렇게 말했어요. '너는 이런 일에 관여하면 안 되니까 밖에 나가 있으렴.' 하여튼 그런 식으로 말했어요. 올가 양이 방에서 나가자 부인이 우리더러 가까이 오라고 하더니 말했어요. '이건 내 유언장이에요.' 맨 위에 압지가 대어 있었고 아래는 아주 깨끗했어요. 부인은 이렇게 말했죠. '이 종이에 내가 뭔가를 쓸 테니 내가 쓴 글과 마지막에 서명하는 것을 보고 증인이 되어 줬으면 해요.' 그러고 나서 부인은 종이에 뭔가를 쓰기 시작했어요. 부인은 늘 긁히는 소리가 나는 펜을 썼어요. 바이로(볼펜 상표 이름 — 옮긴이) 같은 건 쓰지 않았죠. 두세 줄가량 쓰더니 서명한 뒤에 저에게 말했어요. '자, 리먼 부인, 여기에 부인 이름을 쓰세요. 부인 이름하고 주소를.' 그리고 제임스에게도 말했어요. '그 밑에 자네 이름과 자네 주소를 쓰게. 거기, 그렇지. 이제 여러분들은 내가 이것을 쓰고 서명한 것을 보았고, 직접 서명도 한 거예요. 이제 됐어요.' 그러고 나서 말했죠. '이제 됐어요. 두 사람 다 정말 고마워요.' 그리고 우리는 방에서 나갔어요. 그때는 별다른 생각을 하지 않았는데, 조금 이상하기는 했어요. 그리고 내가 막 방을 나가면서 고개를 돌릴 때 그 일이 일어난 거예요. 그 문이 항상 꽉 닫히지 않았거든요. 찰칵 소리가 나려면 한 번 더 당겨 줘야 했어요. 그래서 저는 그러려고 했던 건데…… 정말로 보려고 했던 게 아니라, 제 말은……."

"무슨 말인지 알아요."

올리버 부인이 미적지근하게 말했다.

"부인은 관절염을 앓고 있었기 때문에 움직이기 힘들어할 때가 있었어요. 부인이 의자에서 일어나 책장으로 가서 책 한 권을 꺼내 방금 서명한 그 종이가 든 봉투를 그 속에 넣는 거예요. 맨 아래 칸에 있던 커다란 책이었어요. 그러고 나서 그 책을 다시 꽂았고요. 정말 저는 그걸 두 번 다시 생각해 본 적이 없어요. 정말이에요. 하지만 이렇게 소동이 일어나니까, 물론 저는, 적어도 저는……."

리먼 부인이 말을 멈췄다.

올리버 부인은 그녀의 장기인 직관을 발휘했다.

"하지만 부인은 기다릴 수 없었군요. 그 모든 일이……."

"사실대로 말할게요. 저는 정말 궁금했어요. 뭔가에 서명했다면 그게 뭔지 알고 싶은 게 당연한 거 아닌가요? 인지상정이잖아요."

"그럼요. 인지상정이죠."

올리버 부인은 리먼 부인이 호기심이 상당히 많은 사람이라고 생각했다.

"다음 날 루엘린 스마이스 부인이 차를 몰고 메드체스터에 갔을 때 저는 평소처럼 부인의 침실을 정리했어요. 부인은 쉬는 시간이 많았기 때문에 침실 겸 거실이라고 봐야겠죠. 그때 그런 생각이 들었어요. '뭔가에 서명을 했을 때는 그게 뭔지 알아야 해.' 할부로 물건을 살 때 꼭 그런 말을 하잖아요. 인쇄된 작은 글자까지 읽어 봐야 한다고요."

"이번 경우는 손으로 쓴 유언장인데요."

"그래서 저는 나쁜 짓도 아닌데 뭐 어떠냐고 생각했어요. 뭔가를 훔치는 것도 아니니까요. 그러니까 내가 뭐에 서명했는지는 알아야 한다는 말이죠. 그래서 책장을 살펴보았어요. 어쨌든 먼지는 털어야 했으니까요. 그리고 그 책을 발견했어요. 책장 맨 아래 칸에 있었어요. 빅토리아 여왕 시대에 만들어진 것 같은 낡은 책이었어요. 책 속에서 봉투 하나를 발견했는데 마침 책 제목이 『무엇이든 찾아보세요』(가정생활과 관련된 백과사전식 정보를 담은 책 — 옮긴이)였어요. 그때는 그 제목이 의미심장하게 느껴졌어요. 제 말 아시겠어요?"

"네, 굉장히 의미심장하게 느껴졌겠네요. 그래서 부인은 서류를 꺼내 읽어 봤군요."

"맞아요. 제가 잘못한 건지 어쩐 건지 잘 모르겠어요. 하지만 어쨌든 거기에 그 서류가 있었어요. 그건 분명 법률 문서였어요. 마지막 장에는 전날 아침 부인이 쓴 글이 있었어요. 부인이 긁히는 소리가 나는 새 펜으로 새로 쓴 글이었어요. 부인의 글씨는 읽기 좀 힘든 편이었지만 알아볼 수는 있었어요."

"뭐라고 씌어 있던가요?"

이제는 올리버 부인도 리먼 부인처럼 호기심에 사로잡히게 되었다.

"정확한 용어는 기억나지 않지만 하여튼 제 기억으로는 유언 보충서에 관한 것이었어요. 투병 생활을 하는 자신을 친절하게 돌봐 준 데 대한 보답으로 부인의 유언장에 언급된 유산을 제외하고 나머지 전 재산을 올가에게 물려준다는 내용이었어요. 성은 확실하게 기억나지 않지만 S. 세미노프 그 비슷한 걸로 시작되는 이름이었어요. 그 밑에 부인의 서명과 제 서명, 그리고 제임스의 서명이 있었죠. 그리고 저는 루엘린 스마이스 부인이 누군가 자기 물건에 손댔다는 걸 눈치챌까 봐 곧바로 원래 자리에 다시 놓아두었죠. 하지만 아무리 생각해 봐도 놀랄 일이더군요. 모든 재산을 물려받게 된 그 외국인 아가씨는 그야말로 일확천금을 얻은 셈이었죠. 루엘린 스마이스 부인이 얼마나 큰 부자인지는 누구나 아는 사실이었어요. 부인의 남편이 조선업을 했기 때문에 부인에게 엄청나게 많은 재산을 물려주었죠. 일이 그렇게 되고 보니 부자 될 사람은 따로 있다는 생각이 들더군요. 그런데 저는 올가 양을 특별히 좋아하지는 않았어요. 가끔 까다롭게 굴었고 성질도 꽤 사나운 편이었거든요. 하지만 루엘린 스마이스 부인한테는 늘 친절하고 예의 바르게 굴었지요. 스스로 조심하면서 잘해 나갔어요. 그리고 또 제가 생각한 건 그 모든 재산이 부인의 친척들과는 아무 상관 없는 것이 되어 버렸다는 거였어요. 그리고 또 하나 생각한 게 있었죠. 아마도 부인이 친척들과 다투고 홧김에 그런 모양인데, 화가 가라앉으면 이걸 찢어 버리고 유언장이나 유언 보충서를 새로 쓸지도 모른다는 거였어요. 하지만 어쨌든 그때는 그게 다였으니 저는 그걸 제자리에 갖다 놓은 뒤로 까맣게 잊어버리고 있었죠. 그런데 유언장을 둘러싸고 소동이 불거지면서, 유언 보충서는 누군가 위조한 것이고 루엘린 스마이스 부인이 그걸 썼을 리가 없다는 소문이 돌았어요. 유언 보충서를 쓴 건 부인이 아니라 다른 사람이었다는 거예요……."

"그렇군요. 그래서 부인은 어떻게 하셨나요?"

"저는 아무것도 하지 않았어요. 그래서 지금 이렇게 속을 태우고 있죠……. 저는 어떤 상황인지 곧장 알아차리지 못했어요. 그 일에 대해 깊이 생각해 봐도 도대체 뭘 해야 할지 정말 모르겠더라고요. 다른 사람들처럼 변호사들도 외국인에 대해 적대적인 감정을 가지고 있으니 말들이 많은 거라는 생각이 들었어요. 저도 솔직히 외국인을 그다지 좋아하지 않거든요. 하지만 어쨌든 사실은 사실이었고, 그 아가씨가 잘난 척하면서 거드름을 피우고 좋아 어쩔 줄 몰라 하니까 저는 그저 이 모든 게 법적으로 처리할 문제이고 아가씨는 부인과 아무런 혈연관계가 아니기 때문에 사람들이 그 아가씨가 부인의 돈을 물려받을 권리가 없다고 주장하는 거라고 생각했지요. 그러니 아무 일 없을 거라고요. 그리고 어떤 면에서는 실제로 그랬던 게 변호사들이 소송을 포기했거든요. 그 일은 법정까지 가지 않았고 모든 사람이 다 알고 있듯이 올가 양은 도망가 버렸어요. 유럽 어딘가 자기가 태어난 곳으로 갔겠죠. 그래서인지 그 일은 그 아가씨가 뭔가 마술을 부린 것 같았어요. 아마 그 아가씨가 부인을 협박해서 그렇게 쓰게 한 걸 거예요. 누가 알아요? 우리 조카 중에 의사가 될 아이가 있는데, 최면술로 온갖 놀라운 일을 할 수 있다더군요. 아마 그 아가씨도 부인에게 최면을 걸었을 거예요."

"언제 있었던 일인가요?"

"루엘린 스마이스 부인이 세상을 떠난 지가…… 2년이 다 되어 가네요."

"그리고 그 일로 걱정하지도 않았고요?"

"네, 걱정하지 않았어요. 그때는 그랬어요. 아시겠지만 그때는 그게 중요한 일인지 몰랐거든요. 아무 문제 없었고, 그 올가 양이 돈을 갖고 도망갈 가능성도 없었으니까요. 그때는 아무런……."

"하지만 지금은 아닌가요?"

"그 끔찍한 죽음 때문이지요. 사과가 든 양동이에 머리를 처박고 죽은 아이 말이에요. 그 아이가 살인 사건에 대해 무언가를 보았거나 알고 있을지도 모른다는 말이 있더라고요. 그 얘기를 듣고 나니까 자기가 재산을 독차지할 줄 알았던 올가 양이 부인을 살해한 뒤 변호사며 경찰들이 들이닥쳐 소란을 피우자 놀라 도망가 버린 게 아닐까 하는 생각이 들더라고요. 누군가에게 말해야 할 것 같은데, 부인이라면 법조계에 친구들이 많을 거라는 생각이 들었어요. 경찰에도 아는 사람이 있을 테니 말이에요. 저는 그저 책장에 있는 먼지를 털었고, 그 서류가 그냥 어떤 책 속에 들어 있었고, 원래 있던 자리에 도로 갖다 놓았다는 것을 그 사람들에게 설명해 주실 수 있을 거라고요. 저는 정말 아무것도 가져가지 않았답니다."

"하지만 그때의 정황은 그랬다는 거죠? 부인은 루엘린 스마이스 부인이 유언 보충서를 쓰는 걸 봤고, 직접 서명하는 것도 봤으며, 부인과 제임스라는 사람 둘 다 각자 거기에 서명했다는 거죠?"

"맞아요."

"루엘린 스마이스 부인이 서명하는 걸 부인이 직접 봤다면 그건 위조한 게 아니잖아요? 루엘린 스마이스 부인이 직접 쓰는 걸 부인이 봤다면 말이에요."

"부인이 직접 쓰는 걸 제 눈으로 똑똑히 봤고 그건 틀림없는 사실이에요. 제임스도 같은 말을 할 텐데 공교롭게도 호주에 가고 여기 없네요. 떠난 지 1년이 넘었고 그가 사는 곳 주소도 몰라요. 어쨌든 그 사람도 이곳 출신은 아니니까요."

"그래서 부인은 제가 어떻게 하기를 바라는 건가요?"

"그러니까 지금 제가 어떤 말이나 행동을 해야 할지 말해 주세요. 아무도 저한테 물어보지 않았어요. 유언장에 대해 아는 게 있느냐고 물어본 사람이 없었다고요."

"리먼 부인이라고 했죠? 세례명은 뭔가요?"

"해리엇이에요."

"해리엇 리먼. 그리고 제임스라는 사람은 성이 뭐죠?"

"글쎄요, 뭐더라? 젠킨스. 맞아요, 제임스 젠킨스였어요. 가슴이 조마조마해서 견딜 수가 없어요. 저를 좀 도와주시면 정말 고맙겠어요. 아시겠지만 정말 걱정이 되거든요. 지금도 골치가 아픈데, 만약 올가 양이 그랬다면, 그러니까 루엘린 스마이스 부인을 죽였다면, 그리고 그 광경을 어린 조이스가 봤다면……. 올가 양은 이만저만 의기양양한 게 아니었어요. 어마어마하게 많은 돈을 받게 될 거라는 사실을 변호사들한테 듣고 나서 말이에요. 그런데 경찰이 찾아와 이것저것 조사하면서 상황이 달라졌고 올가 양이 갑자기 사라져 버렸어요. 어느 누구도 저한테 물어보지 않았어요. 하지만 지금 돌아보니 그때 제가 무슨 말을 했어야 했다는 생각이 드는 건 어쩔 수 없네요."

"내 생각에는 루엘린 스마이스 부인의 대리 변호사에게 이 모든 사실을 알려야 할 것 같네요. 훌륭한 변호사라면 부인의 감정과 진의를 제대로 이해해 줄 거예요."

"저, 세상 물정에 밝으신 부인이 저 대신 그 일이 어떻게 해서 생겼고, 제가 절대 뭔가 부정한 짓을 저지르려고 한 게 아니었다는 걸 좀 말해 주시면 좋겠어요. 그러니까 제가 한 일은…….."

"부인은 아무 말도 하지 않은 것뿐이에요. 게다가 충분히 그럴 만하고요."

"그렇다면 부인이 저를 위해 먼저 한마디 해 주신다면 정말 고맙겠어요."

"내가 할 수 있는 일이라면 하죠."

올리버 부인은 마침 말쑥한 차림으로 정원을 걸어오는 사람을 발견하고 얼른 자리를 마무리하기로 했다.

"정말 고맙습니다. 사람들이 부인은 정말 좋은 분이라고 하더라고요. 정말 고맙습니다."

리먼 부인은 일어서더니, 그동안 속이 탄 나머지 배배 비틀어 꼬던 면장갑을 바로 꼈다. 그러고는 고개를 끄덕하는 둥 마는 둥 하고 급히 나가 버렸다. 올리버 부인은 푸아로가 오기를 기다렸다가 말했다.

"이리 오세요. 무슨 일 있었어요? 안색이 안 좋아 보여요."

"발이 너무 아파서요."

"그런 형편없는 에나멜가죽 구두를 신고 다니니까 그렇죠. 앉아요. 여기 온 이유를 먼저 말해 주면, 나도 깜짝 놀랄 만한 얘기를 들려줄게요."

18장

푸아로는 앉아서 다리를 쭉 뻗으며 말했다.
"아! 훨씬 낫군요."
"신발을 벗어요. 발을 좀 쉬게 하라고요."
"아니, 아니요. 그럴 수 없어요."
푸아로는 당황한 듯했다.
"오랜 친구 사이에 어때요. 그리고 주디스는 신경도 안 쓸 거예요. 이런 말 해도 괜찮다면, 영국에서는 제발 그 에나멜가죽 구두 좀 신지 말아요. 괜찮은 스웨이드 신발을 신는 건 어때요? 아니면 요즘 모든 젊은 남자들이 신는 신발은요? 신고 벗기도 편하고 무슨 특별한 공정으로 처리해서 닦을 필요도 없이 저절로 깨끗해진다는군요. 번거로움을 덜어 주려고 새로 고안된 제품이죠."
"그런 건 관심 없습니다. 조금도요."

푸아로가 딱 잘라 말했다.

"문제는 당신이 너무 깔끔한 것만 고집한다는 거예요. 얼마나 편안하냐보다 옷과 수염과 어떻게 보이고 무엇을 입느냐만 신경 쓰죠. 편안한 게 얼마나 좋은데요. 쉰 살만 넘으면 편한 것 말고는 달리 중요한 게 없답니다."

탁자에 얼마 전에 산 것이 분명한 꾸러미 하나를 올려놓고 풀면서 올리버 부인이 말했다.

"셰르 마담(친애하는 부인), 저는 그렇게 생각하지 않습니다."

"저런, 그러는 편이 좋을 텐데. 그러지 않으면 엄청 고생할 텐데. 세월이 흐를수록 더 힘들어질 거예요."

올리버 부인은 종이 가방에서 뚜껑이 화려한 상자를 꺼내더니 안에 든 것을 조금 덜어 입 속에 넣었다. 그리고는 손가락을 핥은 뒤 손수건으로 손가락을 닦으면서 들릴 듯 말 듯 중얼거렸다.

"끈적끈적하네."

"이제 사과는 안 먹나요? 항상 사과 봉지를 들고 계시거나 사과를 먹고 계시거나, 아니면 봉지가 찢어져 사과가 길바닥에 뒹구는 모습만 봤는데."

"말했잖아요. 사과는 두 번 다시 쳐다보기도 싫다고요. 싫어요. 정말 싫다고요. 언젠가는 이것을 극복하고 다시 먹게 될지도 모르죠. 하지만…… 어쨌든 지금은 사과를 떠올리고 싶지도 않아요."

"그래서 지금 먹고 있는 게 뭡니까?"

푸아로는 종려나무 그림이 그려진 화려한 뚜껑을 집어 들고 소리 내어 읽었다.

"튀니지산 대추야자. 아, 이제는 대추야자로군요."

"그래요, 대추야자예요."

올리버 부인은 대추야자를 하나 더 입에 넣고 씨를 발라내 덤불에 던져 버리고는 우적우적 씹어 먹었다.

"대추야자라, 대단하군요."

"대추야자 먹는 게 뭐가 대단하다는 거죠? 대추야자는 흔히 먹는 거잖아요."

"아니, 그게 아닙니다. 제 말은 그게 아닙니다. 대추야자를 드시는 게 대단하다는 게 아니라 부인이 대추야자라는 말을 하신 게 대단하다는 겁니다."

"왜죠?"

"왜냐하면 부인은 제가 가야 할 슈망(길)이나, 이미 갔어야 할 슈망을 알려 주시니까요. 내가 가야 할 길을 보여 주는 분이지요. 대추야자라. 지금까지 저는 날짜(영어로 대추야자와 날짜는 'date'로 철자가 같다—옮긴이)가 그렇게 중요한 줄 미처 몰랐습니다."

"이곳에서 일어난 일하고 날짜가 도대체 무슨 상관인지 모르겠군요. 이렇다 할 만한 시간이 흐른 것도 아닌데요. 그 모든 일이 일어난 지 겨우 닷새밖에 안 됐다고요."

"그 사건은 나흘 전에 일어났어요. 그래요, 그건 엄연한 사실이에요. 하지만 모든 일에는 과거가 있게 마련이에요. 지금 이 순간에는 오늘과 통합되지만 어제나 지난달이나 작년에 존재했던 과거 말입니다. 현재는 거의 언제나 과거에 뿌리를 두고 있어요. 1년, 2년, 아마 3년 전에도 살인 사건이 일어났지요. 한 아이가 그걸 목격했고요. 그 아이가 나흘 전 죽은 건 지금은 오래된 과거에 묻힌 어느 특정한 날짜에 살인을 목격했기 때문이고요. 그렇지 않습니까?"

"네, 그래요. 적어도 내가 보기엔 그런 것 같아요. 전혀 아닐지도 모르지만요. 사람 죽이는 걸 즐기는 정신 이상자가 물장난을 한답시고 사람 머리를 물속에 처박고 그대로 눌러 버렸는지도 모르고요. 정신병을 앓고 있는 범죄자가 파티 때 놀이를 즐긴 거라고 할 수도 있지요."

"부인이 그런 믿음 때문에 나를 찾아온 건 아닐 텐데요."

"그래요, 아니죠. 나는 직감을 좋아하지 않았어요. 지금도 직감을 싫어하고요."

"저 역시 그렇습니다. 부인이 옳은 겁니다. 직감을 좋아하지 않는 사람은 원인을 알아야 합니다. 부인은 그렇게 생각하지 않을지 몰라도 저는 원인을 알기 위해 무던히 노력하고 있답니다."

"여기저기 돌아다니며 사람들과 이야기해 봐서 좋은 사람인지 아닌지 알아낸 다음 이것저것 물어보는 거요?"

"바로 그겁니다."

"그래서 뭘 알아냈나요?"

"사실을 알아냈지요. 머지않아 날짜별로 각각의 장소에 닻을 내리게 될 사실들을 알아냈답니다."

"그게 다예요? 다른 건 없나요?"

"조이스 레이놀즈의 말을 믿는 사람이 아무도 없다는 사실도 알아냈지요."

"살인을 목격했다는 말 말이죠? 그 애가 그 말을 할 때 나도 그 자리에 있었어요."

"네, 조이스는 그 말을 했지요. 하지만 그 말을 믿는 사람이 단 한 명도 없었습니다. 따라서 한 가지 가능성은 그 말이 사실이 아닐 수 있다는 겁니다. 조이스는 그런 걸 본 적이 없는 겁니다."

"그 말은 마치 수집한 사실들을 따라 현재에 머물거나 앞으로 나가는 대신 과거를 추적하기로 한 것처럼 들리는군요."

"일에는 맥락이란 게 있기 마련입니다. 위조를 예로 들어 보죠. 위조 사건이 있습니다. 모든 사람들은 외국인인 오페어 걸이 과부에 백만장자인 노부인을 지극하게 보살펴서 그녀로부터 전 재산을 물려주겠다는 유서를 받았다고 말합니다. 그렇다면 그걸 위조한 건 오페어 걸입니까, 아니면 다른 사람입니까?"

"달리 누가 그런 짓을 했겠어요?"

"이 마을에는 위조 전과가 있는 사람이 한 명 있었습니다. 위조죄로 기소되었지만 초범이라 정상 참작을 받아 쉽게 풀려났죠."

"새로운 인물인가요? 내가 아는 사람인가요?"

"부인은 모르는 사람입니다. 죽었거든요."

"그래요? 언제 죽었죠?"

"2년 전쯤입니다. 정확한 날짜는 아직 모릅니다. 하지만 알아내야 합니다. 뭔가를 위조해 본 적이 있고, 이 마을에 살았던 사람이니까요. 어느 날 그는 사소한 여자 문제로 질투와 여러 가지 감정이 얽힌 끝에 칼에 찔려 죽었습니다. 내가 보기에 각각의 사건들이 생각보다 매우 긴밀하게 연결되어 있는 것 같습니다. 전부는 아니지만 일부는 그런 것 같아요."

"흥미롭군요. 하지만 난 도무지……."

"저도 아직 정확한 건 모릅니다. 하지만 날짜가 도움이 될 것 같군요. 특정한 날짜에 일어난 사건, 사람들이 있었던 장소, 그들에게 일어난 일, 그들이 했던 일 같은 것 말입니다. 모두 그 외국인 아가씨가 유언장을 위조했다고 생각하고 있어요. 아마 사람들 생각이 맞을 겁니다. 그걸로 득을 볼 사람은 그 아가씨였으니까요. 잠깐, 잠깐 기다려요……."

"뭘 기다려요?"

"한 가지 생각이 떠올라서요."

올리버 부인은 한숨을 쉬고 대추야자를 새로 하나 꺼냈다.

"마담은 런던으로 돌아가실 겁니까, 아니면 여기 계속 계실 겁니까?"

"내일모레 갈 거예요. 더 머물 수 없어요. 일이 너무 많이 밀렸거든요."

"말해 보세요. 요 근래 이사를 너무 많이 다니셔서 어딘지는 기억이 안 나지만, 부인 아파트에 손님이 묵을 만한 방이 있을까요?"

"나는 절대 그런 방이 있다고 말하고 다니지 않아요. 런던에 공짜로 재워 줄 손님용 침실이 있다고 말하고 다니는 건 고생을 자처하는 일이에요. 친구는 물론이고 아는 사람이나 사돈의 팔촌까지 편지를 보내 하룻밤 재워만 달라고 하거든요. 휴, 난 싫어요. 그 많은 이불이며, 빨래며, 베갯잇은 어떡하고, 또 아침 일찍 차를 타 주고 식사까지 마련해 줘야 하는 경우가 부지기수죠. 그래서 나는 남는 방이 있다는 말을 절대 하지 않아요. 친구들은 와서 자고 갈 수 있어요. 내가 정말 보고 싶은 사람들 말이에요. 하지만 다른 사람들은 싫어요. 안 되겠어요. 숙박업소 사장 노릇은 하기 싫다고요."

"그런 일을 좋아하는 사람은 없죠. 정말 현명하신 겁니다."

"그나저나 그건 왜 묻는 거죠?"

"그래도 필요하면 한두 명쯤은 재워 줄 수 있으시죠?"

"그럴 수는 있어요. 누굴 재워 달라고 하시게요? 푸아로 씨 당신은 아닐 거고. 멋진 아파트가 있잖아요. 초현대식에 매우 추상적으로 설계된, 모든 게 네모반듯한 집 말이에요."

"신중하게 대비책을 마련해야 할 것 같아서요."

"누구를 위해서요? 누가 또 죽을 수도 있나요?"

"그런 일이 일어나지 않기를 바라지만 그럴 수도 있습니다."

"하지만 누가요? 이해할 수가 없군요."

"친구분에 대해 얼마나 잘 알고 계십니까?"

"얼마나 잘 아느냐고요? 잘 알지는 못해요. 여행하면서 서로 좋아하게 됐고 습관처럼 같이 붙어 다니게 됐죠. 그녀에게는 흥미를 끄는 뭔가가 있어요. 뭐라고 해야 하나? 뭔가 다른 점이 있어요."

"언젠가는 책에 친구분 이야기를 넣어야겠다고 생각해 본 적이 있나요?"

"난 그런 말 딱 질색이에요. 사람들은 항상 나한테 그런 질문을 하지만 그렇지 않아요. 정말이에요. 나는 내가 만나는 사람이나 내가 아는 사람 이야기를 책에 쓰지 않는다고요."

"아주 없는 일이라고는 말 못 하시겠죠, 마담. 가끔 쓰실 때도 있지 않습니까? 아는 사람은 아니라도 우연히 만난 사람은 그럴 수 있죠. 아는 사람 이야기를 쓰면 재미가 없을 테니까요."

"그건 맞아요. 푸아로 씬 가끔씩 정말 귀신같다니까. 그러니까 이런 식이죠. 버스를 타고 가다가 어떤 뚱뚱한 여자가 건포도 빵을 먹으며 앉아 있는 걸 봤다고 하죠. 빵을 먹는 그 여자의 입술이 움직이는데, 누군가에게 말을 하고 있거나 앞으로 걸 전화 내용을 생각하고 있거나 편지를 쓰려고 한다는 걸 알 수 있죠. 그 여자를 쳐다보면서 구두와 치마와 모자를 관찰하고 나이도 짐작해 보고 결혼반지를 꼈는지 같은 걸 살펴보지요. 그러고 나서 버스에서 내려요. 그 여자를 다시 만나고 싶은 건 아니지만 머릿속에서는 버스를 타고 집으로 가고 있는 카나비 부인 이야기를 쓰고 있지요. 카나비 부인은 정말 이상한 면접을 마치고 돌아가는 길이에요. 페이스트리 주방에서 어떤 사람을 보고 딱 한 번 만난 적이 있다는 걸 떠올려요. 들리는 말로는 죽었다고 했는데 멀쩡히 살아 있는 거죠. 이런!"

올리버 부인이 말을 멈추고 숨을 돌렸다.

"푸아로 씨가 제대로 봤어요. 런던을 떠나기 직전 버스에서 건너편에 앉아 있는 사람을 보고 있자니 머릿속에서 이 이야기가 기가 막히게 풀리더라고요. 곧 줄거리 전체가 나올 거예요. 전체적인 사건의 순서, 회상 장면, 그로 인해 그녀가 위험에 빠지게 될지 아니면 다른 사람이 위험에 빠지게 될지 같은 거요. 이름도 지어 놨어요. 콘스탄스예요. 콘스탄스 카나비. 이야기를 망치는 게 딱 한 가지 있어요."

"그게 뭡니까?"

"음, 그러니까 내가 그 여자를 다른 버스에서 또 만나거나 그 여자에게 말을 걸거나 그 여자가 내게 말을 걸거나 하면 안 돼요. 그 여자에 대해 내가 뭔가 다른 점을 알게 되어도 안 되고요. 당연하잖아요, 그렇게 되면 모든 게 틀어지거든요."

"그건 그렇지요. 이야기는 부인이 만드는 거고, 인물도 부인이 만드는 거니까요. 그 여자는 부인의 자식이지요. 부인이 그 여자를 만들었고, 알기 시작했고, 그녀의 감정이 어떤지, 사는 곳은 어디고 하는 일은 무엇인지 아니까요. 그 모든 이야기가 실제로 살아 있는 한 사람으로부터 시작되기는 했지만 그 사람의 실상을 알고 나면 그다음부터는 이야기가 만들어지지 않는 거죠. 그렇지 않나요?"

"그것도 맞아요. 당신이 주디스에 대해 말한 건 사실이에요. 우리는 여행하는 동안 많이 어울렸고 여기저기 함께 다녔지만 주디스에 대해 특별히 많은 걸 알고 있다고는 할 수 없어요. 주디스는 과부이고, 당신도 만난 적 있는 미란다 하나만 남기고 남편이 죽은 뒤 힘들게 살고 있지요. 그리고 주디스와 미란다에 대한 내 감정이 우스운 것도 사실이에요. 그들이 중요한 존재이기라도 한 것 같은, 어떤 재미있는 드라마의 등장인물이기라도 한 듯한 감정이에요. 그게 어떤 드라마인지는 알고 싶지 않아요. 그들이 내게 말해 주는 걸 원치 않아요. 나는 그들을 등장시키고 싶은 드라마만 생각할 거예요."

"그래요, 알겠어요. 그들은 아리아드네 올리버의 또 다른 베스트셀러 후보작의 주인공으로 낙점되겠군요."

"어떨 때 당신은 꼭 짐승 같아요. 말을 너무 막 한다니까요. 그런 것 같다고요."

올리버 부인은 말을 멈추고 생각에 잠겼다.

"그건 아니에요. 막 하는 게 아니라 인간적인 것뿐입니다."

"그래서 나더러 주디스와 미란다를 런던의 우리 집으로 초대하란 말인가요?"

"아직은 아닙니다. 제 작은 생각들 중 하나가 옳다는 확신이 들기 전까지는."

"당신과 당신의 하찮은 생각들이라! 전해 줄 소식이 있어요."

"마담, 저를 기쁘게 해 주시는군요."

"너무 확신하지는 말아요. 당신 생각을 뒤집을지도 모르는 소식이니까. 당신이 그토록 입이 닳도록 말하고 다녔던 위조가 사실은 위조가 아니었어요."

"무슨 말입니까?"

"앱 존스 스마이스인지 뭔지 하는 그 노부인은 자신의 유언장에 대한 보충서를 만들어 전 재산을 그 오페어 걸에게 남겼는데 증인 두 명이 부인이 직접 서명하는 것을 보았고, 서로 보는 앞에서 자신들도 서명했다더군요. 그러니 위조니 뭐니 하는 이야기는 이제 집어치워요."

19장

"리먼 부인이라······."

이름을 받아 적으며 푸아로가 중얼거렸다.

"맞아요, 해리엇 리먼. 그리고 또 다른 증인의 이름은 제임스 젠킨스였던 것 같아요. 그 사람에 대해서는 호주로 가 버린 것밖에 모른대요. 그리고 올가 세미노프 양은 체코슬로바키아인지 어딘지 하여튼 자기네 나라로 돌아갔고요. 그러고 보니 모두 어딘가로 가 버렸네요."

"그 리먼 부인은 믿을 만한 사람인가요?"

"모조리 꾸며 낸 이야기라는 생각은 들지 않았어요. 무언가에 서명을 했고 그 뒤 그게 무언지 궁금했고, 그래서 자신이 서명한 것이 무엇인지 알아낼 기회가 생기자 유언장 봉투를 열어 본 거죠."

"읽고 쓸 줄 아는 사람인가요?"

"그런 것 같아요. 하지만 노부인들의 삐뚤빼뚤한 필체는 읽기 힘들 때가 많잖아요. 유언장이나 유언 보충서와 관련해서 떠도는 소문을 듣고, 자신이 읽었던 알아보기 힘든 글이 바로 그거였다고 생각했을 수도 있지요."

"진본이라, 하지만 위조된 유언 보충서도 있었지요."

"누가 그러던가요?"

"변호사들이요."

"아마 위조된 게 아니었을 거예요."

"변호사들은 그런 일에 이력이 난 사람들이에요. 필적 감정 전문가한테 의뢰해서 재판까지 준비한 상태였습니다."

"아, 그렇다면 무슨 일이 일어났는지 쉽게 짐작이 가네요, 그렇죠?"

"뭐가 쉽다는 거죠? 무슨 일이 있었다고 짐작한다는 겁니까?"

"그야 물론 다음 날이나 며칠 뒤, 그것도 아니면 일주일쯤 지난 뒤에 루엘린 스마이스 부인이 헌신적인 오페어 걸과 다퉜거나, 아니면 조카인 휴고나 그 아내인 로위나와 감동적으로 화해하게 되어서 유언장을 찢어 버렸거나, 유언 보충서 내용을 지워 버렸거나 아니면 아예 모조리 태워 버렸을 거라는 얘기죠."

"그리고 그다음에는요?"

"그리고 나서 루엘린 스마이스 부인이 죽은 뒤, 그 오페어 걸은 부인과 증인 두 명의 필체를 가능한 한 비슷하게 흉내 내 대략 비슷한 용어를 동원해 유언 보충서를 새로 쓰고 서명했겠죠. 오페어 걸은 리먼 부인의 필체를 잘 알고 있었겠지요. 유언장의 증인을 섰던 사람이 증언을 해 줄 테니 모든 게 잘될 거라고 생각하고 의료 카드나 그 비슷한 데 나와 있는 대로 베꼈을 거예요. 하지만 제대로 위조하지 못했고 그래서 문제가 된 거죠."

"전화 좀 써도 될까요, 셰르 마담(친애하는 부인)?"

"주디스 버틀러의 전화지만 쓰세요."

"친구분은 어디 갔습니까?"

"아, 머리하러 갔어요. 미란다는 산책 나갔고요. 그냥 쓰세요. 거기 창문 너머 방에 있어요."

푸아로는 방에 들어갔다가 10분쯤 지나서 돌아왔다.

"그래, 뭘 하셨나요?"

"풀러턴 변호사에게 전화를 걸었어요. 알려 드릴 게 있습니다. 검인을 위해 작성된 그 위조 보충서의 증인은 해리엇 리먼이 아니에요. 루엘린 스마이스 부인 밑에서 일했고 얼마 전에 죽은 메리 도허티지요. 또 다른 증인은 리먼 부인이 말한, 호주로 떠난 제임스 젠킨스였고요."

"따라서 위조된 보충서가 있었다는 이야기네요. 그리고 진짜 보충서도 있었던 것 같고요. 이봐요, 푸아로 씨, 일이 너무 복잡해지는 거 아닌가요?"

"믿을 수 없을 정도로 복잡해지고 있어요. 이런 말 해도 될지 모르겠지만, 위조가 너무 많아요."

"아마 원본은 아직도 쿼리 하우스 서재의 『무엇이든 찾아 보세요』라는 책 속에 있을 것 같은데요."

"루엘린 스마이스 부인이 죽은 뒤 대대로 내려오는 가구나 그림 몇 점을 제외하고는 그 집에 있던 가재도구를 전부 팔아 치운 것으로 알고 있습니다."

"지금 우리에게 필요한 건 『무엇이든 찾아보세요』 같은 거예요. 정말 기가 막힌 제목이죠? 우리 할머니도 한 권 갖고 있었던 것 같아요. 정말 모든 게 다 들어 있어요. 법률 정보에서부터 조리법, 리넨에 묻은 얼룩 빼는 법, 피부가 상하지 않는 분 만드는 법 등 별의별 게 다 들어 있답니다. 그래요, 그런 책이 있으면 정말 좋을 것 같지 않아요?"

"물론이지요. 피곤한 발을 회복하는 법도 알 수 있을 테니까요."

"그런 정보도 많을 거예요. 하지만 그보다 편하게 막 신는 신발을 사는 게 어때요?"

"마담, 전 깔끔해 보이는 게 좋단 말입니다."

"뭐, 그렇다면 계속해서 그렇게 고통스러운 신발이나 신고 다니면서 이를 악물고 참을 수밖에요. 아무튼 난 지금 아무것도 이해할 수 없어요. 그렇다면 방금 리먼이라는 여자가 나한테 거짓말을 하고 갔다는 건가요?"

"항상 있는 일입니다."

"누군가 그녀에게 거짓말을 하라고 시켰을까요?"

"그럴 수도 있지요."

"누군가 그녀에게 나한테 거짓말을 하는 대가로 돈을 주겠다고 했을까요?"

"계속해요. 계속해 보세요. 정말 훌륭한 가설들이군요."

올리버 부인이 생각에 잠긴 채 추론을 이어 갔다.

"내 생각에는 여느 부유한 여자들처럼 루엘린 스마이스 부인도 유언장을 즐겨 쓴 것 같아요. 사는 동안 유언장을 어마어마하게 많이 썼을 거예요. 이번에는 이 사람한테 주었다가 다음에는 저 사람한테 주는 식으로요. 이리저리 바꾸는 거죠. 드레이크 씨 부부도 어쨌든 부자니까요. 루엘린 스마이스 부인이 그들에게 늘 꽤 많은 유산을 남긴 건 그러려니 하게 돼요. 하지만 리먼 부인이 증언하는 위조 보충서에 쓰인 대로 그렇게 많은 돈을 과연 올가라는 아가씨에게 물려줬을지는 의문이에요. 그 아가씨에 대해 좀 더 많은 걸 알고 싶군요. 매우 성공적으로 종적을 감춘 건 분명해요."

"빠른 시일 내로 그 아가씨에 대해 좀 더 알아봐야겠습니다."

"어떻게요?"

"빠른 시일 내로 정보를 얻을 수 있을 겁니다."

"여기서 계속 정보를 캐러 다녔잖아요."

"이곳만이 아닙니다. 저를 위해 영국은 물론 해외에서도 정보를 구해 주는 요원이 런던에 있어요. 헤르체고비나에서 곧 소식이 날아올 거예요."

"그 아가씨가 그곳으로 돌아갔는지 확인해 보는 건가요?"

"그것도 알게 되겠지만 다른 정보를 찾고 있습니다. 영국에 머무는 동안 이곳에서 친하게 지낸 친구에 대해 언급한 편지들 말입니다."

"그 학교 교사는 어때요?"

"어떤 교사 말입니까?"

"목이 졸려 죽은 사람 말이에요. 엘리자베스 휘태커가 말해 줬다면서요? 난 엘리자베스 휘태커 양을 그다지 좋아하지는 않아요. 피곤한 성격이죠. 하지만 똑똑한 건 분명해요."

올리버 부인이 어렴풋이 덧붙였다.

"휘태커 양이라면 살인을 생각하고도 남을 사람이에요."

"다른 교사를 목 졸라 죽였을까요?"

"모든 가능성을 철저히 파헤쳐 봐야죠."

"늘 그랬듯이 마담의 직관을 믿겠습니다."

올리버 부인은 생각에 잠겨 대추야자 하나를 입에 넣었다.

20장

　버틀러 부인의 집을 나서면서 푸아로는 예전에 미란다가 보여 준 그 길로 가 보았다. 산울타리의 좁은 통로는 지난번보다 조금 더 넓게 느껴졌다. 아마 미란다보다 몸집이 조금 더 큰 누군가가 이 길로 온 것 같았다. 푸아로는 쿼리 가든의 산책로를 올라가면서 아름다운 경치를 다시 한 번 주의 깊게 살펴보았다. 지난번에 보았을 때와 다름없이 아름답지만 여전히 섬뜩한 기분이 느껴지는 곳이었다. 거기에는 이교도 왕의 무자비함이 배어 있었다. 요정들이 그들의 희생자들을 뒤쫓거나 냉정한 여신이 자신에게 제물을 바치라고 호령한 곳도 이 구불구불한 길이었을 것이다.
　푸아로는 이곳이 왜 소풍을 즐길 만한 곳이 못 되는지 알 수 있었다. 삶은 달걀과 상추와 오렌지를 마련해 와서 이곳에 자리를 잡고 앉아 농담을 해 대며 흥청망청 놀고 싶은 사람은 없을 것이다. 분위기가 달라도 너무 달랐다. 루엘린 스마이스 부인이 이곳을 이렇게 동화처럼 바꾸지 않았다면 좋았을 거라는 생각이 문득 들었다. 채석장을 이런 분위기 말고 꽤 수수한 분지 정원으로 만들 수 있었을 텐데 그녀는 야심이 큰 여자였다. 야심이 큰 데다 큰 부자였다. 푸아로는 잠시 유언장에 대해 생각해 보았다. 부유한 여성이 만든 유언장, 부유한 여성이 만든 유언장을 둘러싼 거짓말, 부유한 과부들이 유언장을 감춰 두는 곳. 그리고 다시 위조범의 입장에서 생각해 보려고 애썼다. 검인을 받기 위해 제출된 유언장은 의심할 여지 없이 위조된 것이었다. 신중하고 유능한 변호사인 풀러턴 씨도 그렇게 확신했다. 그는 확실한 증거나 정당한 이유가 없으면 고객에게 법정 소송을 권하지 않는 변호사였다.

푸아로는 추측하기보다 직접 발로 뛰는 게 훨씬 낫다는 생각을 하면서 산책로 모퉁이를 돌았다. 지금 가는 길이 스펜스 총경의 집으로 가는 지름길일까? 까마귀가 날아다니기는 하겠지만 주도로라면 걷기가 훨씬 편했을 것이다. 풀이나 이끼가 없는 이 길은 채석장에서 나온 단단한 돌로 다져져 있었다. 그때 푸아로는 걸음을 멈췄다.

그 앞에 두 사람이 있었다. 툭 튀어나온 바위에 앉아 있는 사람은 마이클 가필드였다. 그는 스케치북을 무릎에 놓고 그림을 그리고 있었는데 그 일에 온 정신이 팔려 있었다. 거기서 조금 떨어진 곳, 가는 물줄기가 졸졸거리며 흘러 내려오는 시냇가에 미란다 버틀러가 서 있었다. 에르퀼 푸아로는 자신의 발은 물론 인간사의 고통과 병폐 따위는 잊은 채 인간이 빚어낼 수 있는 아름다운 광경에 마음을 빼앗겼다.

마이클 가필드는 정말 아름다운 청년이었다. 푸아로는 자신이 마이클 가필드를 좋아하는지 어쩐지 알 수 없었다. 아름다운 누군가를 자신이 좋아하는지를 알기는 언제나 힘든 법이다. 아름다운 것을 보는 것은 좋아하지만 그와 동시에 거의 신념에 가까울 정도로 아름다운 것을 싫어할 수도 있다. 여자들은 아름다울 수 있지만 에르퀼 푸아로는 결코 아름다운 남자를 좋아하지 않는다. 그럴 가능성은 조금도 없지만 푸아로 자신이 아름다운 젊은이가 되고 싶어 하지도 않는다. 에르퀼 푸아로가 자신의 겉모습 중에 진정으로 마음에 들어하는 한 가지가 있는데, 그것은 바로 탐스럽고, 손질하거나 다듬기 쉬운 콧수염이었다. 정말 멋진 콧수염이었다. 푸아로는 그 절반만이라도 따라올 만한 콧수염을 일찍이 보지 못했다. 푸아로는 결코 잘생긴 얼굴이 아니었다. 아름다움과는 확실히 거리가 멀었다.

미란다는 어떤가? 전에도 생각한 것이지만 미란다가 그토록 매력적인 것은 바로 진지한 분위기 때문이라는 생각이 다시 한 번 스쳤다. 푸아로는 미란다가 무슨 생각을 하고 있는지 궁금했다. 아무도 알지 못할 그런 생각을 하고 있을 것이다. 미란다는 자신의 생각을 쉽게 말하지 않을 것이다. 푸아로가 물어본다 해도 미란다는 자기 생각을 말하지 않을 것이다. 미란다는 자기만의 독특한 정신세계를 가졌고 사려 깊은 아이였다. 한편으로는 연약하다는 생각도 들었다. 매우 연약할 것이다. 푸아로는 그녀에 대해 다른 것도 알고 있었다.

아직까지는 그저 생각일 뿐이지만 푸아로는 거의 확신하고 있었다.

마이클 가필드가 고개를 들고 말했다.

"하! 콧수염 선생님 아니십니까. 정말 좋은 오후입니다, 푸아로 씨."

"폐가 안 된다면 지금 그리고 있는 그림을 좀 봐도 되겠습니까? 참견하고 싶지는 않습니다만."

마이클 가필드가 상냥하게 말했다.

"물론입니다. 저는 괜찮습니다. 저는 지금 무척 즐겁답니다."

푸아로는 그의 어깨 뒤로 가서 고개를 끄덕였다. 선이 거의 눈에 띄지 않을 정도로 매우 섬세한 펜화였다. 이 남자는 그림도 그릴 줄 안다고 푸아로는 생각했다. 정원 설계만 할 줄 아는 게 아니었다.

"정말 훌륭하군요."

푸아로가 속삭이듯 말했다.

"저도 그렇게 생각합니다."

푸아로는 마이클이 그림을 두고 하는 말인지 모델을 두고 하는 말인지 궁금했지만 그냥 넘어가기로 했다.

"어째서입니까?"

"왜 이걸 그리고 있느냐고요? 무슨 이유라도 있다고 생각하십니까?"

"그럴지도 모르지요."

"정말 잘 맞히시는군요. 제가 이곳을 떠난다면 한두 가지 기억하고 싶은 게 있습니다. 그중 하나가 바로 미란다지요."

"그녀를 쉽게 잊을 수 없을 것 같습니까?"

"정말 쉽지 않을 것 같습니다. 하지만 무엇이든 어떤 사람이든 뭔가를 잊어버렸다는 건, 얼굴을, 둥근 어깨를, 몸짓을, 나무를, 꽃을, 대략적인 모습의 풍광을 가져갈 수 없다는 건, 눈으로 볼 수는 있지만 눈앞에 펼쳐진 형상을 가져갈 수 없다는 건, 뭐랄까 때로는 번민을 불러일으키지요. 아시겠지만, 기록을 해 놔도 모든 건 사라져 버리니까요."

"쿼리 가든은 달라요. 사라지지 않았으니까요."

"그럴 것 같지 않다고요? 곧 그렇게 될 겁니다. 이곳에 아무도 없다면요. 자연의 섭리는 어쩔 수 없으니까요. 쿼리 가든은 애정과 관심과 보살핌과 기술을 가지고 보존해야 하는 곳입니다. 요즘 종종 그런 일이 일어나는데, 지방 의회에서 이곳을 인수한다면 이곳은 소위 말하는 '유지 관리'하는 곳이 되어 버릴 겁니다. 최신 품종의 관목을 심고, 별도의 산책로를 따로 만들고, 일정한 간격을 두고 의자를 설치하겠죠. 쓰레기통도 놓을 거고요. 의회는 보호라면 얼마나 꼼꼼하게 정성을 들이는지 몰라요. 하지만 이곳은 보호하는 곳이 아닙니다. 길들여지지 않은 야생이라고요. 야생 상태를 유지하는 일은 그것을 보호하는 것보다 훨씬 더 힘든 일입니다."

"무슈 푸아로."

시내 건너편에서 미란다의 목소리가 들려왔다.

푸아로는 미란다와 이야기하려고 다가갔다.

"여기 있었구나. 그래 초상화 모델이 되려고 온 거니?"

미란다가 고개를 저었다.

"그건 아니에요. 어쩌다 보니 그렇게 된 거지요."

"맞아요, 그냥 그렇게 됐어요. 가끔은 행운이 갑자기 찾아드는 법이지요."

마이클 가필드가 맞장구쳤다.

"좋아하는 정원을 그냥 산책하고 있었던 거니?"

"사실은 우물을 찾고 있었어요."

미란다가 대답했다.

"우물이라고?"

"예전에 이 숲에 소원 비는 우물이 있었어요."

"옛날 채석장이었을 때 말이니? 아직까지 그대로 있을지 모르겠구나."

"채석장 근처에 숲이 있었어요. 그래요, 여기에는 늘 나무가 있었죠. 마이클 아저씨는 그 우물이 있는 곳을 알면서도 안 가르쳐 줘요."

"너한테는 그게 훨씬 더 재미있을 거다. 계속 우물을 찾는 일 말이다. 특히 그게 실제로 있었는지 확실하게 모를 때는 더욱 그렇지."

마이클 가필드가 말했다.

"굿바디 아줌마는 알고 있어요. 그 아줌마는 마녀예요."

"그래요. 굿바디 부인은 이 마을 마녀랍니다, 무슈 푸아로. 어느 마을이나 점치는 마녀가 있게 마련이지요. 그런 사람들은 자기 입으로 마녀라고 하지는 않지만 사람들은 모두 그렇게 알고 있어요. 점을 치거나 베고니아에 주문을 걸거나 작약을 말라 죽게 하거나 농부의 젖소에게서 우유가 나오지 않게 하거나 사랑의 묘약을 주기도 하지요."

마이클 가필드가 푸아로에게 설명했다.

미란다는 푸아로를 지나 마이클 가필드를 보며 계속 말했다.

"그건 소원 비는 우물이었어요. 사람들은 거기 가서 소원을 빌었어요. 우물 주위를 거꾸로 세 바퀴 돌아야 했다는데 언덕 비탈에 있어서 그러기가 쉽지 않았대요. 언젠가는 찾고 말 거예요. 아저씨가 가르쳐 주지 않아도 말이에요. 여기 어딘가에 있는데 막아 놨대요. 굿바디 아줌마가 그랬어요. 아! 몇 년 됐대요. 위험한 곳이라서 그렇게 막아 놨대요. 몇 년 전에 아이 하나가 거기 빠졌대요. 키티 뭐라는 아이였는데. 다른 사람이 빠졌을지도 모르고요."

"그래, 계속 그렇게 생각하려무나. 이 마을에 떠도는 재미있는 이야기지. 하지만 리틀 벨링에 가면 실제로 소원 비는 우물이 있단다."

마이클 가필드가 말했다.

"물론 저도 그곳에 대해 알 만큼 알아요. 유명한 곳이니까요. 모든 사람들이 다 아는 곳이에요. 그리고 정말 시시한 곳이죠. 사람들이 거기에 동전을 던지는데 물이 말라서 더 이상 첨벙거리지도 않는다니까요."

미란다가 말했다.

"그거 안됐구나."

"소원 비는 우물을 찾으면 알려 드릴게요."

미란다가 말했다.

"마녀가 하는 말을 곧이곧대로 믿으면 안 돼. 그 속에 어린아이가 빠졌다는 건 믿을 수 없구나. 고양이 한 마리가 빠져 죽었겠지."

"딩동댕, 새끼 고양이가 우물에 빠졌네.'"

미란다가 중얼거리고는 일어섰다.

"가 봐야겠어요. 엄마가 찾으실 거예요."

미란다는 바위에서 조심스럽게 내려오더니 두 남자를 향해 미소 지었다. 그러고는 시내 건너편으로 나 있는 훨씬 더 험해 보이는 길로 사라졌다.

"딩동댕, 사람은 원래 믿고 싶은 걸 믿는 법이지요, 가필드 씨. 미란다 말이 사실일까요?"

푸아로가 생각에 잠겨 말했다.

마이클 가필드는 그를 쳐다보며 뭔가를 궁리를 하는 눈치더니 으 슥고 미소를 지었다.

"물론 사실이지요. 실제로 우물이 있고, 그 우물은 그 아이 말대로 막아 놨어요. 위험한 곳이었는지도 몰라요. 소원 비는 우물은 아닌 것 같습니다. 그건 굿바디 부인이 지어 낸 동화 같은 이야기겠지요. 소원 비는 나무는 있습니다. 아니, 있었다고 해야 하나. 언덕 비탈을 올라가다 보면 너도밤나무 한 그루가 있는데, 사람들이 그 주위를 거꾸로 세 바퀴 돌고 소원을 빌었던 것 같아요."

"거기에서 무슨 일이 생겼습니까? 지금은 사람들이 그 주위를 돌지 않나요?"

"그래요. 6년 전쯤 그 나무가 번개를 맞아 둘로 쪼개졌어요. 그렇게 해서 훌륭한 전설이 사라진 거죠."

"미란다에게 그 사실을 알려 주었습니까?"

"아니요. 그냥 우물을 찾게 내버려 두는 게 나을 것 같아서요. 번개 맞아 쪼개진 너도밤나무는 재미없잖아요?"

"이제 가 봐야겠습니다."

"경찰 친구한테 가는 길인가요?"

"그렇습니다."

"피곤해 보이는군요."

"사실 피곤합니다. 그것도 아주 많이."

에르퀼 푸아로는 시인했다.

"캔버스화나 샌들을 신으면 훨씬 편할 텐데요."

"아, 사 농(그건 싫습니다)."

"알겠어요. 옷차림에 신경을 많이 쓰는 분이군요. 전체적으로 아주 훌륭합니다만 특히 그중에서도, 이렇게 말해도 실례가 안 된다면, 콧수염이 참으로 끝내주는군요."

"고맙습니다. 알아봐 주시는군요."

"그 말은 사람들이 잘 알아봐 주지 않는다는 뜻인가요?"

푸아로는 머리를 한쪽으로 기울이고는 말했다.

"미란다를 기억하고 싶어서 그녀를 그렸다고 했지요? 그 말은 곧 멀리 떠난다는 뜻입니까?"

"그럴 생각입니다."

"하지만 제가 보기에 당신은 비엥 플라세 이시(여기 있는 게 좋을 텐데요)."

"물론입니다. 그렇고말고요. 작지만 제가 직접 설계한 집도 있고

일거리도 있으니까요. 하지만 예전만큼 만족스럽지 않아요. 그러다 보니 불안한 마음이 들고요."

"왜 일이 예전만큼 만족스럽지 않게 된 거요?"

"사람들이 정말 형편없는 일만 주거든요. 정원을 새로 꾸미고 싶어 하고, 땅을 사서 집을 짓고 있는데 정원을 설계해 달라고 하죠."

"드레이크 부인 집 정원을 맡고 있는 것 아닙니까?"

"부인은 그러기를 원해요. 내가 제안하는 것에 동감하는 것처럼 보입니다. 하지만 나는 드레이크 부인을 믿지 않아요."

마이클은 생각에 잠긴 얼굴로 말했다.

"당신이 하는 대로 내버려 두지는 않을 거라는 뜻입니까?"

"부인은 확실히 원하는 게 있어요. 그래서 내 생각에 솔깃하다가도 어느 날 갑자기 전혀 다른 것을 요구할 겁니다. 실용적이면서도 비싸고 눈에 띄는 걸로 말이에요. 나를 못살게 굴겠지요. 자기 생각대로 해야 한다고 고집 피울 거예요. 내가 부인의 의견을 받아들이지 않으면 우리는 싸우게 되겠죠. 그러니 싸우기 전에 내가 이곳을 떠나는 게 낫지요. 비단 드레이크 부인뿐만 아니라 다른 이웃들하고도 싸우게 될지 모릅니다. 나는 꽤 유명한 편이에요. 한곳에 머물 필요가 없어요. 영국의 다른 곳이나 노르망디, 브르타뉴 쪽을 알아보려고요."

"자연을 더 보기 좋게 만들거나 변화시킬 수 있는 곳 말입니까? 마음껏 실험할 수 있고, 이제까지 한 번도 키워 본 적 없는 희귀한 식물들을 심을 수 있는 곳, 태양이 따갑지도 서리가 내려 망칠 염려도 없는 곳 말이에요? 다시 처음부터 아담이 되는 재미를 누릴 수 있는 드넓은 불모지 같은 곳을 찾는 건가요? 당신은 늘 정처 없이 떠다니는 편입니까?"

"나는 어딘가에 오래 머문 적이 없습니다."

"그리스에도 가 봤겠군요?"

"네. 그리스는 다시 가 보고 싶은 곳이에요. 그래요, 거기에는 뭔가 있어요. 그리스 어느 산비탈에 자리 잡은 정원에는 별다른 건 없어도 삼나무가 있을 거예요. 헐벗은 바위산이지요. 하지만 원하기만 하면 뭔들 못 심겠어요?"

"신들이 거니는 정원이라……."

"그래요. 푸아로 씨는 정말 사람의 마음을 잘 읽으시는군요."

"그러기를 바랄 뿐입니다. 세상에는 제가 알고 싶지만 모르는 일이 너무 많으니까요."

"이제 정말 재미없는 말씀을 하시려는 거죠?"

"불행히도 그렇습니다."

"방화, 살인, 급작스러운 죽음 같은 거 말인가요?"

"어느 정도는 그렇습니다. 방화는 생각하고 있었는지 모르겠습니다만. 말해 주시오, 가필드 씨. 이곳에 꽤 오래 있었으니 말인데 레슬리 페리어라는 청년을 알고 있나요?"

"기억납니다. 메드체스터에 있는 변호사 사무실에서 일했던 청년이죠? 풀러턴, 해리슨 앤드 리드베터 법률 사무소 말이에요. 서기로 일했나, 뭐 그랬을 거예요. 잘생긴 청년이었죠."

"어느 날 갑자기 죽었습니다, 그렇지요?"

"그래요. 어느 날 저녁 칼에 찔려 죽었지요. 여자 문제였던 것 같은데. 경찰도 누구 소행인지 알고는 있지만 충분한 증거를 찾을 수 없었던 것 같아요. 정확한 이름은 기억나지 않지만 샌드라, 하여튼 샌드라 뭐라는 여자와 그렇고 그런 사이였어요. 그 여자 남편이 이 마을에서 술집을 했지요. 샌드라와 레슬리는 불륜 관계였는데 레슬리가 다른 아가씨를 만나기 시작했어요. 뭐, 그런 이야기였죠."

"그래서 샌드라가 그걸 싫어했군요?"

"그래요. 무척 싫어했지요. 레슬리는 여자들한테 인기가 엄청 많았거든요. 늘 곁에 두세 명이 있었어요."

"모두 영국 아가씨였나요?"

"왜 그런 걸 물어보시는지 모르겠네요. 그렇지는 않았어요. 레슬리는 영어로 어느 정도 의사소통만 되면 굳이 영국 아가씨로 국한하지 않았던 것 같아요."

"이 마을에는 가끔 외국인 아가씨들도 오지요?"

"물론이죠. 안 그런 데가 있나요? 오페어 걸은 일상의 한 부분인데요. 못생긴 아가씨도 있고, 예쁜 아가씨도 있고, 정직한 아가씨도 있고, 그렇지 못한 아가씨도 있고, 정신없는 주부들에게 도움이 되는 아가씨도 있고, 전혀 쓸모없거나 갑자기 집을 나가 버리는 아가씨도 있지요."

"올가라는 아가씨처럼 말이지요?"

"말씀하신 대로 올가라는 아가씨가 그랬던 것처럼요."

"레슬리는 올가와 친한 사이였나요?"

"아, 그렇게 생각하시는군요. 그래요, 그랬어요. 루엘린 스마이스 부인은 그 사실을 모르고 있었던 것 같지만요. 올가는 꽤 신중한 편이었던 것 같아요. 언젠가 진지하게 고향에 돌아가서 결혼하고 싶은 사람이 있다고 말했어요. 정말인지는 지어낸 말인지는 모르겠어요. 말했듯이 레슬리는 매력적인 청년이었으니까요. 레슬리가 올가의 어떤 면을 봤는지는 모르겠어요. 올가는 별로 예쁘지 않으니까요. 하지만……."

마이클은 잠시 말을 고르다가 계속 말했다.

"올가에게는 강렬하게 끄는 뭔가가 있었어요. 젊은 영국 청년에게 그게 매력적으로 느껴졌던 것 같아요. 어쨌든 레슬리는 그녀를 잘 대해 주었고 다른 여자 친구들은 그걸 별로 좋아하지 않았지요."

"아주 흥미로운 얘기로군요. 저는 당신이 제가 원하는 정보를 줄 거라고 생각했습니다."

마이클 가필드가 알 수 없다는 표정으로 푸아로를 쳐다보았다.

"어째서죠? 이게 다 어떻게 된 일입니까? 레슬리 얘기는 어디서 나온 겁니까? 지나간 일들을 왜 다시 끄집어내는 거죠?"

"뭐, 사람들은 저마다 알고 싶은 게 있게 마련입니다. 어떤 사람은 그 일이 어떻게 해서 일어나게 됐는지 알고 싶어 하지요. 저는 훨씬 더 오래된 일을 조사하고 있고요. 올가 세미노프와 레슬리 페리어가 루엘린 스마이스 부인 몰래 비밀리에 만나기 전 일 말입니다."

"글쎄요, 잘 모르겠습니다. 그건 그저 내 생각일 뿐이니까요. 나는 두 사람과 꽤 자주 부딪혔지만 올가는 나를 믿지 않았어요. 레슬리 페리어와는 거의 모르는 사이였고요."

"그 뒤에 어떤 일이 숨겨져 있는지 파헤쳐 보고 싶어요. 제 생각에 그는 치욕스러운 과거를 가지고 있었던 것 같습니다."

"그런 것 같아요. 맞아요. 어쨌든 이 마을에서는 다 아는 일이니까요. 풀러턴 씨는 책임지고 그를 올바른 사람으로 만들어 보려고 했어요. 풀러턴 씨는 좋은 사람이거든요."

"위조죄였다고 했지요?"

"그래요."

"초범인 데다 정상 참작이 됐다고 들었습니다. 병든 어머니와 술주정뱅이 아버지 밑에서 자랐다는 이유로 말이에요. 어쨌든 그는 가볍게 풀려났습니다."

"자세한 이야기는 듣지 못했습니다. 처음에는 어찌어찌해서 잘 빠져나갔는데 나중에 회계사들이 와서 밝혀냈다는 것 같았어요. 저는 잘 모릅니다. 그저 떠도는 소문을 들었을 뿐이에요. 그래요, 위조죄라고 했어요."

"그 뒤 루엘린 스마이스 부인이 죽고 검인을 받기 위해 그녀의 유언장이 제출되었을 때 그것이 위조된 것임이 드러났고요."

"맞습니다. 이제 무슨 생각을 하는지 알겠어요. 그 두 가지가 관련된 것으로 보고 꿰맞추고 있군요."

"어느 정도는 위조에 성공했던 남자. 유언장이 검인되었다면 엄청난 재산을 물려받았을 여자와 그녀의 남자 친구."

"네, 맞아요. 그런 거죠."

"그래서 위조를 해 본 적이 있는 남자와 여자가 친하게 지냈다. 남자는 원래 사귀던 여자 친구를 차 버리고 대신 이 외국인 아가씨와 사귀었다."

"푸아로 씨 말씀은 그 유언장을 위조한 게 레슬리 페리어라는 뜻인가요?"

"그럴 가능성이 충분합니다, 안 그렇습니까?"

"올가는 루엘린 스마이스 부인의 필적을 제법 비슷하게 흉내 낼 수 있었겠지만 그럼에도 제 눈에는 늘 의심스러운 구석이 보였습니다. 올가는 루엘린 스마이스 부인을 대신해서 편지를 썼다고는 하지만 딱히 필체가 비슷하지는 않았어요. 검인을 받을 정도는 아니었을 겁니다. 하지만 올가와 레슬리가 함께 했다면 이야기가 다르죠. 레슬리는 일을 잘 처리할 수 있었을 것이고 잘될 거라고 지나치게 자신만만해했을 겁니다. 하지만 레슬리는 처음 위조죄를 저질렀을 때도 지나치게 자신만만했는데 바로 그게 실수였던 겁니다. 이번에도 거기서 실수를 한 것 같아요. 일이 점점 커져 변호사들이 문제점을 찾아내기 시작했죠. 조사를 위해 전문가들이 소환되었고 신문이 시작되자 불안해진 올가는 레슬리와 다퉜겠죠. 그런 다음 레슬리가 모든 책임을 질 거라고 여기고 올가는 도망가 버린 거고요."

마이클은 머리를 세차게 흔들었다.

"어째서 푸아로 씨는 내가 가꾼 이 아름다운 숲에 와서 나에게 그런 이야기를 하는 겁니까?"

"알고 싶어서요."

"모르는 게 낫습니다. 아예 모르는 게 나아요. 모든 일을 그냥 있는 그대로 내버려 두는 게 낫다는 말입니다. 일부러 밀어붙이거나 찔러 대지 말고요."

"당신은 아름다운 것을 원합니다. 그 어떤 대가를 치르고서라도 말이지요. 저에게 아름다움이란 진실입니다. 언제나 진실을 원하죠."

마이클 가필드가 웃으며 말했다.

"경찰 친구 집으로 가던 길을 마저 가시고 나는 이만 나만의 천국에 내버려 두시지요. 사탄아, 나를 지나쳐 갈지어다!"

21장

푸아로는 언덕을 올라갔다. 갑자기 더 이상 발이 아프지 않았다. 머릿속에 뭔가가 떠올랐다. 생각하고 느껴 온 것들, 서로 연결되어 있다는 것은 알고 있었지만 어떻게 연결되는지 몰랐던 것들이 딱 들어맞는 순간이었다. 그는 이제 어떤 조치를 취하지 않으면 누군가 위험에 빠질지도 모른다는 것을 깨달았다.

엘스페스 매케이가 푸아로를 맞으러 현관문 밖으로 나왔다.
"몹시 지쳐 보이네요. 들어와서 좀 앉으세요."
"스펜스 총경 안에 있나요?"
"아니요. 경찰서에 갔어요. 무슨 일이 일어난 것 같아요."
푸아로는 깜짝 놀랐다.
"무슨 일이 일어났다고요? 그렇게 빨리요? 그럴 리가 없는데."
"네? 무슨 말씀이세요?"

"아무것도 아니에요, 아무것도. 누구한테 무슨 일이 일어났단 말입니까?"

"누군지는 모르겠어요. 어쨌든 티모시 래글런 경위가 전화를 걸어 오빠더러 좀 와 달라고 했어요. 차 좀 드릴까요?"

"정말 고맙지만 괜찮습니다. 집에 가 봐야 할 것 같아서요."

푸아로는 쓰디쓴 홍차를 다시 마실 생각을 하니 견딜 수가 없었다. 결국 좋지 않은 매너를 들키지 않을 적당한 변명거리를 생각해 냈다.

"제 신발이 이 나라와 맞지 않는 것 같습니다. 신발을 바꿔야 할 것 같아요."

엘스페스 매케이가 그의 발을 내려다보았다.

"아니에요. 그게 아니라 에나멜가죽에 발이 꽉 끼여서 그래요. 그나저나 푸아로 씨에게 온 편지가 있어요. 다른 나라 우표가 찍혀 있더군요. 외국에서 온 거예요. '파인 크레스트, 스펜스 총경 전교(다른 사람의 손을 거쳐 전달될 편지라는 뜻 ― 옮긴이)'라고 씌어 있어요. 갖다 드릴게요."

조금 있다가 돌아온 엘스페스가 편지를 푸아로에게 건넸다.

"봉투가 필요 없으시면 제 조카한테 줘도 될까요. 우표를 모으는 애가 있어서요."

"그러시죠."

푸아로는 봉투를 뜯어 편지를 꺼낸 다음 그 봉투를 엘스페스에게 주었다. 엘스페스는 고맙다고 말하고 집 안으로 들어갔다.

푸아로는 편지지를 펼쳐 내용을 읽었다.

고비 씨는 해외에서도 영국에서 보여 준 대로 훌륭하게 능력을 발휘했다. 비용을 조금도 아끼지 않고 신속하게 결과를 알아냈다. 사실 그 결과라는 것이 썩 대단한 건 아니었다. 푸아로도 크게 기대를 걸진 않았다.

올가 세미노프는 아직 고향에 돌아오지 않았다. 그녀에게 살아 있는 일가붙이는 단 한 명도 없었다. 친구라고는 올가가 영국 생활을 전해 주며 간간이 연락하던 노부인뿐이었다. 편지에서는 종종 까다롭게 굴기는 했지만 너그러운 주인과 사이 좋게 지낸다고 했다.

가장 최근 편지들은 1년 6개월 전쯤에 쓴 것이었다. 거기에는 어떤 청년에 대해서도 씌어 있었다. 그들은 결혼까지 생각하고 있다고 했다. 하지만 올가가 이름을 밝히지 않은 그 젊은이는 나름대로 갈 길이 있으니 아직 결정된 건 아무것도 없다는 입장이었다. 마지막 편지에서 올가는 그들의 장래에 대해 희망적으로 말했다. 그 이후 올가한테서 편지가 오지 않자 그 노부인은 올가가 그 영국 청년과 결혼해 주소가 바뀌어서 그럴 거라고 추측했다. 영국으로 간 아가씨들에게 흔히 있는 일이었다. 결혼 생활이 행복하면 두 번 다시 편지가 오지 않으므로 노부인은 별달리 걱정하지 않았다.

푸아로는 모든 게 딱 들어맞는다고 생각했다. 레슬리는 결혼 이야기를 꺼낸 적이 있지만 진심은 아니었을 것이다. 루엘린 스마이스 부인은 '너그러운' 사람으로 묘사되었다. 레슬리는 누군가에게 돈을 받아 늘 돈이 풍족했다는데, 아마도 올가가 유언장 위조를 부탁하면서(주인에게 받은 돈을 모았다가) 준 돈이었을 것이다.

엘스페스 매케이가 다시 테라스로 나와서, 푸아로는 올가와 레슬리가 일을 공모했을지도 모른다는 자신의 추측을 어떻게 생각하는지 물었다.

엘스페스는 잠시 생각하더니 의외의 말을 내뱉었다.

"그랬다면 비밀이 정말 잘 지켜진 거네요. 그 두 사람에 대해서는 어떤 소문도 없었어요. 이런 마을에서 그런 일이 있었다면 소문이 나게 마련인데 말이에요."

"그러고도 남았겠지요. 스마이스 부인은 레슬리 페리어가 건달이라는 걸 알고 올가에게 그와 친하게 지내지 말라고 경고했을 테고요."

푸아로가 편지를 접어 호주머니에 넣었다.

"차 좀 드시고 가세요."

"아니, 아닙니다. 집에 가서 신발을 바꿔 신어야겠어요. 스펜스 총경은 언제 돌아올까요?"

"모르겠어요. 무슨 일인지도 모르고 갔는걸요."

푸아로는 자신이 묵고 있는 게스트하우스로 가는 길을 걸어갔다. 기껏해야 300미터 정도밖에 되지 않았다. 정문에 도착했을 때 문은 열려 있었고, 쾌활한 성격의 30대 여주인이 밖으로 나왔다.

"푸아로 씨를 뵈러 여자분이 와 있어요. 기다린 지 좀 됐어요. 정확하게 언제 돌아오실지 모른다고 했는데도 기다리겠다고 해서요. 드레이크 부인인데 안절부절못하더군요. 보통 매사에 침착한 분인데 오늘은 단단히 충격을 받은 모양이에요. 지금 응접실에 있어요.

차라도 좀 갖다 드릴까요?"

"아니요, 지금은 마시지 않는 게 좋겠습니다. 먼저 무슨 사연인지부터 들어 봐야겠어요."

푸아로는 문을 열고 응접실로 들어갔다. 로위나 드레이크는 창문 옆에 서 있었다. 앞쪽으로 난 창문이 아니어서 푸아로가 들어오는 줄도 모르고 있었다. 문이 열리는 소리를 듣고서야 몸을 홱 돌렸다.

"무슈 푸아로, 드디어 오셨군요. 굉장히 오래 기다린 것 같아요."

"죄송합니다, 마담. 쿼리 우드에 들른 뒤 올리버 부인을 만났답니다. 그리고 아이들을 좀 만나느라고요. 니컬러스와 데즈먼드 말입니다."

"니컬러스와 데즈먼드라고요? 네, 알아요. 이상하네요. 아! 사람은 정말 온갖 생각을 다 하는 것 같군요."

"흥분하셨군요."

푸아로가 부드럽게 말했다.

그것은 푸아로가 결코 상상할 수 없는 모습이었다. 초조한 로위나 드레이크라니. 행사를 주관하겠다며 모든 것을 좌지우지하고 자신이 결정한 것을 다른 사람에게 억지로 강요하던 모습은 온데간데없었다.

로위나 드레이크가 물었다.

"들으셨죠? 못 들으셨어요? 아 참, 못 들으셨겠군요."

"뭘 말입니까?"

"끔찍한 일이 일어났어요. 그 애가, 그 애가 죽었어요. 누군가 그 애를 죽였다고요."

"누가 죽었다는 말입니까?"

"정말 못 들으셨군요. 그 애도 어린아이인데, 저는 생각하기를…… 아, 제가 정말 어리석었어요. 무슈 푸아로에게 말씀드렸어야 하는데 말이에요. 저에게 물어보셨을 때 말씀드렸어야 하는데. 정말 괴로워요. 제가 가장 잘 안다고 생각했던 게 너무너무 후회스러워요. 하지만 저는 정말 그게 최선이라고 생각했어요. 푸아로 씨, 정말 그랬어요."

"앉으세요, 부인. 진정하시고 차근차근 말씀해 보세요. 아이가 죽었다고요? 또 다른 아이가요?"

"그 애 동생요. 리어폴드 말이에요."

"리어폴드 레이놀즈가요?"

"네. 들판 오솔길에서 시체를 발견했대요. 학교에서 돌아오는 길에 이 근처 냇가에서 놀려고 길을 벗어난 게 틀림없어요. 누군가 그 아이를 냇물에 빠트렸어요. 물속에 머리를 처박았다고요."

"조이스에게 했던 것과 똑같은 수법이군요."

"네, 그래요. 그건 분명, 분명 일종의 광기예요. 그리고 누가 그랬는지 아무도 모른다는 게 더 끔찍하죠. 도대체 누군지 알 수 없다는 거 말이에요. 하지만 저는 알 것 같아요. 저는 정말…… 그래요, 그건 정말 사악한 짓이에요."

"어서 말씀해 보세요, 부인."

"네, 말씀드리고 싶어요. 말씀드리려고 온 거고요. 왜냐하면 아시다시피 푸아로 씨는 엘리자베스 휘태커와 이야기를 나누고 나서 저를 찾아오셨잖아요. 제가 뭔가를 보고 놀랐다는 말을 듣고서 말이에요. 저희 집 현관에서 뭔가를 보고 놀란 것 같다고 했지요. 그리고 저는 아무것도 보지 않았고 놀란 적도 없다고 말했죠. 왜냐하면 저는……."

드레이크 부인이 말을 멈췄다.

"뭔가를 보셨군요?"

"그때 말씀드렸어야 했어요. 서재 문이 열리는 걸 봤어요. 조심스럽게 열리더니 그 애가 나왔어요. 하지만 곧바로 나온 건 아니었어요. 문간에 서 있다가 다시 서재로 들어가 재빨리 문을 당겨 닫았어요."

"그게 누구였습니까?"

"리어폴드요. 죽은 그 아이요. 그리고 저는 생각하기를…… 아, 그런 끔찍한 실수를 저지르다니. 제가 푸아로 씨에게 말씀드렸더라면 그 내막을 밝힐 수 있었을 텐데."

"그렇다면 부인은 리어폴드가 자기 누나를 죽였다고 생각하셨군요. 그런가요?"

"네. 그렇게 생각했어요. 물론 그때는 조이스가 죽었다는 걸 몰랐기 때문에 그런 생각을 하지 않았죠. 하지만 그 애 표정이 좀 이상했어요. 그 애는 조금 이상한 구석이 있는 아이였어요. 그 애가…… 지극히 정상인 건 아니라는 생각을 하면 조금 두려워지거든요. 정말 똑똑하고 지능 지수도 높지만 머리가 조금 이상한 아이였어요. 그래서 저는 생각했죠. '어째서 리어폴드가 스냅드래건을 하지 않고 거기서 나온 걸까?' 그리고 또 생각했어요. '뭘 하고 있었던 걸까? 표정이 너무 이상한데?' 그리고 그때 이후로 다시는 그것에 대해 생각하지 않았어요. 하지만 그 애 표정을 보고 놀랐던 것 같아요. 그래서 무의식중에 꽃병을 떨어트렸고요. 엘리자베스가 깨진 유리 조각 줍는 걸 도와주었고, 저는 다시 스냅드래건이 열리는 식당으로 돌아가고 나서 그 일을 잊어버리고 있었어요. 조이스를 발견하기 전까지는요. 그리고 제가 그 생각을 하게 된 건……."

"리어폴드 짓이라는 생각 말입니까?"

"네, 맞아요. 저는 그렇게 생각했어요. 그래서 그 애 표정이 그랬던 거라고 생각했지요. 저는 제가 잘 안다고 생각했어요. 저는 평생 뭐든지 잘 알고, 내가 옳다고 생각하고 살았어요. 하지만 저도 틀릴 수가 있더군요. 그 애도 살해되었다는 건 제 생각이 완전히 틀렸다는 뜻이니까요. 리어폴드는 서재에 들어갔다가 죽어 있는 조이스를 보고 충격을 받고 겁을 집어먹었던 게 틀림없어요. 그래서 아무도 보지 않을 때 그 방에서 나가고 싶었지만 위를 쳐다보다가 저를 보고는 다시 서재로 들어가 문을 닫은 거죠. 그리고 현관에 사람들이 아무도 없을 때까지 기다렸다가 다시 나온 것 같아요. 하지만 그 애가 조이스를 죽인 건 아니에요. 절대 그렇지 않아요. 다만 조이스가 죽은 걸 보고 충격을 받은 것뿐이에요."

"그래도 부인은 아무 말씀도 하지 않으셨죠? 시체가 발견되고 나서도 부인이 누구를 봤는지 말씀하지 않으셨지요?"

"네. 저는 말할 수가 없었어요. 그 애는 아시다시피 너무 어리잖아요. 너무 어려요. 이제는 말해야겠어요. 열 살이에요. 열 살, 기껏해야 열한 살이죠. 자기가 무슨 짓을 했는지조차 제대로 모를 나이예요. 전적으로 그 아이 잘못이라고는 할 수 없어요. 도덕적으로 완전히 책임질 수 없는 상태였을 거예요. 그 애는 늘 조금 이상한 구석이 있어서 누가 그 애를 치료할 방법을 알아보면 좋겠다고 생각했거든요. 경찰에 맡기거나, 인가 시설에 보내는 것만이 능사가 아니니까요. 필요하다면 그 아이를 위해 특별한 심리 치료를 알아봐 주면 된다고 생각했어요. 저는 정말 좋은 뜻으로 그런 거예요. 제 말 믿어 주세요. 정말이에요."

이렇게 슬픈 말이 있다니, 푸아로는 세상에서 가장 슬픈 말이라고 생각했다. 드레이크 부인은 푸아로가 무슨 생각을 하고 있는지 아는 것 같았다.

"그래요. '저는 그게 최선이라고 생각했어요.' '좋은 뜻으로 그랬어요.' 사람은 늘 어떻게 하는 게 다른 사람을 위해 가장 좋은 일인지 알고 있다고 생각하지만 사실은 그렇지 않아요. 왜냐하면 그 애가 그토록 충격을 받은 듯한 표정을 지은 건 살인범을 보았거나, 아니면 살인범이 누구인지 단서가 될 만한 무언가를 보았기 때문이에요. 범인 스스로 안전하지 않다고 느낄 만한 무언가를 말이지요. 그래서…… 그래서 범인은 리어폴드가 혼자 있을 때를 기다렸다가 냇가에 빠트려 그 아이가 아무 말도 할 수 없게 만든 거고요. 제가 사실대로 말했다면 무슈 푸아로나 경찰, 아니면 다른 누구에게라도 그 사실을 털어놨다면 이런 일이 없었을 텐데, 저는 제가 가장 잘 안다고 자신했어요."

터져 나오는 울음을 참으며 앉아 있는 드레이크 부인을 쳐다보면서 잠시 말없이 앉아 있던 푸아로가 입을 열었다.

"리어폴드가 얼마 전부터 돈을 흥청망청 쓰고 다녔다는 이야기를 오늘에야 들었습니다. 비밀을 지켜 주는 대가로 누군가가 그 애에게 돈을 준 게 틀림없어요."

"하지만 누가, 누가요?"

"곧 알게 될 겁니다. 그리 오래 걸리지는 않을 겁니다."

22장

 다른 사람의 의견을 물어보는 것은 에르퀼 푸아로답지 않은 일이었다. 그는 보통 자기 생각만으로 충분히 만족하는 사람이었다. 하지만 예외도 있었다. 이번 사건이 그랬다. 스펜스와 짧게 대화를 나누고 푸아로는 자동차 임대업체에 연락했다. 그리고 친구 스펜스 총경과 래글런 경위와 짧은 대화를 나눈 뒤 차를 몰고 떠났다. 예약해 놓은 차는 런던까지 갈 예정이었으나 푸아로는 가는 길에 엘름스에 들렀다. 기사에게 곧 돌아오겠다는 말을 남기고 15분 정도 에믈린 양에게 면담을 요청했다.
 "이 시간에 불쑥 찾아와 죄송합니다. 저녁 식사를 하실 시간이겠지요."
 "타당한 이유가 없는 한 저의 저녁 식사 시간을 방해하지 않겠다고 생각하신 거네요. 적어도 그 점만은 칭찬을 해 드려야겠어요, 무슈 푸아로."

"정말 친절하시군요. 솔직히 말씀드리면 에믈린 양의 조언을 듣고 싶어서 왔습니다."

"정말인가요?"

에믈린 양은 조금 놀란 것 같았다. 놀란 게 아니라 미심쩍게 생각하는 듯했다.

"푸아로 씨답지 않군요. 대체로 자신의 추리에 만족하시는 분 아닌가요?"

"그렇습니다. 저는 스스로 이끌어낸 추리에 만족하는 편입니다. 하지만 제가 존경하는 분의 의견이 제 생각과 같다면 위안과 힘이 되겠지요."

에믈린 양은 말없이 그저 호기심에 찬 눈으로 푸아로를 쳐다보았다.

"저는 조이스 레이놀즈를 죽인 범인이 누군지 알고 있습니다. 에믈린 양 역시 알고 있다고 생각하고요."

"저는 그런 말을 한 적이 없는데요."

"없지요. 그런 말을 한 적은 없습니다. 그래서 저는 그것이 에믈린 양의 의견일 뿐이라고 믿게 된 거고요."

"예감이란 말인가요?"

에믈린 양의 목소리가 그 어느 때보다 차가웠다.

"그 말은 쓰지 않았으면 합니다. 에믈린 양의 확실한 의견이라고 말하고 싶습니다."

"그렇다면 좋아요. 사실 제 생각은 확실해요. 그렇다고 제 생각을 무슈 푸아로에게 말씀드리겠다는 건 아니지만요."

"저는 종이에 단어 네 개를 적을 겁니다. 그리고 그 단어에 동의하시는지 여쭤볼 겁니다."

에믈린 양은 자리에서 일어났다. 방 저편 책상으로 가 종이 한 장을 꺼내 푸아로 앞으로 돌아왔다.

그녀가 말했다.

"흥미롭군요. 단어 네 개라."

푸아로는 주머니에서 펜을 꺼내 종이에 뭔가를 적었다. 그리고 종이를 접어 에믈린 양에게 건넸다. 에믈린 양은 종이를 받아 들고 펼쳐 적힌 글을 보았다.

푸아로가 물었다.

"어떻습니까?"

"단어 두 개는, 그래요, 동의해요. 나머지 두 개는 어렵군요. 증거가 없을 뿐만 아니라 이런 생각은 해 보지 않았어요."

"하지만 처음 단어 두 개에 대해서는 확실한 증거를 갖고 계시죠?"

"그런 것 같아요."

"물. 그 단어를 듣자마자 에믈린 양은 알아차렸습니다. 저도 그걸 듣자마자 알아차렸고요. 에믈린 양도 확신했고, 저도 그렇습니다. 이제 사내아이 하나가 냇물에 빠져 죽었습니다. 알고 계십니까?"

푸아로가 생각에 잠겨 말했다.

"네. 누가 전화로 알려 줬어요. 조이스의 동생이라고요. 그 애는 어떻게 하다가 이 일에 연루된 거죠?"

"돈을 요구했습니다. 그래서 돈을 얻어 냈죠. 그러다 적당한 때에 냇가에서 죽임을 당했고요."

푸아로의 목소리는 변함이 없었다. 굳이 변한 게 있다면 어조가 더욱 강경해졌다는 것이었다.

"동정심으로 가득 찬 어떤 사람이 제게 말해 주었습니다. 정서적으로 불안한 상태였지요. 그러나 저는 그렇게까지 동정심을 느끼지 않습니다. 두 번째로 죽은 그 아이는 어리기는 하지만 우연한 사고로 죽은 게 아니었습니다. 삶에서 일어나는 많은 일들이 그렇듯이 그의 행동이 그런 결과를 낳은 것입니다. 그 아이는 돈을 원했고 모험을 감수했습니다. 자신이 모험을 하고 있다는 것을 알 만큼 똑똑하고 영리한 아이였지만 돈을 원했습니다. 그 아이는 열 살밖에 안 되었지만 30대나 50대, 혹은 90대라고 해도 원인과 결과는 같습니다. 그런 경우 제가 가장 먼저 생각하는 게 뭔지 아십니까?"

"제게 물으신다면, 아마 무슈 푸아로에게는 동정심보다는 정의가 중요하다는 거겠죠?"

"제가 볼 때 동정심은 리어폴드에게 아무런 도움이 되지 못합니다. 그 아이는 도와줄 수 있는 선을 넘어섰습니다. 이 일에 관해서는 에블린 양도 저와 같은 생각인 듯하니 우리가 정의를 실현한다 해도 그 정의 역시 리어폴드를 구제해 주지 못합니다. 그러나 또 다른 리어폴드를 구할 수는 있을 겁니다. 곧바로 정의를 실현한다면 다른 아이들의 목숨은 보전할 수 있습니다. 살인을 한 번 이상 저지른 범인, 살인이 자신의 안전을 확보하는 하나의 수단이 되어 버린 사람은 결코 안전한 사람이 아닙니다. 이제 저는 런던으로 가서 사람들을 만나 어떻게 접근해야 할지 논의해 보려고 합니다. 이번 사건만큼은 제 확신으로 그들을 설득해야 하니 말입니다."

"힘들 거예요."

"아닙니다. 저는 그렇게 생각하지 않습니다. 거기까지 가는 길과 방법을 찾기는 힘들겠지만 저는 그들의 마음을 바꿀 수 있다고 생각합니다. 그들은 범죄자의 심리를 이해할 만한 지성을 지녔으니까요. 한 가지 더 여쭤볼 게 있습니다. 에믈린 양의 생각을 듣고 싶습니다. 이번에는 증거가 아니라 의견입니다. 니컬러스 랜섬과 데즈먼드 홀랜드의 성격이 어떤지 듣고 싶군요. 믿을 만한 아이들인가요?"

"둘 다 아주 믿을 만해요. 제 생각은 그래요. 여러 가지 면에서 굉장히 어리석기는 하지만 별로 중요하지 않은 일에서만 그런 거예요. 근본적으로 건실한 아이들이에요. 벌레 먹지 않은 사과만큼이나 건실하지요."

"결국은 언제나 사과로 돌아가는군요."

에르퀼 푸아로가 서글프게 말하고는 자리에서 일어섰다.

"이제 가 봐야겠습니다. 차가 기다리고 있어서요. 한 군데 더 들를 곳이 있답니다."

23장

I

"쿼리 우드에서 일어난 일에 대해 들었어요?"

플러피 플레이클리츠와 원더 화이트 한 봉지를 장바구니에 담으며 카트라이트 부인이 물었다.

"쿼리 우드요? 아니요. 특별히 들은 건 없는데요."

그녀와 함께 이야기를 나누고 있던 엘스페스 매케이가 대답했다. 엘스페스는 시리얼 한 봉지를 골랐다. 그들은 얼마 전에 문을 연 슈퍼마켓에서 아침 장을 보고 있었다.

"사람들 말이 거기 나무들이 위험하대요. 오늘 아침에 산림 관리인 두 명이 왔어요. 경사가 가파른 언덕배기에 옆으로 누워 있는 나무가 있다는데, 그 나무가 어떻게 그렇게 넘어질 수 있나 몰라. 지난 겨울에 벼락 맞은 나무도 있는데 그건 훨씬 더 위에 있었고요. 어쨌든 나무뿌리 주변을 조금 더 깊이 파고 있대요. 애석한 일이에요. 그 사람들이 그곳을 엉망으로 만들어 버릴 거예요."

"저런, 그 사람들은 어떻게 해야 하는지 알고 있겠죠. 누군가 그 사람들을 불렀을 테니까요."

"사람들이 가까이 오지 못하게 하려고 경찰 두 명이 같이 왔대요. 사람들 접근을 막으려고요. 맨 처음 병이 든 나무가 어떤 건지 알아내야 한다더래요."

"그렇군요."

그녀는 알고 있었다. 어느 누구도 그녀에게 말해 주지 않았지만 엘스페스는 알고 있었다.

II

아리아드네 올리버는 방금 문 앞에서 받은 전보를 반반하게 폈다. 내용을 받아 적을 연필을 미친 듯이 찾아다니고 확약 사본을 꼭 보내 달라고 억지를 부리면서 전보 내용을 전화로 전해 받는 데 너무나 익숙한 그녀는 '진짜 전보'라고 부르는 것을 받고 매우 놀랐다.

> 지금 즉시 버틀러 부인과 미란다를 데리고 부인 아파트로 가시오.
> 지체할 시간이 없음.
> 병원 가서 수술 받으시오.

올리버 부인은 주디스 버틀러가 모과 젤리를 만들고 있는 주방으로 가서 말했다.

"주디, 간단하게 짐을 꾸려요. 런던으로 돌아갈 건데 당신과 미란다도 함께 가요."

"아리아드네, 정말 고맙기는 하지만 여기서 할 일이 너무 많아요. 어쨌든 그렇게 서둘러 갈 필요는 없잖아요?"

"아니, 꼭 가야 해요. 부탁을 받았어요."

"누가요? 가정부가요?"

"아니, 다른 사람이에요. 무슨 일이 있어도 말을 들어야 하는 몇 안 되는 사람 중 하나지요. 어서 서둘러요."

"지금 당장은 안 돼요. 그럴 수 없어요."

"지금 가야 해요. 차를 준비해 놨어요. 대문 앞에 대기해 놨다고요. 지금 바로 가면 돼요."

"미란다는 데려가고 싶지 않아요. 그 애는 레이놀즈네나 로위나 드레이크에게 맡기면 돼요."

올리버 부인이 단호하게 말을 잘랐다.

"미란다도 가야 해요. 일을 어렵게 만들지 말아요, 주디. 이건 심각한 일이에요. 어떻게 그 애를 레이놀즈네에 맡길 생각을 하는지 모르겠군요. 아이가 둘이나 살해된 집에?"

"그래요, 맞아요, 정말 그렇군요. 그 집에 뭔가 문제가 있다고 생각하는 거죠? 거기에 누군가가…… 아, 내가 무슨 말을 하는 거지?"

"우린 말이 너무 많아요. 어쨌든 누군가 죽임을 당한다면 가능성이 가장 큰 사람이 바로 앤 레이놀즈일 거예요."

"도대체 그 가족한테 무슨 일이 생긴 거죠? 그 사람들이 왜 하나씩 차례로 살해되는 거죠? 이런, 아리아드네, 너무 무서워요."

"그래요. 하지만 무서워하는 게 당연할 때가 있답니다. 나는 금방 전보를 받았고 거기 적힌 대로 하고 있어요."

"전화벨 소리 못 들었는데."

"전화로 온 게 아니라 문으로 왔어요."

올리버 부인은 잠시 망설이다 친구에게 전보를 건네주었다.

"이게 무슨 말이죠? 수술이라니요?"

"편도선 수술이겠죠. 미란다가 지난주에 목이 아파 고생했잖아요? 뭐, 그보다 더 중요한 건 미란다를 런던의 이비인후과 전문의에게 데려가야 한다는 거 아니겠어요?"

"머리가 어떻게 된 거 아니에요, 아리아드네?"

"아마도 완전히 돌아 버렸는지도 몰라요. 어서 서둘러요. 미란다는 런던에 가는 걸 좋아할 거예요. 걱정할 필요 없어요. 미란다는 어떤 수술도 받지 않을 테니까. 그건 탐정 소설에서 소위 '위장'이라고 하는 거예요. 우리는 미란다를 극장이든, 오페라든, 아니면 발레든, 뭐든 그 애가 좋아하는 곳으로 데려갈 거예요. 발레가 딱 좋겠군요."

"무서워요."

아리아드네 올리버가 친구를 쳐다보았다. 주디스는 조금 떨고 있었다. 올리버 부인은 그녀가 오늘따라 그 어느 때보다 더 운디네를 닮았다고 생각했다. 그녀는 현실과 분리된 것처럼 보였다.

올리버 부인이 재촉했다.

"어서요. 전갈을 받는 대로 당신을 데리고 가겠다고 에르퀼 푸아로와 약속했단 말이에요. 자, 이렇게 전갈이 왔잖아요."

"도대체 이곳에서 무슨 일이 일어나고 있는 거죠? 내가 왜 여기 왔는지 모르겠어요."

"나도 주디스가 왜 그랬는지 궁금할 때가 있었어요. 하지만 사람이 어딘가로 가서 살겠다고 할 때, 딱히 이유가 없는 경우도 있어요. 내 친구 하나는 얼마 전 모턴인더마시에 살러 갔답니다. 왜 거기 가서 살려고 하느냐고 물어보았죠. 그 사람 말이, 자기는 늘 거기 가고 싶었고 그곳을 생각하고 있었다는 거예요. 은퇴하고 나서 언제든 갈 생각이었대요. 거기 가 본 적은 없지만 왠지 습기가 많은 곳일 것 같다고 하더군요. 실제로 어떤 곳이냐고 물어봤더니 그 친구 말이, 자기도 한 번도 가 본 적이 없어서 모르겠다는 거예요. 그런데도 늘 그곳에 가서 살고 싶어 했어요. 그 친구도 제정신이 아닌 거죠."

"그래서 그 친구가 거기 갔나요?"

"그래요."

"거기 가서도 좋아하던가요?"

"아니, 아직 그런 말은 듣지 못했어요. 하지만 사람들은 정말 이상하지 않아요? 하고 싶어 하는 거며, 꼭 해야만 하는 거며……."

올리버 부인이 정원으로 나가 소리쳤다.

"미란다, 우리 지금 런던에 갈 거란다."

미란다가 천천히 다가왔다.

"런던에 간다고요?"

미란다의 엄마가 나섰다.

"아리아드네 아줌마가 우리를 태우고 가실 거야. 거기 가서 극장 구경을 하자꾸나. 아줌마가 발레 표를 구해 주실 거야. 발레 보고 싶지 않니?"

"좋아요. 그럼 제 친구한테 가서 작별 인사를 하고 와야겠어요."

미란다의 눈이 환하게 빛났다.

"우린 지금 바로 가야 해."

"오래 걸리지 않을 거예요. 설명해 줘야 해요. 약속한 게 있어서요."

미란다는 정원으로 달려가더니 대문을 지나 사라졌다.

"미란다 친구가 누구죠?"

왠지 호기심이 생긴 올리버 부인이 물었다.

"잘 모르겠어요. 그 애는 말을 잘 안 하거든요. 어떤 때는 그 애가 진심으로 자신의 친구라고 여기는 것들이 숲에서 보는 새들이 아닐까 하는 생각이 들어요. 아니면 다람쥐 같은 것들이나. 사람들 모두 미란다를 좋아하는 것 같지만 그 애는 특별히 친하게 지내는 친구가 없는 것 같아요. 친구를 집에 데려와 차를 마시거나 하지 않는다는 거죠. 다른 여자 애들처럼 자주 그러지 않아요. 그나마 가장 친하게 지낸 친구가 조이스 레이놀즈였던 것 같아요. 조이스는 코끼리나 호랑이가 등장하는 별난 이야기를 미란다한테 들려주곤 했어요."

주디스는 막연하게 말하고는 일어섰다.

"자, 가서 짐을 꾸려야겠어요. 부인이 고집하는 대로요. 하지만 나는 여기를 떠나고 싶지 않아요. 한창 벌여 놓은 일들이 많거든요. 지금도 젤리를 만들고 있었는데……."

"가야 해요."

올리버 부인이 단호하게 말했다.

주디스가 여행 가방 두 개를 들고 다시 아래층으로 내려왔을 때 마침 미란다가 숨을 헐떡이며 옆문으로 뛰어 들어와 물었다.

"점심부터 먹어야 하는 거 아니에요?"

숲의 요정처럼 생겼지만 미란다는 밥 먹는 걸 좋아하는 건강한 아이였다.

올리버 부인이 말했다.

"점심은 가는 길에 어디 들러서 먹자꾸나. 헤이버셤에 있는 블랙 보이에 갈 거야. 거기가 딱 좋을 거다. 여기서 45분 정도 떨어진 곳인데 음식이 정말 맛있단다. 어서, 미란다, 지금 출발해야 해."

"캐시한테 내일 함께 영화 보러 갈 수 없게 됐다고 말해야 하는데 시간이 없었어요. 아, 전화로 하면 되겠네요."

미란다의 엄마가 말했다.

"자, 서둘러라."

미란다는 전화기가 놓인 응접실로 뛰어갔다. 주디스와 올리버 부인은 여행 가방을 차에 옮겨 실었다. 미란다가 응접실에서 나왔다.

"메시지를 남겼어요. 이제 다 됐어요."

미란다가 숨을 몰아쉬며 말했다.

주디스가 차에 타면서 말했다.

"당신은 미쳤어요, 아리아드네. 정말 미쳤다고요. 이게 다 무슨 짓이람?"

"차차 알게 될 거예요. 내가 미쳤는지 그 사람이 미쳤는지 모르겠네."

"그 사람이라니, 누구요?"

"에르퀼 푸아로 말이에요."

III

한편 에르퀼 푸아로는 런던에서 다른 남자 네 명과 함께 방에 앉아 있었다. 한 명은, 상사 앞에서는 늘 습관처럼 무표정하지만 예의 바른 티모시 래글런 경위였고, 두 번째는 스펜스였다. 세 번째는 경찰서장인 앨프리드 리치먼드였고 마지막은 검찰청에서 나온 날카롭고 딱딱한 표정의 신사였다. 그들은 저마다 얼굴에 자신의 생각을 드러낸 채로, 또는 무표정한 얼굴로 에르퀼 푸아로를 바라보고 있었다.

"꽤 확신에 차 있군요, 무슈 푸아로."

"그렇습니다. 어떤 일이 그렇게 딱 들어맞을 때, 어떤 사람은 그것이 틀림없다는 것을 깨닫는가 하면, 어떤 사람은 그래서는 안 되는 이유만 찾지요. 그래서는 안 되는 이유를 찾지 못한 사람은 자신의 생각을 굳히게 되는 겁니다."

"동기가 조금 복잡해 보입니다만."

"그렇지 않아요. 사실은 복잡하지 않습니다. 다만 너무 단순해서 명확하게 알기 힘든 겁니다."

딱딱한 표정의 신사는 회의적인 듯 보였다.

래글런 경위가 말했다.

"이제 곧 명확한 증거를 찾아낼 겁니다. 물론 그러한 주장에 뭔가 틀린 점이 있다면……."

"딩동댕, 우물에 새끼 고양이가 빠지지 않았다? 그 말인가요?"

에르퀼 푸아로가 말했다.

"그건 푸아로 씨가 추측한 것일 뿐이라는 점을 인정하셔야 합니다."

"증거가 모든 것을 말해 주고 있습니다. 아가씨가 사라졌을 때는 그럴듯한 이유가 그리 많지 않았어요. 첫 번째 추측은 그 아가씨가 남자와 함께 사라졌다는 겁니다. 두 번째 추측은 그녀가 죽었다는 것이고, 나머지는 너무 억지스럽고 있을 법하지 않은 것들입니다."

"우리가 주의를 기울일 만한 특별한 점은 없는 거네요, 무슈 푸아로?"

"그런 게 있습니다. 유명한 부동산 중개소에 연락해 봤어요. 서인도 제도, 에게해, 아드리아해, 지중해 등 여러 지역 부동산에 훤한 친구들입니다. 햇빛 좋은 곳을 전문적으로 다루는 친구들인데 고객이 대부분 부자들이지요. 여기 최근 주택을 구입한 내역 가운데 흥미로운 게 있습니다."

푸아로가 접힌 종이 한 장을 건넸다.

"이게 이번 사건과 관련이 있다고 생각합니까?"

"확신합니다."

"섬을 파는 건 특정한 정부 기관에서 금지한 일 아닌가요?"

"돈만 있으면 뭐든 못 하겠습니까."

"유의할 만한 다른 점은 없습니까?"

"스물네 시간 이내에 결정적인 무언가를 당신들 앞에 갖다 놓겠습니다."

"그게 뭡니까?"

"목격자요."

"그 말은……."

"현장을 목격한 증인 말입니다."

딱딱한 표정의 신사는 점점 더 믿을 수 없다는 얼굴로 푸아로를 바라보았다.

"그 증인이 지금 어디 있습니까?"

"런던으로 오고 있는 중이라고 믿고 싶군요."

"불안해하시는 것 같은데요."

"그렇습니다. 제가 할 수 있는 건 다 했지만 두려운 게 사실이에요. 그래요, 모든 법적 조치를 마련해 놓았는데도 두려워요. 왜냐하면 우리는, 어떻게 말해야 할까, 우리는 예상할 수 있는 인간의 한계를 넘어서서 밀고 들어오는 무자비함, 즉각적인 반응, 탐욕과 대적하고 있기 때문이라고 할까요? 어쩌면 약간의 광기도 서려 있을 수도 있어요. 확실하지는 않지만 있을 수 있는 일입니다. 원래부터 그랬던 건 아니에요. 그렇게 길러졌을 뿐입니다. 급속하게 뿌리를 내리고 자라는 씨앗처럼 말이에요. 그리고 이제는 감당하지 못할 만큼 커져서 인간적인 마음으로 생명을 대하기보다는 비인간적인 감정이 더 커지고 있습니다."

"우리는 그 점에 대해 몇 가지 의견을 따로 정리해야 합니다. 무작정 뛰어들 수는 없습니다. 물론 삼림 작업에 따라 변수가 많기는 합니다. 그게 확실하다면 우리도 다시 생각해 봐야 할 겁니다."

딱딱한 표정의 신사가 말했다.

에르퀼 푸아로가 자리에서 일어섰다.

"이제 가 봐야겠습니다. 제가 아는 것과 제가 두려워하고 상상할 수 있는 모든 것을 당신들에게 말했습니다. 계속 연락합시다."

푸아로는 네 명과 일일이 악수를 나누고 밖으로 나갔다.

"약간 사기꾼 같은데요. 살짝 돈 것 같지 않습니까? 머리가 이상한 게 아닐까요? 어쨌든 나이가 꽤 지긋한 건 사실이잖습니까. 저런 노인네의 능력을 믿을 수 있을지 모르겠습니다."

딱딱한 표정의 사내가 말했다.

"믿어도 되네. 어쨌든 내가 느끼기에는 그래. 스펜스, 난 자네를 꽤 오랫동안 알고 지냈네. 자네는 저 사람의 친구이기도 하지. 그가 노망이 들었다고 생각하나?"

경찰서장이 말했다.

"아니, 아닐세. 자네 생각은 어떤가, 래글런?"

스펜스가 말했다.

"저는 얼마 전에 그분을 처음 만났습니다. 처음에는 그분이 말하는 방식이나 생각한 것들이 모두 터무니없다고 생각했지요. 하지만 지금은 대체로 마음이 바뀌었습니다. 그분은 곧 자신의 생각이 옳다는 걸 입증할 것 같습니다."

24장

I

올리버 부인은 블랙 보이의 창가에 편안하게 앉아 있었다. 꽤 이른 시간이어서 자리가 다 차지는 않았다. 주디스 버틀러가 코에 분을 바르러 갔다가 곧 돌아와 맞은편에 앉아 메뉴를 살펴보았다.

"미란다는 뭘 좋아하나요? 그 애 먹을 것도 시키자고요. 곧 돌아올 테니."

"그 애는 구운 닭고기를 좋아해요."

"그래요, 그럼 쉽네. 당신은 뭘 먹을래요?"

"나도 같은 걸로 할게요."

"구운 닭고기 3인분 주세요."

올리버 부인은 주문을 하고 몸을 뒤로 젖힌 채 친구를 살펴보았다.

"왜 그렇게 쳐다보는 거예요?"

"생각 좀 하느라고요."

"무슨 생각을요?"

"나는 정말 주디 당신에 대해 아는 게 별로 없는 것 같아요."

"그거야 뭐, 누구나 다 그렇지 않나요?"

"어떤 사람에 대해 모든 걸 알 수는 없다는 뜻이군요."

"그럴 거예요."

"맞는 말인지도 몰라요."

두 여자는 한동안 말없이 앉아 있었다.

"여기는 음식이 좀 더디네요."

"이제 나올 거예요."

올리버 부인이 말했다.

여종업원이 접시가 가득 놓인 쟁반을 들고 나왔다.

"미란다가 좀 오래 걸리네요. 식당이 어딘지는 알고 있나요?"

"네, 물론이죠. 가는 도중에 들여다봤거든요. 가서 데려와야겠어요."

주디스가 초조한 듯 일어섰다.

"차멀미가 난 거나 아닌지 모르겠네."

"미란다는 어릴 때 차멀미를 했어요."

주디스는 4분에서 5분쯤 지나 돌아왔다.

"화장실에 없어요. 화장실 밖에 정원으로 나가는 문이 있어요. 아마 새 같은 걸 보러 그쪽으로 나간 것 같아요. 그 애가 그렇다니까요."

"오늘은 새를 쳐다볼 시간이 없는데. 가서 큰 소리로 불러 봅시다. 곧 출발해야 하니까."

II

엘스페스 매케이는 포크로 소시지를 집어 오븐용 접시에 담아 냉장고에 넣어 두고 감자 껍질을 벗기기 시작했다.

전화벨이 울렸다.

"매케이 부인? 굿윈 경사입니다. 스펜스 총경님 계신가요?"

"아니요. 오늘 런던에 갔답니다."

"그곳에 전화해 봤는데 떠나셨답니다. 돌아오시면 명백한 결과가 나왔다고 전해 주십시오."

"우물에서 시체를 발견한 건가요?"

"입을 다물고 있어도 소용이 없군요. 벌써 소문이 다 퍼졌네요."

"누구던가요? 그 오페어 걸인가요?"

"그런 것 같습니다."

"불쌍하기도 해라. 자살인가요, 아니면?"

"자살은 아닙니다. 칼에 찔렸어요. 명백한 살인입니다."

III

어머니가 화장실을 나간 뒤 미란다는 잠시 기다렸다가 문을 열고 조심스럽게 밖을 살펴보았다. 그리고 손에 닿는 거리에 있는, 정원으로 나가는 옆문을 열고 작은 길을 내달렸다. 뒷마당에는 한때는 술집이었으나 지금은 주유소인 건물이 있었다. 미란다는 보행자들이 바깥 도로로 나가는 작은 문을 통해 나왔다. 도로 조금 아래쪽에 차 한 대가 서 있었다. 불룩 튀어나온 회색 눈썹과 회색 턱수염을 기른 남자가 차 안에서 신문을 읽고 있었다. 미란다가 문을 열고 운전석 옆 자리에 올라타더니 소리 내어 웃었다.

"아저씨 너무 웃겨요."

"마음껏 웃으렴, 뭘 하든 뭐라 할 사람 없으니."

이내 차가 출발했다. 차는 도로를 따라 달리다가 우회전, 좌회전, 다시 우회전을 한 뒤 이면 도로로 나왔다.

회색 수염을 기른 남자가 말했다.

"시간을 딱 맞췄구나. 적당한 때가 되면 쌍날 도끼를 보게 될 거다. 그건 꼭 봐야 돼. 그리고 킬터버리 다운도. 경치가 끝내준단다."

차 한 대가 바짝 붙어 달리는 바람에 이들이 탄 차가 거의 산울타리에 처박힐 뻔했다.

"멍청한 놈들."

젊은이 한 명은 어깨를 넘길 만큼 머리카락이 길었으며 크고 둥근 안경을 끼고 있었다. 나머지 한 명은 짧은 구레나룻을 길러서 스페인 사람처럼 보였다.

미란다가 물었다.

"엄마가 걱정할 거라는 생각은 안 하세요?"

"네 엄마는 너를 걱정할 시간이 없을 거다. 너를 걱정할 때쯤이면 이미 넌 네가 원하는 곳에 가 있을걸."

IV

런던에 있던 에르퀼 푸아로는 전화기를 집어 들었다. 올리버 부인의 목소리가 들려왔다.

"미란다가 없어졌어요."

"그게 무슨 말입니까, 없어졌다니요?"

"점심을 먹으려고 블랙 보이에 들렀거든요. 그 애가 화장실에 가더니 돌아오지 않는 거예요. 그 애가 어떤 노인이 모는 차를 타고 가는 걸 본 사람이 있어요. 하지만 미란다가 아닐 거예요. 다른 사람이겠죠. 그게……."

"누군가 그 아이와 함께 있어야 했습니다. 그 애를 보이지 않는 곳에 혼자 내버려 두는 게 아니었어요. 위험하다고 말했잖습니까. 버틀러 부인은 걱정이 이만저만이 아니겠군요."

"당연하죠. 어떨 것 같아요? 미친 사람처럼 펄펄 뛰고 있어요. 경찰에 신고해야 한다고 난리예요."

"그래요, 당연하죠. 저도 경찰에 전화해 보겠습니다."

"하지만 미란다가 왜 위험하다는 거죠?"

"모르겠습니까? 지금쯤이면 알고 있어야 하는데요. 시체가 발견되었어요. 저도 방금 들었는데……."

"무슨 시체요?"

"우물 속에 있던 시체 말입니다."

25장

"아름다워요."

미란다가 주위를 둘러보며 말했다.

그 일대의 다른 곳은 특별히 유명하지 않지만 '킬터버리의 고리'는 이 지역 명소였다. 이곳은 오랜 세월에 걸쳐 파괴되어 왔지만 그래도 여전히 곳곳에 솟은 거석들이 오래전 의식의 흔적을 보여 주고 있었다. 미란다는 이것저것 물어보기 시작했다.

"이 돌들은 왜 여기 갖다 놓은 거예요?"

"의식을 위해서지. 숭배 의식. 의식을 위한 제물. 제물이 뭔지 알고 있지, 미란다?"

"알 것 같아요."

"그래야지. 그건 중요한 거란다."

"아저씨 말은, 그게 형벌 같은 건 아니라는 뜻인가요? 그거랑 다른 건가요?"

"그래, 그것과는 다르단다. 너는 다른 사람들을 살리기 위해 죽는 거야. 아름다움을 위해 죽는 거지. 존재하기 위해. 그건 중요한 거란다."

"저는……."

"말해 보거라, 미란다?"

"저는 아저씨가 다른 사람을 죽였기 때문에 아저씨도 죽어야 한다고 생각했어요."

"왜 그런 생각을 했니?"

"조이스를 생각했어요. 내가 뭔가를 말해 주지만 않았다면 그 애는 죽지 않았을 거예요, 그렇죠?"

"아마 그랬겠지."

"조이스가 죽고 나서 저는 걱정이 됐어요. 그 애한테 말할 필요는 없었는데, 그렇잖아요? 나는 그 애에게 가치 있는 이야기를 들려주려고 그 얘기를 한 거예요. 그 애는 인도에 가 본 적이 있어서 늘 그 얘기를 해 주었거든요. 호랑이며 코끼리며 금으로 만든 천과 장식 같은 거요. 그러다 갑자기 다른 사람도 알면 좋겠다는 생각이 들었어요. 그 전까지는 정말 그것에 대해 생각해 본 적이 없었으니까요."

미란다가 덧붙여 물었다.

"그것도 제물이었나요?"

"어떤 면에서는 그렇단다."

미란다는 생각에 잠겨 있다가 다시 입을 열었다.

"아직 시간이 안 됐나요?"

"태양이 아직 일직선이 되지 않았어. 아마 5분 뒤면 돌 위에 바로 떨어질 거다."

그들은 말없이 차 옆에 앉아 있었다.

태양이 지평선으로 떨어지는 하늘을 올려다보던 미란다의 동반자가 말했다.

"지금인 것 같구나. 지금이 딱 좋아. 여기에는 아무도 없어. 이 시간에 킬터버리의 고리를 보러 킬터버리 다운 꼭대기까지 올라오는 사람은 없거든. 11월이면 너무 춥고 추위와 블랙베리도 나지 않으니까. 먼저 쌍날 도끼를 보여 주지. 돌 위의 쌍날 도끼. 오래전 미케네나 크레타에서 온 사람들이 새겨 놓은 거란다. 아름답지 않니, 미란다?"

"네, 너무 멋져요. 보여 주세요."

그들은 가장 높은 곳에 위치한 돌이 있는 곳까지 걸어갔다. 그 옆에 낙석이 있었고, 조금 더 아래에는 세월에 지쳐 굽은 듯 한쪽으로 살짝 기울어진 돌이 있었다.

"행복하니, 미란다?"

"네, 너무너무 행복해요."

"여기 표시가 있구나."

"이게 정말 쌍날 도끼인가요?"

"그래, 시간과 함께 닳아 없어졌지만 쌍날 도끼가 맞단다. 이게 그 표시야. 돌 위에 손을 얹어. 그리고 이제, 이제 우리는 과거와 미래와 아름다움을 위해 마시는 거야."

"아, 너무 예뻐요."

미란다가 감탄하며 황금 잔을 들었다. 그리고 그녀의 동반자가 병에 든 황금빛 액체를 잔에 부었다.

"과일, 그러니까 복숭아 맛이 난단다. 마셔라, 미란다, 그러면 너는 훨씬 더 행복해질 거다."

미란다는 황금 잔을 들고 킁킁거리며 냄새를 맡았다.

"네, 그래요. 복숭아 향기가 나요. 오, 보세요. 태양이에요. 정말 붉은 황금색이네요. 태양이 꼭 이 세상 끝에 누워 있는 것 같아요."

그는 미란다의 몸을 돌려 태양을 마주 보게 했다.

"잔을 들어 마셔라."

미란다는 묵묵히 돌아섰다. 한 손은 여전히 거석과 반은 닳아 없어진 표시 위에 놓여 있었다. 그녀의 동반자는 이제 미란다 옆에 서 있었다. 그때 기울어진 돌 아래쪽 언덕에서 거의 구부러졌다 싶은 형체 두 개가 불쑥 튀어나왔다. 산 정상에 있던 미란다와 남자는 등을 돌리고 있었기 때문에 그들을 눈치채지 못했다. 그들은 재빨리, 그러나 눈치채지 못하게 살금살금 비탈을 올라갔다.

"아름다움을 위해 마셔라, 미란다."

"그 아이는 절대 그걸 마시지 않아!"

그들 뒤에서 목소리가 들려왔다.

장밋빛 벨벳 코트를 머리 위로 내던지자 서서히 들려 올라가던 칼이 손에서 떨어졌다. 두 남자가 몸싸움을 벌였고, 니컬러스 랜섬이 미란다를 붙잡아 꼭 껴안고는 멀리 끌고 갔다.

"이런 형편없는 멍청이 바보야. 미치광이 살인자하고 여기까지 오다니. 네가 무슨 짓을 하고 있는지는 알고 다녀야지."

니컬러스 랜섬이 나무라자, 미란다가 맞받아쳤다.

"알고 그런 거야. 오빠도 알다시피 다 내 잘못이니까 제물이 되려고 한 거야. 조이스는 나 때문에 죽은 거니까. 그러니까 내가 제물이 되어야 하는 게 맞잖아? 의식 살인 같은 거 말이야."

"의식 살인 같은 말도 안 되는 얘기는 집어치워. 다른 아가씨를 발견했대. 왜, 오래전에 실종된 오페어 걸 있잖아. 2년쯤 됐지. 모두 그 아가씨가 유언장을 위조한 뒤에 달아났다고 생각했잖아. 그런데 도망간 게 아니었어. 그 아가씨 시체가 우물 속에서 발견됐대."

미란다가 갑자기 비통에 찬 울음을 터뜨렸다.

"이럴 수가! 소원의 우물은 아니겠지? 내가 그토록 찾고 싶어 했던 그 소원의 우물은 아니겠지? 아, 그 아가씨가 소원의 우물 속에 있는 건 바라지 않았는데. 누가, 누가 그 아가씨를 거기 빠트렸대?"

"널 여기로 데리고 온 그 사람이."

26장

네 사람은 또다시 푸아로를 쳐다보고 앉아 있었다. 티모시 래글런, 스펜스, 경찰서장은 당장이라도 크림 접시가 눈앞에 나타나기를 고대하는 고양이처럼 만족스러운 표정을 짓고 있었다. 네 번째 신사는 여전히 확신이 서지 않는 표정이었다.

"무슈 푸아로, 모두 모였습니다……."

경찰서장이 입을 열었다. 그는 소송 절차를 책임지는 한편, 검찰청에서 온 사람이 소송 사건 감시에 나서지 않도록 만류해야 했다.

푸아로가 손짓하자, 래글런 경위가 방에서 나갔다. 그리고 잠시 뒤 서른 남짓한 여자 한 명, 여자아이 한 명, 그리고 10대 소년 둘을 데리고 들어왔다.

푸아로는 경찰서장에게 그들을 소개했다.

"버틀러 부인, 미란다 버틀러 양, 니컬러스 랜섬 군과 데즈먼드 홀랜드 군입니다."

푸아로가 일어나 미란다의 손을 잡았다.

"엄마 옆에 앉거라, 미란다. 경찰서장이신 리치먼드 씨가 너한테 물어볼 게 있단다. 너는 대답만 하면 돼. 네가 본 것에 대해 물어볼 거야. 지금부터 1년 전, 거의 2년 전에 본 거야. 너는 네가 본 것을 한 사람, 내가 알기로 단 한 사람한테만 이야기했어. 맞니?"

"조이스한테 말했어요."

"정확하게 뭐라고 말했니?"

"살인을 목격한 적이 있다고 했어요."

"다른 사람한테도 말했니?"

"아니요. 하지만 리어폴드가 눈치챘을 거예요. 걔는 문에 귀를 갖다 대고 엿듣거든요. 그런 일들을요. 걔는 사람들의 비밀을 잘 캐내요."

"핼러윈 파티가 열리기 전 오후에, 조이스 레이놀즈는 자신이 살인을 직접 목격한 적이 있다고 말했단다. 그게 사실이니?"

"아니요. 조이스는 나한테 들은 말을 그대로 옮긴 것뿐이에요. 자기가 직접 겪은 것처럼 말이에요."

"네가 무얼 봤는지 있는 그대로 말해 주겠니?"

"처음에는 그게 살인인 줄 몰랐어요. 사고가 난 줄 알았죠. 그냥 높은 데서 떨어진 줄만 알았어요."

"그게 어디였니?"

"쿼리 가든요. 예전에 분수가 있던 빈터였어요. 저는 나무 위에 올라가 있었어요. 다람쥐 한 마리를 보고 있었죠. 조용히 있지 않으면 다람쥐들이 달아나 버리거든요. 얼마나 재빠른지 몰라요."

"네가 무얼 봤는지 말해 다오."

"남자 한 명과 여자 한 명이 그 여자를 들어서 보도를 따라 옮기고 있었어요. 저는 그 사람들이 그 여자를 병원이나 쿼리 하우스로 데려가는 줄 알았어요. 그런데 여자가 갑자기 멈춰 서더니 말했어요. '누군가 우리를 보고 있어요.' 그러면서 제가 있는 나무 쪽을 쏘아보는 거예요. 얼마나 무서웠는지 몰라요. 저는 정말 꼼짝도 않고 가만히 있었어요. 남자는 '말도 안 되는 소리 마.' 그러더니 그냥 계속 갔어요. 스카프에 핏자국이 있었고 피 묻은 칼이 보여서 누가 자살하려 했나 보다고 생각하고 계속 숨죽이고 있었죠."

"무서워서?"

"네. 하지만 왜 그랬는지는 모르겠어요."

"엄마한테 왜 말하지 않았니?"

"거기서 그걸 보지 말았어야 했다는 생각이 들었거든요. 그리고 다음 날 그 사고에 대해 얘기하는 사람이 아무도 없어서 저도 그냥 잊어버렸어요. 그 일이 있기 전까지는 한 번도 생각한 적이 없는데……."

미란다가 갑자기 말을 멈췄다. 경찰서장이 입술을 뗐다가 그대로 다물었다. 그는 푸아로를 보면서 슬쩍 손짓을 했다.

푸아로가 물었다.

"그래, 미란다, 무슨 일이 있었니?"

"마치 그 일이 처음부터 다시 일어난 것 같았어요. 이번에는 초록색 딱따구리였는데, 덤불 뒤에서 그 딱따구리를 가만히 지켜보고 있었어요. 그런데 그 두 사람이 거기 앉아 이야기를 하고 있더라고요. 그리스 어떤 섬 이야기였어요. 여자는 이렇게 말하는 것 같았어요. '서명을 끝냈어요. 이제 우리 거예요. 언제든 거기 갈 수 있어요. 하지만 서두르지 말고 천천히 움직이는 게 좋겠어요.' 그때 딱따구리가 날아가 버리는 바람에 제가 움직였어요. 여자가 말했죠. '쉿, 조용히 해요. 누가 우리를 보고 있어요.' 그건 그 여자가 예전에 했던 말이에요. 표정도 그때와 똑같았죠. 또다시 무서워지면서 그때 일이 떠오르더라고요. 그리고 알게 되었어요. 내가 본 건 살인이었고 그들이 옮기고 있었던 건 어딘가에 숨기려 했던 시체였다는 걸 말이에요. 저는 더 이상 어린아이가 아니었어요. 모든 게 무얼 뜻하는지 알고 있었어요. 피와 칼과 축 늘어진 시체……."

"그게 언제였니? 얼마나 오래된 일이지?"

경찰서장이 묻자, 미란다는 잠시 생각했다.

"작년 3월, 그러니까 부활절 직후요."

"그 사람들이 누구였는지 정확하게 말해 줄 수 있니, 미란다?"

"물론이에요."

미란다는 당황한 것 같았다.

"그 사람들 얼굴을 봤니?"

"물론이죠."

"누구였니?"

"드레이크 부인이랑 마이클……."

격하게 비난하는 목소리가 아니었다. 당혹스러운 듯했지만 미란다의 나직한 목소리는 확신에 차 있었다.

경찰서장이 물었다.

"넌 어느 누구에게도 그 얘기를 하지 않았는데, 왜 그랬니?"

"저는…… 저는 그게 제물이었을 거라고 생각했어요."

"누가 그러던?"

"마이클 아저씨가요. 제물이 필요하댔어요."

푸아로가 부드럽게 물었다.

"마이클을 사랑했니?"

"아, 네. 아주 많이요."

27장

 "이제야 오셨군요. 나는 모든 걸 알아야겠어요."
 올리버 부인은 이렇게 말하고는 결연한 눈빛으로 푸아로를 바라보며 몰아세웠다.
 "왜 좀 더 일찍 오지 않았어요?"
 "미안합니다, 마담. 경찰 신문을 도와주느라 너무 바빴어요."
 "그건 범인들이나 하는 거예요. 로위나 드레이크가 살인 사건에 연루되었다는 걸 도대체 어떻게 알아냈어요? 누구 하나 꿈에도 생각 못 한 일을 말이에요?"
 "결정적인 단서를 잡자마자 간단해지더군요."
 "결정적인 단서라는 게 뭐죠?"
 "물이었습니다. 나는 파티에 참석한 사람 중에 물에 젖은 사람, 그리고 물에 젖어서는 안 되는데도 젖어 있었던 사람을 찾아야 했어요. 조이스 레이놀즈를 죽인 범인은 누가 됐건 젖지 않을 수 없었을 테니 말이에요. 기운이 팔팔한 아이를 물이 가득 든 양동이 속에 밀어 넣으면 버둥거리면서 물이 튈 테니 젖을 수밖에요. 그러니 물에 젖은 합당한 이유를 만들어 내려면 무슨 일이 생겨야 해요. 사람들이 모두 스냅드래건을 하느라 식당으로 몰려갔을 때 드레이크 부인은 조이스를 서재로 데려갔죠. 파티를 연 여주인이 같이 가자고 하면 자연히 따라가게 마련이니까요. 조이스는 드레이크 부인을 조금도 의심하지 않았던 겁니다. 미란다가 조이스에게 말한 건 예전에 살인을 목격한 적이 있다는 게 다였어요. 그래서 조이스는 살해당했고 살인범은 흠뻑 젖어 버렸죠. 물에 젖은 데는 이유가 있어야 했기에 그녀는 이유를 만들어 내는 일에 착수했어요. 어쩌다 젖었는지 증언해 줄 목격자가 있어야 했지요. 그래서 드레이크 부인은 물이 가득 든 커다란 꽃병을 들고 층계참에 서서 기다리고 있었고, 적당한 때에 휘태커 양이 스냅드래건을 하던 식당에서 나왔지요. 그곳은 더웠으니까요. 드레이크 부인은 깜짝 놀라는 척하면서 꽃병을 놔 버립니다. 꽃병이 현관 바닥에 떨어져 산산조각이 날 때 자신의 몸이 물에 젖도록 신경 쓰면서요. 꽃병을 놔 버렸어요. 드레이크 부인은 계단을 급히 내려왔고 휘태커 양과 함께 깨진 조각과 흩어진 꽃들을 주워 모으면서 예쁜 꽃병을 깨트려 속상하다며 불평을 늘어놓았죠. 살인이 자행된 서재에서 누군가 나오는 걸 본 것 같다는 인상을 휘태커 양에게 심어 주는 데 성공한 거지요. 휘태커 양은 드레이크 부인의 말을 액면 그대로 믿었습니다. 하지만 그걸 들은 에믈린 양은 흥미로운 점이 있다는 것을 알아차렸어요. 그래서 에플린 양은 휘태커 양에게 그 이야기를 내게 들려주라고 한 거고요. 그렇게 해서 나도 조이스를 죽인 범인이 누군지 알게 된 겁니다."

콧수염을 빙빙 돌리면서 푸아로가 말을 맺었다.

"그래도 조이스는 살인을 목격한 적이 없잖아요!"

"드레이크 부인은 그걸 몰랐어요. 하지만 자신과 마이클 가필드가 올가 세미노프를 죽였을 때 퀴리 우드에 누군가 있었고 그걸 목격했을지도 모른다는 의심은 늘 하고 있었지요."

"그게 조이스가 아니라 미란다였다는 건 언제 알았나요?"

"사람들이 하나같이 조이스가 거짓말쟁이였다고 말하니 그 사실을 받아들일 수밖에 없었고, 그때 바로 알게 되었어요. 사실은 미란다였다는 게 눈에 보이더군요. 그 애는 퀴리 가든에 자주 들러 새와 다람쥐를 관찰하곤 했으니까요. 미란다 말대로 조이스는 미란다의 가장 좋은 친구였어요. 그 아이가 '우리는 서로에게 모든 비밀을 털어놓았어요.'라고 말했어요. 미란다가 파티에 가지 않으니 강박적인 거짓말쟁이인 조이스는 살인을 목격한 적이 있다는 친구의 말을 그대로 써먹은 겁니다. 아마도 유명한 범죄 소설가인 당신에게 뚜렷한 인상을 남기려고 그랬던 것 같아요."

"그래요, 다 내 탓이에요."

"아니, 그렇지 않아요."

"로위나 드레이크라. 난 아직도 그녀가 그랬다는 게 믿어지지 않아요."

올리버 부인이 중얼거렸다.

"그녀는 필요한 모든 자질을 갖춘 여자예요. 저는 늘 궁금했어요. 맥베스 부인은 정확하게 어떤 여자였을까 하는 점 말입니다. 현실에서 그녀를 만난다면 어떤 여자일 것 같습니까? 글쎄, 저는 그런 사람을 만난 것 같았어요."

"그리고 마이클 가필드는요? 그 둘은 정말 어울리지 않는 한 쌍인 것 같은데."

"재미있지 않습니까. 맥베스 부인과 나르시시스트라, 보기 드문 조합이지요."

"맥베스 부인이라."

올리버 부인이 생각에 잠겨 중얼거렸다.

"그녀는 이목구비가 뚜렷하고 잘생긴 여자예요. 유능하고, 타고난 행정가에다, 예상외로 훌륭한 연기자이기도 하지요. 그 어린 리어폴드가 죽었다며 슬퍼하면서 마른 손수건에 눈물을 쏟아 내는 모습을 마담이 봤어야 했는데."

"역겹군요."

"누가 좋은 사람이고 누가 나쁜 사람인지 마담에게 물어보았던 거 기억하시겠지요."

"마이클 가필드가 그녀를 사랑했나요?"

"마이클 가필드가 자기 자신 외에 과연 사랑한 사람이 있었는지 의심스럽군요. 그가 원한 건 돈이었어요. 그것도 어마어마하게 많은 돈이었지요. 아마 처음에는 루엘린 스마이스 부인의 마음을 움직여

자신을 맹목적으로 좋아하게 만들 수 있을 거라고 믿었겠지요. 자신에게 유리한 유언장을 작성할 만큼 말입니다. 하지만 루엘린 스마이스 부인은 그런 여자가 아니었지요."

"위조 유언장은 뭐죠? 나는 아직도 그걸 이해할 수 없어요. 그 모든 게 다 어떻게 된 일인가요?"

"처음에는 혼란스러웠어요. 위조가 너무 많았으니까요. 하지만 가만히 생각해 보면 목적이 분명하게 드러나죠. 실제로 일어난 일만 잘 생각해 보면 되거든요. 루엘린 스마이스 부인의 재산은 모두 로위나 드레이크에게 돌아갔어요. 유언 보충서는 변호사라면 누구나 알아볼 정도로 명명백백한 위조였습니다. 무효 소송이 제기되면 전문가들의 증언으로 유언 보충서가 쓸모없게 돼 버리고 기존 유언장이 효력을 발휘하게 되지요. 로위나 드레이크의 남편이 얼마 전에 죽었기 때문에 그녀가 모든 재산을 물려받게 되는 거였죠."

"그렇다면 청소부가 봤다는 그 유언 보충서는 어떻게 된 거죠?"

"아무래도 드레이크 씨가 죽기 전에 루엘린 스마이스 부인이 마이클 가필드와 로위나 드레이크의 관계를 알게 된 것 같아요. 화가 난 루엘린 스마이스 부인은 모든 재산을 오페어 걸에게 남긴다는 유언 보충서를 만들었고요. 아마 오페어 걸이 그 사실을 마이클에게 알려 줬을 겁니다. 그녀는 마이클과 결혼하고 싶어 했거든요."

"레슬리 페리어가 아니었나요?"

"그건 마이클이 그럴듯하게 꾸며 낸 얘기예요. 그 점을 확인해 줄 증거가 전혀 없어요."

"그렇다면 유언 보충서가 실제로 있다는 걸 알고서도 마이클은 어째서 올가와 결혼해 그 돈을 손에 넣을 생각을 하지 않았을까요?"

"왜냐하면 올가가 정말로 그 돈을 받을 수 있을지 의심스러웠던 겁니다. 부당한 영향력을 행사했다는 혐의를 받을 수 있었거든요. 루엘린 스마이스 부인은 노인에다 병자였어요. 그녀가 이전에 쓴 유언장들은 전부 친지와 친척들에게 유리한 거였어요. 법원이 승인할 만한 상식적인 유언장이었단 말입니다. 외국에서 온 그 아가씨는 부인한테 온 지 겨우 1년밖에 안 되었으니 그녀한테 어떤 권리도 없었어요. 진본이기는 하지만 그 유언 보충서는 얼마든지 무효가 될 소지가 있었던 겁니다. 그뿐만 아니라 나는 올가가 그리스의 섬을 사들일 수 있었을까, 또 그럴 생각이 있었는지도 의심스러웠어요. 그녀는 영향력 있는 친구도 없고 사업 계통에서 일하는 지인도 없었으니까요. 그녀는 마이클에게 끌리기도 했지만, 그를 꽤 유망한 결혼 상대로 생각했어요. 그렇게 되면 계속 영국에서 살 수 있고 그녀가 원하는 것 또한 그거였으니까."

"그러면 로위나 드레이크는요?"

"그녀는 마이클에게 푹 빠지고 말았어요. 남편이 오랜 세월 장애인으로 살아왔지 않습니까. 중년의 나이이기는 했지만 정열적인 그녀한테 보기 드물게 아름다운 젊은이가 찾아든 겁니다. 여자들은 그에게 쉽게 넘어갔지만 그가 원한 것은 여자의 아름다움이 아니라 아름다운 것을 만들기 위해 자신만의 창조적인 욕망을 실현하는 것이었습니다. 그러자면 많은 돈이 필요했지요. 사랑에 관해 얘기하자면 그는 오직 자기 자신만을 사랑했어요. 그는 나르시시스트였습니다. 오래전에 들은 적이 있는 프랑스 노래가 있는데 한번 들어 보세요."

푸아로가 부드럽게 흥얼거렸다.

보거라, 나르시스,
물속을 좀 보거라.
보거라, 나르시스, 네가 얼마나 아름다운지.
이 세상에는 오직
아름다움만이 있단다.
젊음은,
아쉽구나! 젊음은…….
보거라, 나르시스…….
물속을 보거라…….

올리버 부인이 말했다.
"믿을 수가 없군요. 오직 그리스 섬에 정원을 만들기 위해 사람을 죽이다니 도저히 믿을 수가 없어요."
"그래요? 그의 마음속에 그 섬이 어떤 모습으로 자리 잡고 있을지 상상할 수 없단 말인가요? 헐벗은 바위산이지만 가능성을 품은 그런 모습일 겁니다. 흙, 헐벗은 바위 줄기들을 덮기 위한 엄청난 양의 비옥한 흙. 그리고 식물, 씨, 관목, 나무들. 아마 그는 사랑하는 여자를 위해 섬에 정원을 만든 백만장자 조선업자의 이야기를 신문에서 읽었을 거예요. 그래서 그런 생각을 하게 된 거지요. 여자가 아니라, 자기 자신을 위한 정원을 만들어야겠다고 말이에요."

"그래도 여전히 미친 짓 같아요."

"그래요. 하지만 그럴 수 있어요. 나는 그가 자신의 동기가 비열하다는 생각을 해 보기나 했는지 의문이에요. 그는 더 많은 아름다움을 창조하기 위해 꼭 필요한 일이라고 생각했어요. 그는 창조에 미쳐 있었습니다. 쿼리 우드의 아름다움, 그가 설계하고 조성한 정원들의 아름다움, 그리고 이제 그가 꿈꾸는 완전한 아름다움을 구현한 섬까지. 그리고 그에게 미친 로위나 드레이크가 있었어요. 그가 아름다움을 창조할 수 있도록 돈을 대는 사람이라는 것 말고 마이클에게 그녀가 무슨 의미가 있었겠습니까? 그래요, 그는 미쳐 갔을 거 겁니다. 신들이 파멸시킨 사람, 그들이 처음으로 미치게 만든 사람이지요."

"그는 정말 그토록 자신의 섬을 원했던 걸까요? 로위나 드레이크까지 함께 지고 가야 하는데도요? 평생 쩔쩔매며 살아야 하잖아요."

"사고란 게 있지 않습니까. 아마 때가 되면 드레이크 부인에게도 사고가 일어났을지도 모르죠."

"또 다른 살인이라고요?"

"그래요. 시작은 간단했지요. 유언 보충서에 대해 알고 있었기 때문에 올가를 해치워야 했어요. 그녀는 또한 위조범이라는 낙인이 찍힌 희생양이 될 운명이기도 했지요. 루엘린 스마이스 부인이 원본을 숨겼기 때문에, 페리어에게 돈을 주어 비슷한 위조 문서를 만들게 한 것 같아요. 곧바로 의심을 살 만큼 너무나도 확실한 위조였지요. 그것이 그를 죽음으로 몰고 갔어요. 레슬리 페리어는 올가와 그 어떤 계약도 맺지 않았고 아무 관계도 아니었다고 저는 일찍이 판단했습니다. 마이클 가필드가 제게 둘이 친한 사이였다고 말했지만 레슬리에게 돈을 준 건 마이클 가필드였던 것 같습니다. 오페어 걸을 유혹하고, 그 사실을 주인에게도 알리지 말라고 위협했죠. 그리고 앞으로 결혼할 수도 있음을 넌지시 내비치면서 로위나 드레이크와 자신에게 돈이 들어오면 그들에게 필요한 희생양으로 오페어 걸을 점찍을 만큼 냉혹했던 것도 마이클 가필드였습니다. 올가 세미노프는 위조죄로 기소될 필요까지는 없었어요. 그저 의심만 사면 되는 거였죠. 위조는 올가에게 유리한 선택인 것처럼 보였어요. 올가라면 그걸 누워서 떡 먹듯 쉽게 할 수 있었고, 주인의 필체를 그대로 흉내 냈다는 것을 입증할 만한 증거도 있었으니 말이에요. 그녀가 갑자기 사라진다면 그녀는 위조범일 뿐만 아니라 주인의 갑작스러운 죽음과도 관련되어 있을지도 모른다는 혐의까지 생각해 볼 수 있었던 거지요. 그래서 적당한 때에 올가 세미노프를 죽였던 거예요. 레슬리 페리어는 갱단이 휘두른 칼 아니면 질투심에 불타는 여자의 칼에 맞아 죽었다고 알려졌어요. 하지만 우물 속에서 발견된 칼은 레슬리 페리어의 몸에 난 자상과 거의 일치했습니다. 저는 올가의 시체가 분명 동네 어딘가에 숨겨져 있을 거라고 생각했어요. 하지만 어느 날 미란다가 마이클 가필드에게 소원의 우물에 데려다 달라고 조르며 그게 어디 있는지 꼬치꼬치 캐묻는 걸 보기 전까지는 어디인지 몰랐어요. 마이클이 거절하더군요. 그런 다음 바로 굿바디 부인을 찾아가 사라진 아가씨가 어디 있는지 궁금하다고 했더니 그녀가 이렇게 대답했어요. '딩동댕, 새끼 고양이가 우물에 빠졌네.' 그때 저는 그 아가씨의 시체가 소원의 우물에 있다고 확신했지요. 저는 그것이 마이클 가필드의 집에서 멀지 않은, 쿼리 우드 비탈에 있다는 것을 알아냈고, 미란다가 실제로 살인을 목격했거나, 아니면 나중에 시체를 처리하는 모습이라도 봤을 거라는 생각이 들었어요. 드레이크 부인과 마이클은 누군가 보았을까 봐 두려웠지만, 목격자가 나타나지 않고 아무 일도 일어나지 않자 조금씩 안심하게 되었지요. 그들은 자신들만의 계획을 세웠습니다. 서두르지는 않았지만 서서히 실행에 옮겼지요. 드레이크 부인은 해외에 땅을 산다는 말을 하고 다니면서 사람들에게 자신이 우들레이 커먼을 떠나 먼 곳으로 가고 싶어 한다는 인상을 심어 주었어요. 남편의 죽음을 늘 애도하면서 슬픈 기억이 너무나 많이 떠오르는 척했지요. 모든 일이 순조롭게 진행되나 했는데 핼러윈 파티에서 느닷없이 조이스의 살인 목격담이 터지고 말았어요. 그래서 로위나는 그날 숲에 있었던 사람이 누구였는지 알게 된 겁니다. 아니, 안다고 생각하게 된 거지요. 그래서 그녀는 신속하게 대응했습니다. 그러나 설상가상으로 리어폴드가 돈을 요구하기 시작했어요. 사고 싶은 게 있다면서 말이오. 그 아이가 뭘 알고 있었는지는 정확하게 몰랐지만 어쨌거나 그 아이는 조이스의 동생이었기 때문에 그들은 그 아이가 실제로 아는 것보다 훨씬 더 많은 걸 알고 있다고 생각했을 겁니다. 그래서 그 아이 역시 죽인 거고요."

"물이라는 단서로 드레이크 부인을 의심하게 된 거군요. 마이클 가필드는 어떻게 해서 의심하게 된 거죠?"

"그는 이 사건에 딱 들어맞는 인물이었습니다."

푸아로가 간단하게 대답하고는 본격적인 설명을 시작했다.

"그리고 지난번 마이클 가필드와 이야기를 나눴을 때 확신했어요. 그는 웃으며 이렇게 말했지요. '사탄아, 나를 지나쳐 갈지어다. 경찰 친구 집으로 가던 길을 마저 가시지요.' 그때 확실하게 알게 된 겁니다. '사탄아, 물러갈지어다.'라고 해야 맞지 않습니까. 그때 저는 혼잣말을 했지요. '내가 너를 지나쳐 가는 일은 없을 것이다, 사탄아.' 루시퍼처럼 너무나 젊고 아름다운 사탄이 사람처럼 보일 수 있더군요······."

방에는 또 한 여자가 있었다. 그때까지 그녀는 아무 말도 하지 않았지만 이제는 의자에 앉은 채로 몸을 부르르 떨고 있었다.

"루시퍼, 맞아요. 이제 알겠어요. 그 사람은 늘 그랬어요."

"그는 정말 아름다운 사람이에요. 그리고 아름다움을 사랑했어요. 자신의 머리와 상상력과 손으로 만들어 낼 수 있는 아름다움을 사랑했지요. 그것을 위해 모든 걸 바칠 수 있었고요. 그는 자기 나름대로 미란다를 사랑했던 것 같지만 스스로를 구원하기 위해 그녀를 희생할 준비가 되어 있었어요. 그는 매우 신중하게 미란다의 죽음을 계획했어요. 죽음을 일종의 의식으로 미화하고 미란다에게 세뇌했지요. 미란다는 자신이 우들레이 커먼을 떠나야 할 때가 오면 그 사실을 그에게 알리기로 했어요. 그는 미란다에게 당신과 올리버 부인이 점심을 먹었던 식당에서 만나자고 했어요. 미란다는 킬터버리 링에서 시체로 발견될 예정이었지요. 거기 쌍날 도끼 표시 옆에서 황금 잔과 함께 잠든 제물로 말입니다."

푸아로의 설명에 주디스 버틀러는 한탄했다.

"미쳤어. 그 사람은 미친 게 틀림없어요."

"부인, 따님은 안전합니다. 하지만 저는 알고 싶은 게 무척 많습니다."

"제가 말씀드릴 만한 건 뭐든지 알고 계실 것 같은데요, 무슈 푸아로."

"그 아이는 당신 딸이자 마이클 가필드의 딸이지요?"

주디스는 한동안 잠자코 있다가 입을 열었다.

"네."

"하지만 미란다는 모르고 있고요?"

"네. 그 애는 아무것도 몰라요. 그 사람을 만난 건 순전히 우연이었어요. 어린 소녀였을 때 그를 알았어요. 미친 듯이 그를 사랑했는데 어느 순간 무서워졌어요."

"무서워졌다고요?"

"네. 이유는 모르겠어요. 그의 행동이 아니라 그의 본성이 두려웠던 것 같아요. 그의 상냥함 뒤에는 냉혹함과 무례함이 숨어 있지요. 저는 아름다움에 대한 열정뿐만 아니라 일할 때 표출되는 창조에 대한 열정조차 두려웠어요. 저는 임신한 사실을 숨기고 그의 곁을 떠났지요. 멀리 가서 아기를 낳았어요. 남편이 비행기 조종사였고 사고로 죽었다는 이야기는 제가 꾸며 낸 거예요. 저는 정처 없이 여기저기 돌아다녔어요. 그리고 어쩌다 보니 우들레이 커먼에 오게 되었고, 메드체스터에 아는 사람이 있어서 비서 일을 구했죠. 그러던 어느 날 마이클 가필드가 쿼리 우드에서 일하기 위해 여기 왔더군요. 저는 별로 개의치 않았어요. 그도 그랬고요. 다 지나간 일이니까요. 하지만 나중에 미란다가 숲에 자주 간다는 걸 알고 걱정이 되기 시작했어요······.”

"그래요, 두 사람 사이에는 유대감이 있어요. 비슷한 점을 타고난 거지요. 그들에게는 닮은 점이 있어요. 하지만 루시퍼의 추종자인 아름다운 마이클 가필드만이 악마일 뿐이죠. 순수하고 지혜로운 당신 딸의 마음속에는 악마가 존재하지 않아요.”

푸아로는 책상으로 가서 봉투 하나를 가지고 왔다. 그는 봉투에서 섬세한 펜화를 꺼내 보여 주었다.

"당신 딸입니다.”

주디스는 그림을 보았다. '마이클 가필드'라는 서명이 적혀 있었다.

"그는 냇가에 앉아 있는 미란다를 그리고 있었어요. 쿼리 우드에서 말입니다. 마이클 말이, 잊지 않기 위해 그 그림을 그린다고 했어요. 그는 잊는 게 두려웠던 겁니다. 그렇다고 해서 미란다를 죽이려 하지 않았던 건 아니에요.”

푸아로는 왼쪽 상단에 연필로 쓴 단어를 가리켰다.

"읽을 수 있겠어요?”

주디스가 천천히 읽었다.

"이피게네이아."

"그래요, 이피게네이아. 아가멤논은 트로이로 가는 자신의 배들을 지키기 위해 바람을 멎게 하려고 자신의 딸을 바쳤어요. 마이클은 새로운 에덴의 정원을 가지기 위해 자기 딸을 바치려고 했던 겁니다."

"마이클은 자기가 무슨 짓을 하고 있는지 알고 있었어요. 그 사람도 후회라는 걸 한 적이 있는지 궁금하네요."

푸아로는 대답하지 않았다. 유일무이한 아름다움을 지닌 한 젊은이가 쌍날 도끼 그림이 새겨진 거석 옆에 누워 있는 모습, 제물을 구하고 젊은이를 법에 따라 응징하려는 순간 잔을 잡아채 들이마시고는 죽은 손가락으로 여전히 황금 잔을 굳게 쥐고 있는 모습이 머릿속에 떠올랐다.

마이클 가필드는 그렇게 죽었다. 푸아로는 그에게 어울리는 죽음이라고 생각했다. 하지만 그리스의 섬에 꽃이 만발한 정원은 없으리라…….

그 대신 미란다가 있을 것이다. 살아 있는 젊고 아름다운 미란다.

푸아로는 주디스의 손을 잡고 키스했다.

"안녕히 계세요, 부인. 그리고 따님에게도 안부 전해 주세요."

"그 애는 푸아로 씨와 푸아로 씨가 베푼 은혜를 영원히 잊지 않을 거예요."

"그러지 않는 게 좋겠습니다. 묻어 버리는 게 더 나은 기억도 있는 법이지요."

푸아로는 올리버 부인에게 다가갔다.

"안녕히 계세요, 부인. 맥베스 부인과 나르시시스트라. 정말 재미있었습니다. 그 점을 알게 해 줘서 고맙습니다……."

"그래요. 늘 그랬듯이 다 내 탓이지요."

올리버 부인이 뿔난 목소리로 말했다.

〈끝〉

옮긴이 | 왕수민

서강대학교에서 철학과 역사학을 전공했고 현재 인트랜스 번역원의 전문번역가로 활동 중이다. 옮긴 책으로 『교황 베네딕토 16세 평전』, 『브라보! 마이 라이프』, 『논리는 힘이 세다』, 『Abs 다이어트』, 『2007 세계대전망』(공역) 등이 있다.

애거서 크리스티 전집
핼러윈 파티

3판 1쇄 펴냄 2023년 8월 28일
3판 4쇄 펴냄 2025년 9월 22일

지은이 | 애거서 크리스티
옮긴이 | 왕수민
발행인 | 박근섭
편집인 | 김준혁
펴낸곳 | 황금가지

출판등록 | 2009. 10. 8 (제2009-000273호)
주소 | 06027 서울 강남구 도산대로 1길 62 강남출판문화센터 5층
전화 | 영업부 515-2000 편집부 3446-8774 팩시밀리 515-2007
홈페이지 | www.goldenbough.co.kr

도서 파본 등의 이유로 반송이 필요할 경우에는 구매처에서 교환하시고
출판사 교환이 필요할 경우에는 아래 주소로 반송 사유를 적어 도서와 함께 보내주세요.
06027 서울 강남구 도산대로 1길 62 강남출판문화센터 6층 민음인 마케팅부

© ㈜민음인, 2023. Printed in Seoul, Korea
ISBN 978-89-8273-769-5 04840
ISBN 978-89-8273-700-8 04840 (set)

㈜민음인은 민음사 출판 그룹의 자회사입니다.
황금가지는 ㈜민음인의 픽션 전문 출간 브랜드입니다.